rororo

rororo

Léda Forgó, 1973 in Ungarn geboren und dort auch aufgewachsen, lebt seit 1998 in Berlin, wo sie an der Universität der Künste Szenisches Schreiben studiert hat. Über ihren ersten Roman, «Der Körper meines Bruders», für den sie 2008 mit dem Adelbert-von-Chamisso-Förderpreis ausgezeichnet wurde, meinte György Dalos: «Sprachliche Expressivität, wie sie in der zeitgenössischen deutschen Prosa nur selten vorkommt.» Léda Forgó lebt mit ihren drei Kindern in Berlin.

«Ein radikaler Abgesang auf geläufige Vorstellungen von Liebe, Ehe, Mutterschaft, Familie.»
(Deutschlandradio Kultur)

«Léda Forgó ist mit diesem Buch ein Meisterstück gelungen – eine poetische Choreographie der Lust, kleiner Schrecken und tiefer Wahrheiten.»
(Michael Stavarič)

«Mit jedem ihrer Sätze erzeugt Forgó die subtile, lauernde Spannung böser Vorahnungen.»
(Frankfurter Rundschau)

Léda Forgó

vom ausbleiben der schönheit

Roman

Rowohlt Taschenbuch Verlag

Dieser Roman wurde gefördert
mit Mitteln der Robert-Bosch-Stiftung.

Veröffentlicht im Rowohlt Taschenbuch Verlag,
Reinbek bei Hamburg, Januar 2012

Umschlaggestaltung any.way, Barbara Hanke/Cordula Schmidt,
nach einem Entwurf von Atelier Bea Klenk
(Umschlagabbildung: Ostkreuz, Nicole Angstenberger)
Satz aus der Adobe Garamond PostScript (InDesign)
bei Pinkuin Satz und Datentechnik, Berlin
Druck und Bindung Druckerei C. H. Beck, Nördlingen
Printed in Germany
ISBN 978 3 499 25442 0

Zwiebelhaut

Sie wurde rot, als sie sich auf den Stuhl schob. Sie knöpfte ihren Mantel auf. Alle hier wussten, was sie vorhatte. Mit dem Ellbogen stieß sie an die Nachbarin zu ihrer Rechten. Die hatte dasselbe vor. Noch hätte Lále gehen können. Niemand schaute zu ihr her. So tun können, als ob sie etwas vergessen hätte. Einigen lagen glänzende Boris Becker und Angelina Jolie auf dem Schoß. Andere starrten einfach in die Luft. Obwohl ihre Blicke denselben Raum kreuzten wie Láles, wirkten sie weit weg. Lále bewunderte diesen inneren Nachdruck, mit dem sie sich inmitten des Geschehens so weit fort hatten katapultieren können.

Sie hätte auch anrufen und sagen können, dass sie krank geworden war. Das wäre gar keine Lüge gewesen. Irgendwie war sie ja auch krank. Sie hätte den Termin verschieben können. Verschieben ging nicht. Dann absagen.

Die sonnige Altbauwohnung war gefüllt mit Frauen, obwohl es erst acht Uhr in der Früh war. Die Tageszeit wurde von den Lichtverhältnissen verfälscht. Das Licht war gelblich warm und gemütlich, wie an einem frühen Nachmittag. Beinahe ließ die Wohnungsatmosphäre vergessen, dass man in einer Praxis saß und dass es dafür einen Grund gab. Das Parkett knarrte, und Lále fielen die Pantoffeln ihrer Großmutter ein. Eine unwillkürliche innere Wärme ließ ihr Möbel und Gesichter vertraut vorkommen. Alle schienen in sich zu ruhen. Sie überkam die vage Sehnsucht, mit den hier Anwesenden innige Zeiten zu verbringen, eine Art Kommune, in einmaliger und kollektiver Nähe.

Als sie vor zehn Minuten aus der U-Bahn gestiegen war, hatte sie versucht, schnell aus der nach Urin riechenden Unterführung ans Licht zu gelangen. Sie wich ein paar sich gegenseitig anpöbelnden Obdachlosen aus, sprang über Scherben und versuchte eine Drohung in Graffiti-Form nicht zu ihrem Verstand durchzulassen. Sie hatte Angst.

Oben angelangt, wurde sie beinahe von einer kinderwagenschiebenden Frau überrollt. Nachdem sie einem nicht abbrechen wollenden Autokonvoi zugesehen hatte, überquerte sie die Straße. Zweimal versank sie fast bis zum Knöchel in Pfützen. Sie schimpfte und wurde um ein Haar von einem schwarzen Rucksack getroffen, den ein Jugendlicher wild über seinem Kopf kreisen ließ. Auf ihren bösen Blick hin wieherten die Schüler. Die Autos fuhren mit knatternden Motoren. Pfützen spritzten, Bremsen quietschten, Fußgänger sprangen auf den Bordstein zurück. Sie lief an einem Baklava-Laden vorbei und schluckte, nicht einmal Kaffee durfte sie trinken. Ein dünn gewordener Dönerspieß drehte seine Runden. Künstliche Palmenbäume einer Cocktailbar logen, nicht dort zu sein, wo sie waren. Darunter Bambustische und Bänke, feucht, leer. Aus breiten Einfahrten bogen Lieferwagen, und plötzlich lag dort der Eingang, den sie suchte, mit dem Schild des Kreuzberger Arztes. Am Ort westdeutscher Verherrlichung von Verkommenheit, mit dem Berliner Eigengeschmack von Kälte mit einer herben Winduntermalung.

Als sie die Räume betrat, hatte sie sich sofort behaglich gefühlt. Jetzt aber blitzte ihr die Ursache auf, warum sie hier saß.

Sie hatte einen Termin, um ein Stück von sich loszuwerden. Musik, Herzschläge. Sie hatte einen Termin, aber noch keine Entscheidung.

Eine Krankenschwester betrat das Zimmer von der anderen Seite, beugte sich zu einer ins Leere starrenden Frau, sprach sie sanft an, sie fuhr dennoch zusammen. Hinter dem Schwesternrücken tat sich der noch nicht betretene Raum auf, alle spähten dorthin, als stünde da der verheimlichte Weihnachtsbaum. Die Frau stand auf und raffte hastig den bodenküssenden Mantel und ihre Handtasche zusammen, deren Riemen sich sogleich nacheinander wieder von ihren Schultern lösten. Im Gesicht der Schwester saß ein Lächeln, als ob sie tiefe Freude empfinden würde, diese Frau hier anzutreffen. Als hätte sie schon lange gewartet. Auf sie.

Den anderen nickte die Schwester freundlich zu, dass sie sich allesamt willkommen fühlen mussten.

Die Tür ging zu, Lále starrte auf den leeren Platz der Abgeholten, riss den Kopf hoch, als die Tür wieder aufging. Diesmal streckte eine etwas ältere Frau den Kopf herein, schaute in die Runde, als suchte sie eine Kandidatin für eine Quizshow. Ihr Blick traf Láles, die erneut errötete. Aber die Hand der Ärztin, die herangetreten war, berührte das Nachbarknie. Lále ließ ihren Blick sinken und hörte das Rattern im eigenen Brustkorb. «Kommen Sie mit?», fragte die Ärztin die Auserwählte mit einer solchen Nachsicht in der Stimme, dass Lále gerne für jeden Buchstaben ein Vermögen bezahlt hätte, gälten die Worte ihr. «Wir müssen noch kurz miteinander reden. Sie müssen sich jetzt nicht so übereilt entscheiden.» Die Frau stammelte etwas. «Na, kommen Sie!»

Wieder ging die Tür zu. In Lále breiteten sich Dankbarkeit und Hoffnung aus. Hier wird man umsorgt. Sie konnte kaum erwarten, gefragt zu werden. Sie würde mit der vernünftigen Ärztin ihre Zweifel einer Inventur unterziehen und zu dem Schluss gelangen, dass sie dieses Kind wollte. Plötzlich war sie sich trotz aller Hindernisse sicher. Sie brannte darauf, es mitzuteilen, sie wollte die Stationen ihres Gangs nach Canossa aufmalen, die Reaktion auf diesem taktvollen Gesicht verfolgen. Sie wollte Mitleid und Anteilnahme. Nur einmal. Nur ganz kurz. Und dafür, dachte sie, war sie am richtigen Ort. Sie war gespannt wie vor einem Auftritt. Sie war voller Eifer, fast platzte sie vor Ergebenheit, alles richtig zu machen, zu zeigen, dass sie kein Kind unnötig töten ließ. Dass sie anders war als die um sie herum Sitzenden.

Lále hieß nicht Lále. Sie hieß Lábán Lenke. Lále ergab sich aus den ersten zwei Silben ihres Vor- und Zunamens. Alle, selbst ihre Großmutter Tamama, nannten sie Lále. Nur ihre Mutter hatte sie stets Lábán Lenke gerufen. Immer beim vollen Namen. Verniedlichte und verzärtelte man Kinder, blieben sie auf ewig die Idioten, die sie waren, meinte sie.

«Warum heiße ich Lábán?», hatte Lále ihre Mutter gefragt.

«Weil du auf meinem Bein gesessen hast.»

Lábán heißt auf Ungarisch «auf dem Bein von jemandem». Bestimmt nicht auf dem meiner Mutter, dachte Lále. Sie konnte sich nicht erinnern, je dort gesessen zu haben.

Kosenamen zu verwenden war wie Spielen. Ein winziges Antippen – weich und kurz, ausreichend, um das am anderen Vertraute wachzurufen. Eine Silbe nur oder vielleicht zwei konnte man leicht vor sich hin skandieren, und es entstand ein Gebet, das die vermisste Person beinahe heraufbeschwor. Wie sie Tama ma ma ma ma gestammelt hatte, wenn sie krank war. Der ganze Name dagegen klang nach Ermahnung oder

Hohn. Láles Mutter nannte alle Leute beim Kosenamen, nur sie nicht. Und die, über die sie sich lustig machte.

Als Lále nach Deutschland zog, hatte sie überlegt, wie sie sich nennen sollte. Damals hätte es die Möglichkeit gegeben, aus Lále Lenke werden zu lassen, wie das ihre Mutter ursprünglich gewollt hatte. Aber auf Deutsch Lenke zu sein war wieder anders. Der Name klang ein bisschen wie «Linke», was politischen Köpfen sympathisch klingen mochte, aber es könnte auch bedeuten, dass sie eine linkische Person war, plump und taktlos. Dann gab es diesen neumodischen Internetausdruck: «Ich schick dir einen Link!» Oder hatte Lenke etwas mit «lenken» zu tun? Beeinflussen und manövrieren? Sie sah Rennfahrer mit dickem Schutzhelm – nur die Augen lebendig – und rhetorisierende Politiker, die vor einem Stehpult gestikulierten. Sie verzog das Gesicht. Sie fühlte sich nicht wie eine Lenke. Sie war Lále und fertig.

Die Schwester holte Lále. Zwar lächelte sie auch diesmal, aber jetzt wirkte es wie ein schwacher Abdruck. Entweder war sie des Lächelns müde geworden, oder sie mochte Lále nicht. Plötzlich hatte Lále Zweifel, ob die Frau sie verstehen würde. Sie setzte Lále auf einen Stuhl und verschwand. Eine Liege wurde vor dem Zimmer vorbeigeschoben. Lále versuchte zu erkennen, ob sie die darauf schlafende Frau aus dem Warteraum kannte. Aber sie hatte nur wenige Sekunden, bevor die Liege aus dem Bild rollte, und sah nur Haare und die zugedeckte Silhouette. Gleich würde die Ärztin zu ihr kommen. Gleich wäre Lále dran.

Die Schwester kam zurück, setzte sich ihr gegenüber an den Computer und stellte Fragen. Es wird alles protokolliert, dachte Lále. Hier darf nichts auf die leichte Schulter genommen werden. Dann schwieg die Krankenschwester. Sie schien auch zu warten. Sie stand auf, öffnete die Tür, schaute mehrmals hinaus, um die Zeit zu überbrücken, holte Dinge aus dem Schrank, bereitete ein kleines Tablett vor, sicher für die Ärztin. Sie stellte das Tablett neben Lále auf einen Tisch. Dieser Frau wollte Lále nichts mehr sagen. Die fällt hier keine Entscheidungen. Lále hoffte auf das schmale Gesicht der Ärztin in der Türöffnung. Die Schwester nahm ihren Arm. Nach ein paar Versuchen würde sie sowieso die Ärztin kommen lassen. Ihre Venen waren schwer zu finden. Lále sah, dass die Schwester Flüssigkeit in die Spritze zog. Die Tür ging auf. Lále drehte sich strahlend um. Endlich konnte sie etwas sagen. Die Ärztin stand dort.

Sie fühlte den Einstich in ihrer Armbeuge. Sofort breitete sich ein großflächiges ätzendes Brennen auf ihrer Haut aus, so heftig, dass sie überlegte, sich zu beschweren.

Sie setzte sich auf und begann die Kleidungsstücke über ihre aufgedunsenen Gliedmaßen zu ziehen. Ihr Hirn fühlte sich klebrig an. Wo sie genau war, wusste sie nicht. Sie bewegte sich umsichtig aus Furcht vor Schmerz. Denn was sie wusste, war, dass es ihr nicht gelungen war, der Ärztin die Änderung ihrer Absichten mitzuteilen. Um die Tragweite dessen zu begreifen, schwamm das Trapanal noch zu hochprozentig in ihrem Blut.

Die Schwester schien ihre Vene getroffen zu haben. Als sie ins Hosenbein stieg, entdeckte sie eine dicke Binde in ihrem Höschen. Wer hatte so einen Job, in Höschen von Ohnmächtigen zu kramen? Ob ihr der Mund offen gestanden hatte wie einer Toten? Der Kopf verrenkt und etwas zur Seite gerutscht, vielleicht waren sogar die Augen einen Spaltbreit geöffnet, aber man sah nur das Weiße – wie bei einer vergifteten Ratte.

Daheim angelangt, schlief sie ein paar Stunden. Dann lag sie wach. Obwohl sie nur lag, stahl sich die Zeit schnell davon. Als das Telefon klingelte, hob sie mechanisch ab. Die barsche Sekretärin der katholischen Pfarrei meldete sich mit ungewöhnlicher Lebendigkeit in der Stimme. «Frau Lábán, wunderbare Nachrichten, die Pfarrei ist bereit, für Ihr Kind monatlich fünfhundert Euro zu zahlen.»

In Láles Brustkorb steckte etwas von der Größe einer alten, sperrigen Kommode.

«Frau Lábán?»

«Es gibt kein Kind mehr.» Ihr Hals war trocken, und ihre Stimme klang wie eine Tonbandaufnahme.

«Oh. Das tut mir sehr leid …», die Stimme der Sekretärin büßte Farbe ein. Sie schwiegen beide, die Telefonanlage der katholischen Kirche zählte die Sekunden. Lále hatte für solche Situationen keine Floskel bereit. Sie legte auf.

Auf die katholische Kirche war sie verfallen, als sie nach finanzieller Unterstützung für ihr Kind gesucht hatte. Auf Tamamas Frage nämlich: «Mit welchem Geld willst du das Kind ernähren?», bekam sie Schweißausbrüche. Studienabbruch, Erwerbsunfähigkeit, Zwangsrückumsiedlung nach Ungarn zu Tamama, die sie und ihre Brut von ihrer lachhaften Rente zu verköstigen hätte.

War der Erzeuger kein Deutscher, stand einem Neugeborenen vom Staat keine finanzielle Unterstützung zu. Hätte ein unbekannter Deutscher sie vergewaltigt, hätte der deutsche Staat auch kein Erbarmen gehabt: nur Vaterschaftstest oder Anerkennung zählten. Aber ihr Kind wüchse doch hier auf, argumentierte Lále, es würde Deutsch als Muttersprache sprechen, und sollte es einmal was auf die Beine stellen, das Ansehen Deutschlands vermehren – umsonst.

Sie suchte nach Pseudovätern. Ein entfernter Bekannter hatte sich sogar angeboten, den Ungeborenen als seinen Sohn anzuerkennen. Aber die bei einem Anwalt verbrachte Stunde ließ ihn erblassen und von seinen Absichten zurücktreten: An Erbrecht hatten sie nicht gedacht. Dann überlegte sie, ob sie bei Weheneintritt nicht über den Zaun der amerikanischen Botschaft klettern sollte, um dort zu gebären und ihrem Kind zumindest die amerikanische Staatsangehörigkeit zu sichern. Schließlich rief sie bei der katholischen Kirche an, immerhin predigte sie immer gegen Abtreibung, jetzt konnte sie was tun. Aber die Sekretärin klang eher skeptisch, und dass sie einen eventuellen Rückruf in Aussicht stellte mit dem Fehlen jeglicher Herzlichkeit in der Stimme, bewertete Lále als eine Methode des Abschüttelns. Dass sie tatsächlich zurückrief, schockierte sie. Es war zu spät.

Beim Duschen schaute sie zum ersten Mal an ihrem Körper hinunter. Schwarz verfärbt rann das Wasser ihre Beine hinab. Der Unterbauch war stark geschwollen. Sie dachte an das offensichtliche Geheimnis, das hinter einer solchen Wölbung steckte. Doch dann durchschoss es sie: Nur noch der Schorf war da. Trotz befiel sie. Vielleicht war ihre Intuition genauer als chirurgische Instrumente. Oder vielleicht war das Ungeborene stärker als alle, die mit Geräten oder Kleinmut nach seinem Leben trachteten.

Pável rief an. Er sprach sanft. Sie heulte, er seufzte. Sie heulte noch mehr. Er flüsterte alte Zärtlichkeiten. Sie sagte, ihr Leben wäre wie in der Mitte eines Vakuums. Pável sagte: «Oh, Lálelein, oh, Lálelein!»

Seine letzten Auftritte waren von anderer Art gewesen. Immerhin war er gekommen, hatte sich zu Hause davongestohlen. Aber er hatte mit drohender Stimme gezischt, die immer wieder in Abscheu und Häme umschlug, hatte sie dazu bewegen wollen, das Kind abzutreiben. Ihr erschien es unwahr, je von ihm liebkost worden zu sein. Selbst ihre Sehnsucht, von ihm schwanger zu werden, kam ihr vor wie von jemand anderem erzählt. Aber sie war schwanger geworden. Dass er ausgerechnet jetzt wieder zärtlich war und sie tröstete wegen dem, was er von ihr verlangt hatte, schmerzte.

Einige Tage nach der Abtreibung kaufte sie einen Schwangerschaftstest. Sie schaute auf den Urinfleck, der es nicht mehr in sich hatte, das Lackmuspapier zu verfärben. Jeglicher Trost, Wunder, Kunstfehler wurde ihr versagt, man riss ihr Wärmeschichten vom Leib und schaute zu, wie sie im eisigen Sturm mit bloßer Haut zurechtkam.

Im einundzwanzigsten Jahrhundert, wusste Lále, sucht man Linderung fern von sich, aber ohne sich aus den eigenen vier Wänden hinausbewegen zu müssen. Sie würde die Liebe von nun an selbst in die Hand nehmen. Sie wollte vergessen. Und wenn vergessen nicht ging, sich rächen. Sie wollte sich mit anderen amüsieren und es Pável wissen lassen, auch wenn sie wusste, dass Pável dadurch nicht untergehen würde.

Sie meldete sich bei einer kostenlosen Online-Partnervermittlung an und vereinbarte Blind Dates mit drei Personen.

Der Erste war Chemiker. Er hatte ein vernarbtes Gesicht. Sicher ist er gehänselt worden, und das hat sein Einfühlungsvermögen geschärft. Dass sein Haarschnitt von keinem Friseur stammte, bezeugte, dass er zu Vertrauen fähig war. Zumindest der Person gegenüber, die ihn verunstaltete. Er hatte die Beine lässig übereinandergeschlagen, was fast schon intellektuell wirkte. Bloß saß in seinem Mundwinkel ein spöttisches Lächeln, das nie aufhörte, egal was sie sagte. Sein Pullover war braun-schwarz mit maschinegestrickten Mustern. Eine weitere befremdliche Tatsache war, dass er sich mit ihr in der Uni-Mensa verabredet hatte. Und jetzt holte er sich, ohne sie zu fragen, ob sie etwas wollte, auf einem betagten Tablett Bohneneintopf, der nach Spülmittel roch, und fünf dicke Scheiben Brot. Mit gesundem Appetit begann er zu essen.

Was für eine traurige Gestalt im Vergleich zu dieser wunderbaren Auslese an menschlicher Köstlichkeit namens Pável. Als sie wieder zu Hause war, löschte sie sein Profil von der Liste ihrer Bekannten.

Der Zweite war sechs Jahre jünger als sie. Sein Gesicht wirkte unfertig. Seine Gliedmaßen schlenkerten um ihn herum. Am Garderobenständer schlug er sich den Kopf an, sein Rucksack blieb an der Tischkante hängen und riss den nicht geleerten Aschenbecher der vorherigen Gäste mit. Seine Turnschuhe schätzte sie auf mindestens Größe fünfundvierzig. Er hatte schmale Füße und zog die Schnürsenkel fest zusammen. Er wollte Raumfahrt und Planktologie studieren, eine Partnervermittlung auf die Beine stellen und nebenbei als Discjockey arbeiten. Als er zahlte, holte er die letzten Cents aus dem Portemonnaie. Den Rest musste sie ergänzen, obwohl er unbedingt für sie zahlen wollte. Sein Gesicht lief rot an, er entschuldigte sich tausendmal und erklärte, in ein paar Tagen Geld zu bekommen. Sie liefen ein paar Straßen gemeinsam. Der Junge hätte Pávels Sohn sein können. Sie malte sich den Spott in seinem Gesicht aus, sollte sie mit diesem tollpatschigen Geschöpf auftauchen, das die Ich-Phase der Kindheit noch nicht hinter sich gelassen zu haben schien, er badete im eigenen Licht, ohne um die eigenen Lächerlichkeiten zu wissen. Mit so einem aufgeblasenen Jüngling sollte sie erscheinen, nein.

Auf der Fahrt zu ihrer dritten Verabredung übermannte eine heftige Unlust Lále, und sie stieg nicht aus. Dann entschied sie, doch zurückzulaufen. Diese Minuten widerwilligen Gehens würden sie in den kommenden Jahren nicht mehr loslassen. Wieder und wieder würde sie sie in Sekunden und Zehntelsekunden zerlegen, um ihre Entscheidung, doch hinzugehen, nachvollziehen zu können.

Am vereinbarten U-Bahn-Ausgang wimmelte es von Wartenden. Einige konnte sie wegen Alter oder abweichendem Geschlecht ausschließen. Eine Gestalt in Baseballmütze taxierte sie. Die Gestalt schmunzelte mit einer verzeihenden Überlegenheit, als ob er alles über jeden wüsste, am besten aber das, was man von sich selbst keineswegs erahnen konnte. Als ob er auch hinter allem Dreckigen das Gute und Wahre erkennen konnte. Ein Menschenfreund. Sie wandte den Blick ab. Es musste jemand sein, der sie nach der Gesetzmäßigkeit von Blind Dates keineswegs ansprechen würde. Sie hörte ihren Namen. Sie errötete und sagte den seinen, noch bevor sie sich umdrehte. Kurz waren sich ihre Blicke nah, nur der Schirm war dazwischen, wie ein Tunnel zwischen zwei Augenpaaren.

Sie stiegen Treppen. Von jeder Seite strömten Menschen ans Licht. In ihren Ohren dröhnten Gedanken. Sie setzten sich in die Fischbar Moor. Es roch nach Dosenmais. Sie trank Tee, er trank Bier. Als sein Wortschwall nicht abbrach, löste sich ihre Angst. Sie verfolgte die felsigen Gebärden, mit denen er die Jeansjacke aufhängte. Als er die Kappe abnahm, rutschten seine Augen zur Gesichtsmitte und wirkten belanglos. Die angehende Glatze verschob die Proportionen. Obwohl der

Mann unablässig redete, konnte Lále zwischen seinen Worten keine Brücken schlagen.

Seit drei Jahren war sie in Deutschland. Nach fünf Wochen hatte sie begonnen, ihr erstes Buch zu lesen, hatte jedes Wort nachgeschlagen. Auch später noch blätterte sie öfter im Wörterbuch, um zu prüfen, ob es Wörter gab, von denen sie noch nie gehört hatte. Je weniger sie fand, desto ungestümer suchte sie. Sie sprach mit einem unverkennbar ungarischen Akzent und benutzte Wendungen wie ein archaischer Reisebericht. Dem Orthopäden blieb die Spucke weg, als sie ihm, während er auf ihrer Kniescheibe herumdrückte, ausgefeilt ihre Beschwerden beschrieb. Das war ein Jahr nach ihrer Ankunft gewesen.

Jetzt, während sie auf die krummen Finger starrte, die das Bierglas von beiden Seiten umklammerten, fragte sie sich, ob er die gleiche Sprache sprach. «Ickes» und «Wattens» bröckelten durch seinen Lautebrei, und Lále malte sich dicke Wattewolken am Horizont aus, die sich bald auf die Fischbar Moor senken und alle Insassen ersticken würden.

Nach weniger als einer Stunde entkam sie und rief von der U-Bahn aus eine alte Klassenkameradin an, die von ihrem Budapester Schreibtisch aus italienische Anzüge neuesten Schnittes kaufte und verkaufte. «Schrecklich, schrecklich», klagte Lále in den Hörer, «niemals!»

Nie wieder sollte sie erleben, dass die Fischbar Moor geöffnet hatte. Immer würden die Scheiben von nun an finster sein. Das rote Schild mit den weißen Buchstaben unbeleuchtet und verschmutzt, der einfältig gezeichnete Fisch blind und tot, obwohl er im Sprung abgebildet war. Es war seltsam unwirklich, je dort gesessen zu haben.

Was dagegen wirklich und nah erschien, war die Brücke, auf der Pável und sie unterwegs immer haltgemacht hatten. Pável wollte die Strecke zwischen zwei Orten schnell hinter sich bringen, Lále alles festhalten. Während sie minutenlang auf der Brücke stehen und ins Wasser schauen konnte, flüsterte er Lále bettelnd ins Ohr, dass er gehen wolle. Lále lächelte, mehr nicht. Das zweifache Gewölbe des Bietigheimer Viadukts verdoppelte sich im Wasser. Er nahm sie beim Arm, aber die Muskeln leisteten Widerstand. «Ich gehe», sagte er. Von ihr keine Reaktion. «Ciao!», rief er und entfernte sich zwei Schritte. Dann lief er hastig los. Wenn er über die Schulter sah, dass sie immer noch da stand, bremste er ärgerlich seinen Schritt, und Lále holte ihn irgendwann ein. Im Treppenhaus stiegen sie gemeinsam bis zum Dachgeschoss. Láles Wangen glühten. Pável schimpfte, seine Finger wären Eiszapfen.

In der kleinen, spärlich eingerichteten Wohnung, die in jeder Ecke das Bildnis von Pávels weißer Haut trug, erlitten sie Müdigkeitsanfälle. Ihr Zusammensein begann dort, wo es normalerweise aufhört. Das Ende des eigentlichen Geschlechtsakts war der Auftakt. Als die Triebe schon befriedigt waren, begann das hochprozentige Erfahren. Berühren und immer wieder neu feststellen, dass die Wucht nicht wich, wenn die Hand die fremde Haut betastete. Noch nie war sie von jemandes Haut so besessen gewesen. Egal an welchem Ende des Körpers sie die Reise begann. Und wenn sie auftauchte und zum Gesicht zurückkehrte, stieß sie auf seinen Blick. Ein Kinderblick, dachte Lále, wild und zart und doch lüstern.

In jeder Phase des Tages konnten sie schlafen. Die Morgen und Nachmittage flossen zu einer Mischung zusammen.

Sie gingen zum Gymnasium, wo Pável mit seinen Schülern

einen Zeichentrickfilm produzierte. Lále, die an der Kunstakademie Animation studierte, assistierte ihm. Für einen Zeichentrickfilm über einen Mistkäfer, eigentlich ein Nebenprodukt, ein Scherz, hatte Pável einen internationalen Preis bekommen, und er zuckte mit den Schultern, wenn man ihn danach fragte. Lále und Pável tauchten bei den Schülern mit geschwollenen Nachmittagsschlaf-Gesichtern auf, als kämen sie selbst aus einer sagenumwobenen Welt wie ihre Helden. Im Studio waren die Fensterscheiben verdunkelt. Lále atmete die Nähe vieler Körper, kollidierte mit Gliedmaßen, manchmal mit fremden, manchmal mit Pávels. Seine erkannte sie blind. Sie saß im wohligen Kollektiv. Auf der Leinwand tanzten Figuren, die überzeichnete Züge von Pável trugen. Nach dem Film knipste er das Licht an und erklärte, alle hörten ihm gebannt zu, Láles Blick sprang von Auge zu Auge, um bei Pável zu landen. Jeder musste die Nähe zwischen ihnen wahrnehmen, dachte Lále, aber niemand war indiskret genug, um eine Frage zu stellen. Manchmal erhaschte sie einen wissenden Blick, aber vielleicht interpretierte sie ihn nur falsch, schließlich war sie verblendet von einer Hormonüberschwemmung schlimmster Sorte, evolutionsbedingt und altersgerecht.

Nach Studioschluss saßen sie jeden Abend im Chapeau Claque. Ihre Hände suchten einander auf dem schwarzen Tisch. Der Schaum auf den Gläsern, die Bluse der Kellnerin waren die einzigen weißen Tupfen im vollkommen schwarz eingerichteten Raum. Sie bestellten heiße Schokolade und baten um das Schachbrett, über dem Lále saß wie früher als Kind. Sie hatte eine der Polgár-Töchter werden wollen. Alle drei hatten von klein auf mit ihrem Vater Schach gespielt, alle drei waren Champions geworden und standen weit oben auf der Weltrangliste. Lále hatte ihre Mundwinkel und ihr Nagelbett wund gekaut, fiebernd neue Wege für die Figuren suchend, war aber immer enttäuscht worden. Tamamas Spiel hatte sie nie durchbrechen können. Jetzt spielte sie leichtsinnig, sie betastete die Figuren gern, die Pável gerade absetzte. Er ärgerte sich. Sie bedrängte ihn. Über dem Schachbrett berührten sich ihre Köpfe.

Sie waren zwar miteinander beschäftigt, aber sie präsentierten auch ihre Liebe vor Dritten, der Öffentlichkeit, vor Unbekannten. Sie suchten nach der Integration als Liebespaar, die wegen Pávels Eheversprechen gegenüber einer anderen nicht bewilligt sein sollte, und auch wegen ihres Arbeitsverhältnisses nicht. Im Chapeau Claque holten sie sich täglich die Billigung ihrer Verbindung.

Sie redeten, um die Zeit hinauszuzögern. Um die Vorfreude in die Länge zu ziehen. Um die Berührungen, die im Dachgeschoss folgen würden, an Süße und Tiefe zu steigern. Die Gedanken des anderen konnte man genauso verzehren wie dessen Haut. Im Kopf begann der Körper.

Sie mochte, wie er sich bewegte, seine hellen Farben, die winzigen Falten auf dem sonst ungewöhnlich glatten Gesicht. Die milden Speckstreifen, seinen Nabel und vielleicht am meisten den Mund, sanft und fleischig. Ihr gefielen die Fratzen, die er schnitt, seine Geheimratsecken, die schmale Nase, die lächerlichen Härchen auf der Brust, die Hände mit peinlich sauberen Nägeln, wie er telefonierte, laut, den Hörer einige Zentimeter vom Ohr fernhaltend, und wie er gierig kaute. Sie konnte seine schlechten Witze gut leiden, seine Ungeduld, seinen Akzent, und es störte sie nicht, wenn er sich nach anderen Frauen umdrehte oder mit der Kellnerin flirtete. Selbst das, was ihm an ihr gefiel, an wen sie ihn erinnerte, was für Phantasien sie in ihm weckte, wollte sie erschließen.

Jedes seiner Hirngespinste wollte sie sich einverleiben, seine Gedanken denken. Sie wollte er sein.

Sie hatten nur eine Liege, ein Kopfkissen und eine Decke, und wenn sie darunter lagen, sahen sie durch das Dachfenster in den Himmel. Lále mochte die Stimmung der winzigen Wohnung, die ausgefüllt war mit dem Versprechen auf künftige Wonnen. Glück, meinte Lále, war eine Mischung aus Schmerz, Vorfreude und dem Wiederkäuen geträumter Träume. Glück war bleiern. Glück war einprägsam, hing einem nach und verhinderte neues Glück. Wollte man Glück im Hinblick auf Kommendes benennen, müsste es Jammer heißen.

Abends suchten sie im alten, schrankgroßen Radio nach Musik. Die Sender raschelten, Fetzen von Musik, die sie gerne gehört hätten, aber immer wieder verloren. Einen einzigen Sender mit erträglicher Musik konnten sie halbwegs sauber empfangen. Sie ließen sich die Musik übers Gesicht laufen und schauten einander zu, wie die Töne ihre Züge glätteten. Er nahm sie bei der Hüfte. Stockend kamen sie in Bewegung. Als die Musik abbrach, waren sie wie ein rohes Fleischstück am anderen. Als hätte man die letzte Folie, die zwischen ihnen steckte, fortgerissen.

Obwohl sie sich ja voneinander hätten lösen können, blieben sie reglos stehen wie Schaufensterpuppen, denen jemand die Rümpfe zueinandergedreht und die Gliedmaßen aneinandergelegt hatte. So standen sie, bis neue Musik Impulse in ihre Muskeln schickte. Immer wieder froren sie in den Pausen ein. In gespannter Erwartung, was ihnen das nächste Musikstück bringen würde. Sie sprangen von einem Jahrzehnt ins andere, von Schnelligkeit ins Behäbige und tanzten, die Musik allmählich überhörend.

Hier wollte Lále aufhören, sich zu erinnern. Sie lag auf ihrem Bett und ließ einfach Minuten in die Unendlichkeit quellen. Der Fernseher flackerte blau. In der Küche entstand eine Skyline aus Pizzatellern. Sie stand auf, lehnte sich aus dem Fenster und sah die Menschen nicht. Pável konnte dort unmöglich vorbeilaufen. Weil er tausend Kilometer entfernt war. Nach kurzer Zeit verpuffte jeder Vorsatz zur Verdrängung. Aber das Telefon blieb stumm. Bloß einmal sollte er noch anrufen. Für einen halben Satz und um nichts zu sagen. Bald wurde egal, wer es war, wenn nur irgendwer anrief. Das Telefon hüllte sich in Schweigen. Mit dem Fuß angestoßen, toste es metallisch. Lále versenkte es unter der Bettdecke.

Irgendwann rief der Mützenträger aus der Fischbar Moor an. Lále verzieh ihm, dass nur er es war. Der Stillstand war etwas aus den Fugen geraten. Sie verabredeten sich. Wie andere es taten, die etwas aus ihrem Leben machten. Sie kochte, wartete und war ernüchtert, als er erschien. Eine Weile ertrug sie sein Gerede, konnte aber ihre üble Laune nicht verheimlichen. Dann schickte sie ihn fort. Aber immer wieder. Rief er an. Und lud sie ein. Sie gingen ins Kino. Er unternahm Ausflüge mit dem Auto. Sie fuhr mit, durch wechselnde Landschaften. Sie schliefen in Hotels. Lále roch an fremden Seifen. Lále träumte. Aus dem Mützenträger wurde Pit. Pit sah ihr zu. Lále spürte seinen Blick auf der Haut.

Aber mit ihrer Trübsal konnte er nichts anfangen. Rüttelte ein stummes Flennen sie, hielt er sie und wartete auf einen günstigeren Wind. Sie schloss die Augen, um zu vergessen, wessen Arme sich um sie schlossen. Ihre Lunge, Herz und Leber wurden zu einer zähen Masse, die alles verstopfte und sich verhärtete. Sie flehte auf Ungarisch, tot sein zu dürfen. Aber sie war invalide im Gegensatz zu Selbstmördern, sie wollte den Job des Selbsttötens nicht. Schlicht tot wollte sie sein. Geschenkt. Und weil sie unfähig war, tot zu sein, ließ sie wieder Pávels Worte zu: «Einmal Kinder, niemals Selbstmordgedanken.» Er hatte es gesagt, als Lále von ihrem frühkindlichen Sterbenwollen sprach, und wahrscheinlich hatte er es längst vergessen. Aber in Láles Hirn war jeder Buchstabe haften geblieben. Er konnte ja nicht wissen, dass gedankenlos Dahingesagtes für Lále zur heiligen Schrift werden sollte. Er konnte nicht wissen, dass sie diesen Satz auf sich selbst anwenden würde. Er konnte nicht wissen, dass Lále, indem sie sich von einem anderen Mann schwängern ließ, immer noch ihre Sehnsucht nach ihm verkündete. Sie hörte auf zu weinen und schälte sich aus Pits Armen. Auf einmal war um sie herum alles federleicht. «Würdest du mit mir ein Kind kriegen?», fragte sie.

«Ja», sagte er.

Sie legte sich neben den fremden Körper. Sie rechnete Empfängnis. Sie mimte Lust. Sie kaufte Schwangerschaftstests. Von ihrem Kummer redete sie nie. Wurde er übermächtig, trank sie. Spätestens nach zwei Tagen konnte sie wieder aufatmen. Eine weitere Zwiebelhaut des Schmerzes wurde abgezogen.

Am Frühstückstisch gab es eine Nähe zwischen ihr und ihm, die entsteht, wenn man das Bett miteinander teilt. Und klaffte eine Ferne, die sich auftut, weil die zweite Nachthälfte die Geschehnisse der ersten schon wieder vergessen macht. Lále schob die Suppenschale vom Vorabend zur Seite, damit der Jasmintee, der zu lange gezogen hatte und ernüchternd bitter war, Platz hatte, und musterte Pits Tanz vor den Küchenschränken. Seine Gliedmaßen waren dünn, besprenkelt mit Haarherden. Seine Beckenknochen stachen so markant heraus, als hätte jemand einer Ken-Puppe die Beine falsch herum eingeschraubt. Er setzte sich zu ihr und spitzte den Mund über der heißen Tasse, dass er Lále an einen Schließmuskel erinnerte. Hätte sie doch nur eine Spur Gefallen an ihm gefunden, hätten die Bilder der Nacht Glücksähnliches in ihr aufschimmern lassen können. Nichts schimmerte, außer einer milden Gänsehaut. Das Ausbleiben der Schönheit zu ertragen war nicht schwer, wenn sie ihn nur nicht berühren musste. Im Bett hatte er ein nervöses Vibrieren, das nicht nachließ. Er wirkte wie ein grinsender Clown, der auch einmal etwas vom Braten des Königs abkriegt. Es war, als wolle er ihr sagen: Wenn du es tust – selber schuld. Lále tat es, weil sie es einmal so beschlossen hatte. Nicht aufgrund eines Verlangens. Wenn er auf ihr lag, bedeckte er sie mit seinem Zittern. Sein magerer Körper, nach Unkraut riechend, in einem Krampf, der endlich abklang.

Sie schaute über der Teetasse aus dem Fenster. Hier vom Seitenflügel aus konnte sie in den Flur des Vorderhauses sehen, wo ein Mann gerade sein Fahrrad die Treppen hinuntertrug. Kaffeegeruch umfing sie. Pits Knie knackten, als er sich streckte, um zwei Kaffeetassen aus dem Schrank zu holen. Auf den Untertellern rankte sich Zwiebelmuster. Er hatte keine Milch. Lále würgte gerade den ersten Schluck hinunter, als sie Schlüsselgeräusche hörten. Sie rannte ins Wohnzimmer, wo ihre Kleider verstreut herumlagen. Als sie wieder in die Küche kam, räumte eine Frau die Suppenschalen in die Spülmaschine, und ein Mann hämmerte an der Wand.

Pit hatte seine Eltern nackt empfangen. Sie okkupierten mit ihren Tüten die Küche und gaben ihm mit gleichgültiger Nachsicht in der Stimme die Anweisung, er solle sich etwas überziehen.

«Ach, Ungarn», sagte der Vater, während er den grauenhaften Kaffee ohne Zaudern schluckte. «Ungarn!», setzte er die Tasse ab. Lále sah, dass seine Züge sich verkrampften. «Dobri djen!», rief er dann plötzlich, als ob er soeben persönlich nach langer Unterdrückung die Demokratie proklamiert hätte. Sie schwieg höflich, und als die Erwartung im triumphierenden Blick des Vaters nicht nachließ, sagte sie: «Das ist kein Ungarisch.»

Durch die Familie, die ihr zuteilwurde, wuchs ihre Sehnsucht nach Tamama. Sie öffnete immer misstrauisch das kleine Fenster an der Wohnungstür, wenn es klingelte. Alle je an Kleinrentnern verübten Verbrechen waren in Tamamas Kopf gespeichert. Jedes unbekannte Gesicht in der Straße betrachtete sie argwöhnisch, jede überflüssige Bewegung fand sie verdächtig. Bückte sich jemand, um etwas aufzuheben, vermutete sie ein Messer in dessen Stiefelschaft.

Sie hatte enggeschnittene Augen und dunkle Haut, von unzähligen winzigen Falten überzogen. Lále liebte ihren Duft, diese Mischung aus diversen Reinigungsmitteln. Tamama hatte Lále häufiger geküsst, als ihr das damals angenehm gewesen war, und hatte ihre Liebe mit peinlichen Ausdrücken bekundet. Aber eine Winzigkeit hatte ausgereicht, um sie zu kränken und verstummen zu lassen. Bis zu einer Woche dauerten die Schweigesequenzen an. Tamama wich Láles Blick aus, und Lále, die sich nicht entschuldigen konnte, lauerte auf Symptome der Linderung.

Pits Eltern waren viel jünger als Tamama, aber die hochtoupierte Frisur der Mutter, die löchrige Strickjacke, das schrille Parfüm erinnerten Lále an die Großmutter. Auch die unruhige Art des Vaters, der immer etwas tun musste, aber mehr Schaden anrichtete, als dass er nützte. Sie hatten die gleiche

Art, nichts fortzuwerfen, Eigentum und materielle Werte zu schätzen, und sie waren auch akribisch reinlich und hatten ihre Kinder früher geohrfeigt.

Pits Eltern waren älter als Láles Mutter, aber sie verfügten über Eigenschaften, die sie ihrer Mutter gern überschrieben hätte. Zum Beispiel pflegte die Mutter anscheinend liebend gern Pits Wäsche und rief ständig an, um keinen Augenblick aus seinem Leben zu verpassen.

Oft wurde auch eine Schwester erwähnt, von Pit und auch von den Eltern, und eines Tages stand sie unerwartet mit ihren Kindern vor der Tür. Zunächst traten die Kinder ein, mit rötlich weichen Wangen. Lále war beeindruckt von ihrem zutraulich fragenden Blick und der unvergleichlichen Anmut ihres zarten Alters. Danach kam sie wie nachgeworfen, die Schwester, das Gesicht reizlos, die Stimme rau, Pit oder den Kindern gegenüber war keine herzliche Regung zu entdecken. Sie war, als hätte man ihr die Essenz entzogen, wie einem saftigen Gericht die Flüssigkeit, sie war ein zäher Gulaschlappen.

Um ihr Entsetzen abzuschwächen, weil niemand außer ihr entsetzt zu sein schien, beschloss Lále, alles Alarmierende zu übersehen.

Pit arbeitete für eine Windkraftwerk-Firma. Es war keine große Firma. Der Eigentümer war kaum älter als Pit, lebte in Prenzlauer Berg, besuchte die gleichen Internetseiten wie Pit, segelte in seiner Freizeit und schwärmte für die gleichen Erfindungen, die auch Pit faszinierten. Lále dachte, dass die beiden nur ein Haar voneinander trennte. Sie hätten Freunde sein können, wäre Pit nicht sein Laufbursche gewesen, der immer dann einsprang, oft nachts oder am Wochenende, wenn der Firmeneigentümer schlief oder Zeit mit seiner Familie verbrachte. Aber jetzt hatte Pit auch jemanden, jetzt hatte Pit Lále, und wenn das Telefon mitten in der Nacht klingelte, weil sich irgendeine Windmaschine verdreht hatte, kam Lále sich übergangen vor. Pit hatte ein ansehnliches Gehalt, aber der Eigentümer hatte Millionen. Er hätte sicher auch mehr dafür bezahlt, liegen bleiben zu können.

Lále mochte Windräder. Die Landschaften, in denen sie standen, erinnerten sie oft an die Puszta, die sie allerdings nur aus pathosbeladenen Gedichten aus ihrer Budapester Zeit kannte. Reglose Luft und Weite – wie ein ausgetrocknetes Meer. In den Gedichten herrschte Sommerhitze, flimmerten Fata Morganen. In der Ferne ein Glänzen, als ob es dort Wasser gäbe.

Je näher sie heranfuhren, desto gespenstischer fand Lále das tiefe rhythmische Röhren. Aus Telefonaten wusste sie, wie viel Gewicht sich in der enormen Höhe drehte, nachdem es wie Lego aufgebaut worden war. Sie fuhren durch ausgestorbene Gegenden. Oft verwandelte die Landschaft sich jäh. Und das Wetter. Sie liebte es, wenn der helllichte Tag sich verdunkelte und Regen aufs Autodach prasselte. Es war eine Dunkelheit, die man glaubte berühren zu können. Sie hatte Dichte und Gewicht. Die Lichter löschte sie nicht ganz, sondern dimmte sie nur.

Abends kamen Pit und Lále in Pensionen und Stadtrandhotels an, manchmal scheinbar außerhalb der Zivilisation, manchmal unweit einer Stadt, in die sie dann zum Essen hineinfuhren. Tischdecken wechselten sich ab, Tellerformen, Gerüche, Blickwinkel, Kellnerarme. Pit erzählte, wie die Karriere seines Chefs begonnen hatte, von dessen schlichten, aber epochalen Einfällen, die ihn reich gemacht hatten. Pit träumte davon, selbst Einfälle zu haben.

Lále sang im Auto, was sie bei Pável nie getan hatte. Sie hatte keine Hemmungen, es war ihr gleich, ob sie ihm gefiel. Und Pit konnte den Blick kaum von der auf Ungarisch singenden, dunkelhäutigen Frau an seiner Seite reißen. Wenn sie ihn ansah, erzählte er Lále mit einem verlegenen Lächeln, würde er in ein schmales schwarzes Loch rasen. Dann lachte er, weil sie deutsch sang, und ließ das Auto auf der leeren Straße Slalom fahren. Auch wenn er nicht Pável war – Lále mochte, dass sie ihm gefiel.

Sie probierten, was die Küchen hergaben, nicht alles war vorzüglich, und grinsten über die Reaktion des anderen. Sie trugen Geschichten aus ihrer Kindheit im jeweiligen Land vor, von der Wende, und fanden viel Gemeinsames. Sie lachten, obwohl ihre Erinnerungen oft jämmerlich waren. Er berichtete von alten Damen, nicht immer damenhaft, aus dem Altenheim, in dem er gearbeitet hatte. Er erzählte charmant und respektvoll, Lále erfuhr, wie er Greisenhintern gewaschen und sich mit Engelsgeduld hatte beschimpfen lassen.

Immer wieder fühlte sie sich wohl, und immer wieder fühlte sie sich elend. Wenn es sie überkam, verschwanden die gesammelten Fastglücksmomente. Pit konnte dafür oder dagegen nichts tun. Lále bemerkte sein hilfloses Zappeln. Sie schluckte die Gewissensbisse hinunter, ihn bis heute nicht über ihre Seelenschluchten informiert zu haben. Unmöglich konnte sie Pit von Pável erzählen. Noch unmöglicher war es, nicht an Pável zu denken. Und keineswegs brachte sie es fertig, Pit in dem Maße zu mögen wie Pável mühelos von Anfang an. Obwohl sie das gerne, lieber als alles andere, gewollt hätte. Wenn sie lachten, wenn sie sang, war Pável kurzzeitig ausgeblendet. Es waren keine sehr häufigen Augenblicke. Aber sie sollten sich vermehren. Als sie tatsächlich schwanger wurde, war Lále schockiert. Dass sein Samen von ihrer Eizelle erfasst worden war, bewertete sie als einen paradoxen chemischen Vorgang. Angewidert betrachtete sie Pits Hände und sein Kinn und brach bei dem Gedanken in Schweiß aus, dass sie einen kleinen Pit in sich tragen könnte. Aber sie trieb nicht ab. Von der Richtigkeit dieser Entscheidung war sie keineswegs überzeugt. Sie lag am rechten Rand des französischen Bettes, und es graute ihr davor, dass er einen Zentimeter näher rücken könnte. Erlöst wurde sie, wenn er einschlief. Sie horchte auf seinen Atem.

Einmal leuchtete auf ihrem Display Pávels Name auf. Das Erstaunen war größer als die Aufregung, mit der sie für so einen Fall gerechnet hatte. Ein paar Sekunden schaute sie auf dem Display dem Klingeln zu, aber an Gefühl rückte nichts nach, so drückte sie die Annahmetaste.

Nach seinem «Wie geht's?» kam Láles «Gut». Und das war es schon. Leises Atmen. Dann plötzlich ausführliche Informationen über seine neuste Produktion. Er gebrauchte die gleichen Wendungen wie damals, setzte die gleichen Witze ein. Lále fragte ihn nicht nach Frauen, obwohl dies das Einzige war, was sie interessiert hätte. Knapp teilte sie ihm die Schwangerschaft mit und erkannte seine Erleichterung an der freundlichen Reaktion. Sie hasste ihn dafür. Ihr Körper, schwanger, erinnerte sie an die andere Schwangerschaft. Aber Pável war nicht mehr Bestandteil ihres Lebens. Der Einzige, der ihr tatsächlich versprach, sich an sie zu binden und bei ihr zu bleiben, war der Zellhaufen in ihrem Bauch.

Pável erlaubte sich eine obszöne Andeutung darüber, dass er schon immer gerne mit schwangeren Frauen geschlafen habe. Falls sie sich demnächst in Ungarn aufhalten würde. Daraufhin verabschiedete sich Lále frostig, was Pável nicht daran hinderte, sich ausführlich über seine Pointe zu freuen.

Dass Lále nicht mitlachte, erklärte er sicher mit der schlechten Leitung.

Pável verbot ihr nicht, Pit zu lieben. Lále hatte schlicht keine Kapazitäten. Indem sie bei ihm blieb, betrog sie die Natur, Pit und auch das Kind.

Ihre Exmatrikulationsbescheinigung heftete sie zu den restlichen Uni-Unterlagen. Sie strich über die Stempel, mal tintenblau mit verblassten Lücken im Kreis, mal bunt aufgeklebt. Als sie sie damals erhielt, fand sie die deutschen Unterlagen schön. Sie schaute sich die langen ausländischen Worte an, die sie damals noch nicht verstehen konnte. Die etwas über sie verkündeten – es war, als hätte man ihr einen Schlüssel zu sich selbst in die kirschrote Mappe gelegt.

Sie hatte sich in Berlin für Geschichte immatrikuliert. Sie bewunderte, wie die Deutschen die Wörter im Mund bewegten und zu schönen, sinnhaften Gebilden zusammenfügten. Deutsch ist eine rhetorische Sprache, wahrscheinlich strukturiert sie die gesamte Hirntätigkeit, ihre neuen Kommilitonen waren klar, direkt und unnahbar in akrobatischen Sprachhöhen. Über Monate hatte Lále kaum etwas von dem Vorgetragenen verstanden, hatte Angst, angesprochen zu werden und nicht antworten zu können, sie fürchtete, die Hinfälligkeit ihres Akzents zur Schau zu stellen. Mit der Zeit besuchte sie ausschließlich Sprachkurse. Gemeinsam mit Russen, Chinesen und Neuseeländern schaute sie sich Fassbinder an, lernte Rilke-Gedichte auswendig und nahm an einer Aufführung teil, bei der ausländische Studenten lakonische Sketche auf Deutsch aufführten.

Einmal nach dem Kino fand ihr Sitznachbar seine Mütze nicht und blockierte dadurch die gesamte Reihe. Láles Blick blieb an der Leinwand hängen. Im Abspann stand etwas über den Studiengang Animation.

Am ersten Studientag fand eine Aufführung statt, ein gemeinsames Projekt der Animation- und Schauspielstudenten. Als sie den Theatersaal endlich fand, hatte die Vorstellung längst begonnen. Sie trat zur geschlossenen Tür und horchte hinein. Als sie ratlos um sich schaute, kam noch jemand den langen Flur herunter. Ein kleiner Mann mit längerem gewelltem Haar, grünen Augen. Sie hielten beide die Ohren an die Tür. Sie sahen sich an.

«Ich habe Hunger», sagte er.

«Ich auch», sagte Lále.

Er blieb mit seinem Pullover an der Klinke hängen und schimpfte kurz. Lále lachte breit. Er war auch Ungar. Dennoch sah er fremdartig aus mit seiner hellen Haut und den grünen Augen. Und hieß auch nicht sehr ungarisch, Pável. Auf den ersten Blick hatte er schöne Augen. Auf den zweiten Blick war er seltsam. Beim dritten Hinsehen war Lále nicht mehr in der Lage, an ihm schön und seltsam zu unterscheiden. Alles an ihm gefiel ihr. Er bestellte mehr, als sie essen konnten, und er schob alles ihr hin.

«Du musst essen.» Ganz einnehmend, väterlich, als ob er in ihr Essverhalten eine regelmäßige Einsicht hätte und sie ihm nicht gerade erst vor die Füße gelaufen wäre.

Bei Tamama hatte es keinen Spaß gemacht zu essen. Sie verwertete immer alle Reste, und am dritten Tag hatte Salat nun einmal seine Festigkeit verloren, auch das Fleisch schmeckte aufgewärmt ranzig, die Kartoffeln waren pappig, frisches Brot gab es selten. Tamama strich den angegrauten Anfang der Leberwurst auf das harte Brot und hielt es Lále hin. Lále kaute, kaute und konnte nicht vergessen, dass mit dem Essen etwas

Fremdes in ihren Körper eindrang. Nie verlangte sie Nachschlag oder klagte über Hunger. Und immer wenn sie einen Versuch startete, die aufgetischte Menge nicht aufzuessen, unterlag sie Tamamas Argumenten. Als sie nach Deutschland kam, gehörte es zur berauschenden Freiheit, nicht essen zu müssen. Rumorte ihr Magen, war es die Hymne der Reinheit. Ab dem zweiten, dritten Tag bekam sie Sehstörungen. Wenn sie den Kopf bewegte, bestand die Welt aus schlierigen Flecken. Es dauerte immer eine Weile, bis sie ein Bild einfing, die Situation begriff. Sie fühlte sich betäubt, abgeschirmt, wie betrunken. In dieser Phase des Hungerns war sie glücklich, hatte ein unabwischbares Lächeln, ein grundloses Schönfinden, eine plötzliche Liebe für alle. Dann wurde sie schlagartig schläfrig und lustlos. Ohne schlafen zu können, lag sie stundenlang erschöpft in einer reglosen Trance. Es war, als würde ihr Körper versuchen, sich auf die neuen Umstände einzustellen, sich neu zu justieren. Natürlich verlor sie an Gewicht. Ihre Silhouette ließ sich in der Stoffmenge, die an ihr flatterte, nur erahnen. Sie fror unabhängig vom Sonnengehalt des Tages. Und irgendwann bekam sie Kopfschmerzen. Es waren starke Schmerzen, die ihr die Sterblichkeit vor Augen führten.

Mit Pável wurde das Essen zu etwas anderem. In Láles Magen zog Ruhe ein, jetzt beglückte das Sattsein ihren ganzen Organismus mit einem wohligen Schaudern. Jeden Bissen konnte sie mit ihm genießen. Sie machte sich keine Sorgen, was das Essen mit ihrem Körper anstellte, ihre Konzentration galt seinen Worten, ihr Blick hing an seinen Lippen, an seiner Nase, seinen Augen. Essen war etwas, was sie analysierten, womit sie sich ihrer nationalen Prägung versichern konnten, und vor allem war es eine Gemeinsamkeit. Wieder eine mehr.

Lále blätterte in den Unterlagen und strich gedankenverloren über die Exmatrikulationsbescheinigung. Als sie sich durch die Abtreibung von den Beinen reißen ließ, hatte sie ihre Post nicht mehr geöffnet, so war das Unvermeidliche geschehen. Jetzt war sie wieder schwanger. Ihr war übel. Über eine Karriere dachte sie im Augenblick nicht nach.

Dass Dorothee ihre Schwangerschaft bis zum achten Monat hatte verheimlichen können, glaubte Lále ihr sofort. Sie war schmächtig, hatte nicht gestillt, weil sie ihre Brüste nicht ruinieren wollte. Lále nickte anerkennend – sie war wirklich makellos – und mit leichter Verachtung, weil sie sich nicht alles für das Baby abverlangt hatte. Dorothee hatte unnatürlich kleingelocktes, langes schwarzes Haar, trug Stiefel und viel Make-up. Als hätte ein Kind mit der Nagelschere ein Feengesicht aus seinem Märchenbuch geschnipselt und im Modekatalog auf einen Modelkörper geklebt. Unablässig redete sie über wandernde Seelen und negative Energien, die man mit Steinen von sich fernhalten konnte. Trotzdem war Lále aus unerfindlichen Gründen schon beim ersten Termin von ihr gefangen gewesen. Dass Dorothee ein Freak war, war eine Chance, nicht ausgelacht zu werden. Sich für nichts schämen zu müssen. Dorothee – elfenhaft, entsetzlich dünn, etwas gebückt – war blass wie eine Wachsfigur, und oft fragte Lále sie, ob es ihr gutginge, als wäre sie selbst die Therapeutin und nicht die Patientin. Selbst Dorothees schwarze Katzen, die sich vor anderen Patienten immer versteckten, sprangen Lále auf den Schoß und rieben ihre Köpfe an ihrem Bauch und an ihrem Arm, als wäre sie mit Fischpastete bestrichen. Dorothee musste die Tiere aus dem Zimmer sperren, damit sie weiterreden konnten.

Die Zeit wurde am kürzesten dort in Zehlendorf gemessen.

Lále versuchte die Uhr mit dem Blick zu bremsen. Wenn in ihrem restlichen Leben die Uhr ähnlich getickt hätte, wäre es schnell vorbei gewesen. Hier zu sein war Láles einziger Zeitvertreib, dessen Intensität der mit Pável nahekam, nicht nur weil bei Dorothee die Begegnung mit ihm mystifiziert wurde, das eigene, so oft durchgekaute Elend kam Lále auf dem Therapiestuhl vor wie ein großes Abenteuer, und Dorothees Hingabe, dieses zu erforschen und versteckte Hintergründe zu nennen, machte die gemeinsame Reise aufregend.

Unter Dorothees Einfluss kaufte sich Lále reinigende Kristalle, hörte Meditationsmusik, schnupperte an Räucherstäbchen und beschaffte sich zwei Bücher von Osho, die sie zwar nicht las, aber gut sichtbar im Bücherregal platzierte. Sie zählte die Stunden bis zum nächsten Termin und beäugte feindselig Dorothees andere Patienten. Die Situation erinnerte sie an ein Bordell. Der Sessel war noch warm, und vor fünf Minuten hatte eine völlig fremde Person Dorothee aus ihrem Leben vorgejammert. Dorothee schien der schnelle Wechsel ins nächste Jammertal nichts auszumachen.

Als Lále schwanger wurde, verlieh ihr der veränderte physische Zustand Souveränität. Sie war so vehement mit ihrem Körper beschäftigt, dass für Liebeskummer kein Raum mehr blieb. Außerdem war ihr übel. «Wenn man schwanger ist, kommt der Dreck an die Oberfläche und treibt dort schäumend vor sich hin», berichtete sie Dorothee. «Man kann das nicht schönreden. Man kann Abscheu nicht in Mitleid verwandeln. Man ist heftig, unverschleiert und dumm. Man riecht und hört vielleicht mehr, aber die Kontrolle hat man endgültig verloren. Man heult und schreit und hat gegenüber allem einen Widerwillen. Besonders dem eigenen Zustand gegenüber: Man will nicht schwanger sein.»

Lále versuchte die Räume mit Reinigungsritualen zu neutralisieren, so wie Dorothee sie angewiesen hatte. Aber sie schien etwas nicht richtig ausgeführt zu haben, denn ihr Leben ging nur immer unaufgeräumt weiter. Schließlich gab sie es auf, und nur die Kristalle bekamen einen Platz unter den wenigen wichtigen Gegenständen, die sie von jeher mitnahm, wann immer sie den Ort wechselte. Das waren ein kleiner Altar aus Elfenbein, eine Kohlezeichnung – ein Porträt ihres Vaters – angefertigt von der Mutter, ein kleinformatiges Tagebuch in fleckigem Einband, ein paar Postkarten und das größte Stück: eine alte Erika-Schreibmaschine. Waren diese Gegenstände in der Nähe, fühlte sie sich heimisch.

Meistens tippte sie auf der Erika, oft sinnlos, zusammenhanglose Buchstaben, nur für das Schriftbild oder für die Geräusche, die die Erika von sich gab. Manchmal schrieb sie Briefe, die sie nur selten beendete und nie abschickte, linkische Sätze mit verschobenem Zeilenabstand, ein wenig verschmiert, einige Buchstaben mit anderen übertippt. Wann immer sie die Texte las, befiel Selbstekel Lále. Sie riss das Papier aus der Maschine. Eine Ecke fehlte. Sie drehte die knarrende Schiene, aber der flüchtige Papierfetzen blieb verschluckt. Schulterzuckend zog sie ihren Mantel über und trat aus der Tür. Sie schlenderte die Straße entlang, um die Zeit hinauszuzögern. Kam sie zu früh, wurde ihre Mutter zornig. Sie behauptete, in ihrer Konzentration gestört zu werden. «Zumindest vor dem Auftritt möchte ich gern vergessen, dass es dich gibt», sagte sie, und dann schauten alle Lále an, als habe sie der Mutter ihren nackten Hintern ins Gesicht gedrückt. Hatte sie nicht. Sie war bloß vorbeigekommen. Sie senkte den Blick. Scham hatte mehr Gewicht als Gravitation.

Lieber flanierte sie – wie eine Touristin im eigenen Leben. Sie sah, wie in den Fenstern die Lichter angingen. Mal waren sie nur warm-gelbe Flecken, mal spielte sich darin wie in einer Laterna Magica eine Szene ab. Langsam bekam die Stadt einen grauen Stich.

Einige Male umkreiste sie den Kellereingang. Zuerst war niemand da, aber die Tür stand schon auf, beim zweiten Mal rangen keuchend zwei Türsteher miteinander und lachten. Dann lief sie vor auf die Allee, wo Busse hielten und niemand Anstoß nahm, wenn sie stehen blieb. Wut brandete auf, weil ein Fahrer losfuhr, ohne abzuwarten, bis alle drin waren. Die Ausgesperrten traten gegen die Karosse und schrien, der Fahrer blickte stoisch geradeaus durch die Scheibe und drehte am gigantischen Lenkrad.

Als sich vor dem Keller eine kleine Schlange bildete, traute sie sich hinunter. Die Türsteher ließen sie vorbei. Im Keller wurde Lále von der fensterlosen Schwere verschluckt – dicker Rauch und ein schneidend saurer Geruch. Eine Frau saß am Tresen. Ihr dunkelblauer Blick leuchtete Lále an, leicht phosphoreszierend, wie Katzenaugen. Sie hielt eine Zigarette in der Hand, die wie eine organische Verlängerung ihrer langen Finger wirkte. Eine andere Frau stand hinter dem Tresen, wischte über die glatte Oberfläche. Sie war vor den drei in die Spiegelwand hineingedrehten Glühbirnen gut zu sehen. Ein Zopf aus feuerroten Haaren, die für einen Zopf eigentlich noch zu kurz waren und sich aus dem Gummi lösten, tanzte auf ihrem Kopf. Der Wischlappen erreichte das Glas der rauchenden Katzenfrau, die es anhob und mit kreisender Bewegung den Wein zum Beben brachte.

Die Bühne war noch voller Kisten. Ein Techniker hockte vor zwei Kabeln und einem liegenden Mikrophonständer.

Lále setzte sich auf den großen Lautsprecher neben der Bühne, lehnte sich gegen den schweren schwarzen Vorhang und war kaum sichtbar.

Der Keller füllte sich. Ihre Mutter tauchte immer wieder mit geschäftigem Blick auf der Bühne auf. In ihre Richtung schaute sie nicht. Sie sagte «eins, zwei, eins, zwei» in herumstehende Mikrophone, trank gierig aus einer Flasche, zupfte ihre schwarze Strumpfhose zurecht, auf der aus Strasssteinen eine Schlange abgebildet war, küsste verschiedene Männer auf den Mund, die mit Instrumenten oder Bierflaschen an ihr vorbeizogen, und wandte sich wieder ihrer Strumpfhose zu. Dann hielt sie inne, breitete die Arme aus, sprang von der Bühne, nahm dem Bühnenarbeiter, der direkt neben Lále stand, die Zigarette aus der Hand und sog den Rauch tief in die Lunge. Im Publikum begannen einige, ihren Namen zu rufen, woraufhin sie verschwand. Die Türsteher kamen und scheuchten die Übermütigen zurück. Eine Rangelei entstand. Lále hätte gerne gewusst, ob die Mutter sah, was ihre Person verursachte.

Der Lautsprecher, auf dem Lále saß, spuckte Laute aus. Sie musste bald dort runter, wollte sie nicht taub werden. Die Luft war nur noch eine einzige dichte Rauchwolke, darunter ein dissonanter Klangteppich. Irgendwann verschwand auch der letzte Techniker von der Bühne, und eine gespenstische Stille trat ein. Lále hielt sich die Ohren zu. Auch ohne hinzuschauen, nahm sie das Gewicht der Masse wahr. Dann plötzlich der erste trommelfellsprengende Akkord, und ihre Mutter betrat die Bühne. Filigran, alterslos, kindhaft. Sie sei eine Mädchenfrau, sagten alle. Für Lále war sie ihre Mutter. Und Göttin.

Sie sang. Mit einer samtenen Stimme, tief, leise, dann

plötzlich schreiend, klagend, angsteinflößend. Sie war wie in Trance, während des ganzen Konzerts. Ihr kleiner, sehniger Körper in einem Spannungsbogen mit der Stimme – in einer Bewegung. Wenn sie anhielt, schwenkten die Reflektoren über ihr Gesicht und brachten die Schweißperlen unter ihren dunklen, feuchten Strähnen zum Glitzern. Die Wimpern, von schwarzer Tusche klumpig, stachen in die Luft und fingen ein paar Staubkörner auf. Ihre Haut glänzte gelblich. In ihren Zügen angespannter Schmerz, der sich mit jedem Wort verfärbte. Eine ganze Schmerzpalette: Jedes Wort verfügte plötzlich über ungeahnte Schönheit, und sei es nur ein «und» aus ihrem Mund.

Aus Zehlendorf fuhr Lále zurück in den Prenzlauer Berg. Vor einem Monat war sie dort hingezogen und hatte ihre Kisten immer noch nicht ausgepackt. Wie ein Übernachtungsgast lebte sie bei Pit. Sie brauchte anderthalb Stunden. Die Pflastersteine ließen jede Schraube im Wagen und jeden Knochen in ihrem Körper einzeln beben. Die Rotphasen schienen immer länger zu werden. Am Hauseingang schwamm sie in Schweiß. Sie ging durch den mit Stuck geschmückten Vorderhausflur, über den Hof ins Hinterhaus, das in der gleichen dunkelgrünen Farbe gestrichen, aber ohne Verzierungen war. Sie stieg die Treppen mit geschlossenen Augen hoch. Schlagartig verschwand die Hitze von ihren Schläfen, und ihre Schritte wurden federleicht. Ein Kitzeln lief ihr übers Bein, immer wieder, als ob ein Stück Schlüpfergummi in ihrer Hose tanzte. Sie steckte den Schlüssel ins Schloss und war voller Vorfreude angesichts der Schwerelosigkeit, die gleich, auf dem Sofa, durch ihre Glieder wandern würde. Lále blickte zurück auf das Fenster in der Treppenwende. Sie stieß einen erstickten Schrei aus. Die Treppe war voller Blut. Sie schaute an sich hinunter. Ihre Hose war durchtränkt.

Stockend fragte sie den Hörer, was jetzt geschehen solle. In einem fort spülte sie schwarze Pfützen hinunter. Pit, der gerade in der Nähe von Nürnberg Rotorblätter justierte, rief einen Arbeitskollegen in Berlin an, den Lále noch nie gesehen hatte. Er würde sie abholen und ins Krankenhaus fahren. Sie ging in den Flur und versuchte hastig, die Blutspuren zumindest grob zu beseitigen.

Der Kollege kam, nahm ihren Arm und inspizierte unverhohlen ihren Bauch. Sie kam sich wie eine Betrügerin vor, die nicht mehr schwanger war, sich aber weiter so behandeln ließ. Er fuhr sie zur Rettungsstelle. Er trug einen Pferdeschwanz, das eng am Kopf anliegende Haar sah aus wie eine schwarze Bademütze. Seine Augäpfel waren gerötet. Der Pfleger, der sie aufnahm, zeigte auf Plastikstühle im Flur. Lále wollte sich nicht unterhalten. Der Pferdeschwanz starrte vor sich hin. Reges Treiben auf beiden Seiten des Flures. Zu Lále kam keiner. Es zog in ihrem Unterleib. Warmes Blut strömte in ihre Binde. Türen gingen auf und zu. Niemand blickte her. Langsam wurde sie unruhig. Endlich kam jemand auf sie zu, aber kurz bevor er sie erreicht hätte, rannte er los und flitzte an ihnen vorbei. Der Pfleger, der sie in Empfang genommen hatte, hastete in die andere Richtung. Lále hatte das Gefühl, in einer warmen Schüssel zu sitzen. Jetzt wollte sie nicht mehr aufstehen. Sie hatte Angst, dass der Stuhl blutig war.

«Man müsste hingehen und fragen», sagte sie leise. Ihr Begleiter schaute unbeholfen um sich, rutschte auf seinem Stuhl hin und her, dann wurde er wieder ruhig. Als ob er schon alles in seiner Macht Stehende getan oder sich das Problem in Luft aufgelöst hätte.

«Es ist alles voller Blut», sagte sie immer noch leise. Er sah sie bestürzt an.

«Könntest du hingehen und nachfragen?»

Sie zeigte mit dem Kopf zum rechten Ende des Flures, auf eine offene Tür, durch die Schwestern rein- und rausrieselten. Es war offensichtlich das Stationszimmer. Der Mann neben ihr sagte immer noch nichts und stand immer noch nicht auf. «Ich verliere mein Kind», sagte sie gereizt, worauf er sich endlich erhob. Zwei Schritte machte und wieder anhielt. Sie nickte ihm aufmunternd zu. Er schaute nach jedem Schritt zurück, bis er die Tür erreicht hatte. Dort wurde er ein paarmal gerammt, bis ihn endlich jemand fragte, was er wolle. Er sagte zwei Worte, zeigte auf sie und zuckte mit den Schultern. Eine Ärztin stürzte auf Lále zu, schloss eine Tür in ihrer Nähe auf und rief: «Kommen Sie, wir haben Sie ganz vergessen!» Lále stand auf und schaute auf den Stuhl: kein Fleck. Während Lále zur Liege schlurfte, knipste die Ärztin das Ultraschallgerät an. «Der Embryo hat sich abgelöst. Er ist noch da, Herztöne auch, aber es ist fraglich, ob er sich wieder einnisten kann. Sie müssen damit rechnen, dass er in den nächsten Tagen abgeht. Sie können natürlich versuchen, sich hinzulegen, so wenig Bewegung wie möglich, aber ich will Ihnen keine großen Hoffnungen machen.» Aus der Maschine rutschte ein glänzendes schwarzes Bild, das die Ärztin abriss und ihr vor die Augen hielt. «Hier ist der Ablösebereich deutlich zu sehen.» Sie zeigte auf einen dunklen Fleck auf dem dunklen Ultraschallbild. Lále runzelte die Stirn. Die Ärztin kreiste daraufhin den Schatten mit Kugelschreiber ein und gab ihr den Zettel in die Hand. Als sie den Fleck betrachtete, fühlte Lále eine Art Vertrautheit – das war ihr Kind, es lebte, hatte Herztöne – und eine Art Wehmut, als ob schon alles unabänderlich beschlossen wäre.

Lále lag zu Hause und versuchte, sich nicht in Gedanken zu verrennen. Sie ruhte sich aus, las und wartete auf die große Blutung. Wahrscheinlich war eine, die nie eine richtige Mutter hatte, einfach nicht in der Lage, selbst Mutter zu werden.

Mit Asche im Haar kam die Mutter morgens nach Hause, und die auswärts verbrachte Nacht malte ihr Schatten ins Gesicht. Grußlos zog sie an ihnen vorbei. Irritiert vom Licht, den Blicken, verschwand sie in ihrem Zimmer. Lále lernte den Eindruck zu erwecken, sie wäre gar nicht da. Übersehen werden was das kleinere Übel. Am schlimmsten war es, den weltlosen Blick der Mutter auf sich zu spüren, die Lále nur müde oder beschäftigt kannte. Und sie kannte eine weiche, hingebungsvolle, aufmerksame Mutter, mit Glanz in den Augen. Die saß mit am Tisch, wenn Gäste da waren. Lále selbst konnte sie nie abrufen.

Wenn die Mutter sich morgens schlafen legte, sprachen Tamama und Lále nur noch flüsternd und rollten leise von den Fersen ab. Die Mutter warf sich im Bett herum. Sie zog sich das Kissen über den Kopf, strampelte die Decke von sich, nur um sie sich später wieder zu holen. Dann stand sie auf und taumelte auf die Badezimmertür zu. Die zwei verstummten, als hätten sie sie mit ihrem Flüstern geweckt.

Die Blutung blieb aus. Nach zwei Wochen ging sie zur nächsten Untersuchung. Der Ultraschall zeigte einen altersgerecht entwickelten, agilen Embryo, stabil an der Wand der Gebärmutter haftend.

Nach der ersten Freude wurde sie still. Sie hatte eine zweite Chance bekommen, allerdings gab es nun auch kein Zurück mehr. Sie ergab sich dem weiteren Verlauf und horchte in sich hinein. Manchmal ähnelte die Ergebenheit Glück. Soweit sie über Glück Bescheid wusste.

Dann zum Beispiel, wenn Abende weniger öde waren als Abende sonst, Spannung in sich trugen, obwohl man nichts tat. Oder doch. Man wartete. Wie an Weihnachten. Lále saß am Küchentisch. Sie lehnte sich weit nach hinten und streckte die Beine aus. Nichts geschah, dennoch fühlte sie sich wohl. Die Wärme des Dämmerlichts über dem Tisch, die Dunkelheit draußen, die sporadische Bewegung, die sie dort wahrnahm, dazu Pit am Tisch und wie er ab und zu aufstand oder mit dem Teelöffel klapperte, all das beschwichtigte sie. Sie sagten nichts und dachten an dasselbe.

An einem dieser Abende rann ein winziges Bächlein ihren Oberschenkel hinunter. Sie hatte es zufällig bemerkt, gespürt hatte sie nichts. Sie nahm die Lackmusstreifen vom Badezimmerschrank und fing einen Tropfen auf. Er färbte den Streifen blau. Sie suchte nach Spuren von Vorfreude, fand aber nur Missbehagen, als ob der Zustand «schwanger» ohne Folgen hätte bleiben können. Sie hatte keine Lust auf den Uneingeladenen.

Sie fuhren ins Krankenhaus. Sie bekam weder Wehen noch sonst etwas. Lále sah den stöhnenden Frauen zu und kam sich wie eine Besucherin vor. Sie fragte Pit, ob er sie bitte wieder nach Hause fahren könnte. In seinem verdutzten Blick entdeckte sie den Vorwurf des werdenden Vaters, der sich zurückgesetzt fühlt. Sollte er doch das Kind bekommen, wenn er es so viel besser wusste. Sie wandte sich zu den eifrigen Bäuchen um, die stöhnten und schrien. Na, Mädels, kommt, zeigt Pit, wie eine gute Ehefrau gebärt! Lále ging gerade durch die Stationstür, als eine Schwester nach ihr rief.

Man fummelte an ihr herum und schickte sie spazieren. Zahlen und lateinische Begriffe flogen umher, und nach zehn Stunden war der Muttermund angeblich sechs Zentimeter weit. Sie hatte die ganze Nacht durchwacht. Sie kam an das EKG, das Wehentätigkeit anzeigte. Die höchste Spitze der Empfindungen war vielleicht eine leichte Übelkeit. Sie würde ihr Kind ohne Schmerzen auf die Welt bringen, dachte sie. Plötzlich zerrte man sie auf eine Bahre, schob sie über Flure und schrie durcheinander. Auf die Frage, was denn sei, kam keine Antwort. Die nie enden wollenden weißen Wände waren wie eine Skipiste im Fahrsimulator.

Lále war zwar nach Ansicht des Krankenhauspersonals Mutter, aber sich tatsächlich Mutter zu nennen, fühlte sie sich nicht berechtigt. Sie war von der Medizin begnadigt worden. Die Evolution hätte sie ausgemustert, würde es keinen Kaiserschnitt geben. Ihre Existenz war ein Beitrag zur Verweichlichung und des daraus wahrscheinlich resultierenden baldigen Untergangs der Menschheit. Sie war keine Vollblutmutter, aus deren Unterleib die Brut herausflutschte. Wahrscheinlich genauso wenig, wie ihre eigene Mutter es war.

Im Falle eines Kaiserschnitts beginnt das Martyrium erst nach der Entbindung. Es war eine Art Schmerz, für den Lále keinen Vergleich fand. Sie konstatierte, wo ihre zerschnittenen Fleischschichten einander wund küssten. Sie bezweifelte, dass sie je wieder zusammenwachsen würden. Sie fürchtete beim Urinieren, dass die Flüssigkeit aus der klaffenden Spalte in ihrem Unterbauch herausplätschern könnte. Trinken musste sie aber, um genug Milch zu produzieren.

Vielleicht wäre es anders gekommen, hätte er ihre Brust nicht wund gesaugt. Pit wiederholte unablässig, dass sein Sohn

Hermann heißen müsste, wie jeder Erstgeborene in der Familie, zumindest mit dem Zweitnamen. Und der Vater schärfte Pit ein, den Jungen unbedingt Herbst zu nennen, um den Stamm der Herbsts zu erhalten. Lále schauderte es bei beiden Vorschlägen, aber als ihr der Pfleger das fremde blonde Kind unter die Nase hielt, zerlief sie vor Schmerz und Rührung. Sie dachte, vielleicht heißt der Arme tatsächlich Hermann Herbst. Während hinter einem aufgespannten grünen Laken fremde Hände in ihren Eingeweiden rupften, murmelte sie Pit zu: «Nennt ihn, wie ihr wollt.» Und Pit rannte freudig erregt auf den Flur zu seinen Eltern, um ihnen die viel wichtigere Nachricht als die der Geburt seines Sohnes mitzuteilen.

Am nächsten Morgen aber, als sich der für Herbst gehaltene Säugling mit Wucht an Láles Brust machte, erkannte Lále, dass er ein Vollblutlábán war, von einem Herbst hätte sie sich die Brüste nie blutig beißen lassen. «Du entkommst nicht», sagte sie zu ihrem Sohn. Hermann blieb nicht einmal als Zweitname erhalten, sie nannte ihn Nathan Bors Lábán. So lebte Hermann Herbst nur einen Tag lang. Pit war verwirrt und seine Eltern erzürnt. Die Grußkarte zum ersten Geburtstag adressierten sie an Hermann Herbst, weshalb sie nie ankam.

Die Säuglinge, die sie bis dahin gesehen hatte, waren zerknautscht und rot, die Haare waren dunkel verklebt. Sie kauerten mit geschlossenen Augen auf dem Bauch ihrer Mutter. Dieser kleine Junge aber lag sauber und gelöst auf dem Handteller des Kinderpflegers, der ihn zur Waage trug, und schaute mit sacht rundem Blick um sich. Er hatte blonde Haare, weich, lang und voll. Lále bekam Lampenfieber davor, das Nötige für dieses gescheite Kind bewerkstelligen zu müssen.

Zurück in Prenzlauer Berg, halfen Pits Eltern aus. Sie waren gekränkt, was die angenehme Nebenwirkung mit sich brachte, dass sie weniger sprachen. Immerhin bedeutete ihre Anwesenheit eine gewisse Abwechslung. In der Küche klapperte jemand, auch wenn es nicht Tamama war. Lále versuchte zu übersehen, dass Pits Mutter Kaffeesatz in die gelbe Tonne kippte. Ihr voyeuristisches Verlangen, in der Wäsche des Sohnes zu wühlen, unterband Lále, indem sie selbst wusch. Solange Pit alleine lebte, hatte seine Mutter die Wäsche nach Cottbus kutschiert, gewaschen, gebügelt und gefaltet. Láles Verweigerung riss eine winzige, kaum merkliche Spalte in die Cottbusser Anima.

Dem Säugling hingegen hatte sich Lále längst ergeben. Fügsam kroch sie in Richtung des Gebrülls, das aus der Tiefe irgendeines Zimmers kam. Sie schlurfte von einer schreiend roten Diode zur nächsten und führte Befehle aus, sie war geleiteter Strom und manipulierte Versuchsratte.

Es war fünf Uhr in der Früh. Sie schaute auf die Gestalt, die aus dem Spiegel zurückblickte. Ihr Körper war aufgeweicht. Die Brüste prall mit Milch gefüllt. Frischrote Adern schimmerten durch die Haut, wie Bäche auf Landkarten. Der Warzenhof war dunkel wie von der Sonne verbrannter Klatschmohn. Wenn sie das Geschrei hörte, begann gelbe Flüssigkeit zu rieseln, mehrere dünne Strahlen in verschiedene Richtungen. Wasser-Installation der Natur. An der einen Brustwarze fehlte, wie abgebissen, ein Stück Haut. Selbst wenn nur ein Hauch sie streifte, brannte sie.

Lále ging gebückt, ihre Gebärden waren die einer Greisin. Ihr Körper war gebrochen, ausgeliehen, ausgeleiert, nach Gebrauch zerrissen fortgeworfen. Sie dachte an den Faden, auf dem ihre Gliedmaßen wie Perlen aufgereiht waren. Einen halben Zentimeter über den Schamhaaren war er durchtrennt worden. Ihre Wonne gekürzt. Wenn jetzt jemand mit dem Finger ihren ganzen Körper entlangfahren wollte, würde sie in der Mitte aufschreien. Eine Delle hatte sie – wie ein Unfallauto. Sie zuckte mit den Schultern. Solange es still war, war es gut.

Sie setzte sich an den Bettrand und wartete. Nichts. Das Baby schwieg gnädig. Vielleicht beobachtete es die baumelnden Fische über seinem Gitterbett, die gleich zu tanzen begannen, wenn es sich bewegte. Sie stand auf und schlurfte Richtung Kinderzimmer. Vor der Tür lauschte sie, hörte aber kein leises Aufeinanderprallen der Holzfische. Das Baby musste eingeschlafen sein. Die angelehnte Tür zu berühren wäre fatal gewesen, denn das Baby hatte einen sehr leichten Schlaf.

Pit machte sich gut als Papa. Stundenlang lief er mit seinem Sohn auf dem Arm herum, wenn der Kleine Koliken hatte. Verrenkt schlief er mit Nathan auf dem Bauch. Er und er, sie waren ein reizendes Bild. Lále schmunzelte und schoss Fotos, um für Nathan die große Legende über sein eigenes Leben zu begründen. Sie drehten jeden Tag eine Runde an der frischen Luft. Die Löcher im Prenzelberger Bürgersteig und der abbröckelnde Putz erinnerten sie an Ungarn. Außerdem war Winter, der Schnee schmolz und gefror, und Matsch vermengte sich mit Dreck und war nirgendwo wegzudenken. Lále fror. Es hätte alles schön sein können, wäre es Sommer gewesen. Es hätte alles wunderbar sein können, hätte sie eine ausgeprägte Ostnostalgie gepflegt. Es hätte alles perfekt sein können, hätte sie vergessen können, dass Pit ein Ersatzmann war und Nathan ein Ersatzkind. Hätte Lále sich vergessen können.

Auch das beunruhigende Gefühl, dass Pits Chef ihn ausbeutete, wurde Lále nicht los. Da Pit ohnehin wusste, wie alles funktionierte, konnte er sich genauso gut selbständig machen, dachte sie. Dann würde er alle Einnahmen erhalten, nicht nur einen Trostbetrag. Wenn Nathan schlief, wenn Láles Vorabendserie zu Ende ging, wenn Pit alle Plastikaufsätze und Flaschen zur Seite stellte, die Lále für die Milchpumpe benötigte, gaben sie imaginär all das Geld aus, das Pit noch nicht verdiente. Sie dachten, sie wären noch jung und die Dramaturgie müsste ein Wunder vorsehen, wovon berichteten die Alten denn sonst, wenn nicht von solchen Wendepunkten?

Lále wollte Nathan in einem biochemischen Fürsorgewahn alles ermöglichen, traute Pit alles zu. Abends war alles so leicht. Oft schliefen sie beschwipst, er vom Bier, sie von ihren Visionen, in den Armen des anderen ein.

Mit der Kündigung hatte er sich schwergetan. Am liebsten hätte er eine Abfindung kassiert, aber dazu hätte er gekündigt werden müssen. Und das stand nicht zur Debatte. Als die Eltern erfuhren, dass er sich selbständig machen wollte, erblassten sie synchron. «Bleib du nur angestellt», sagte der Vater ärgerlich. Sein Mund war ein schmaler Strich. «Eine Firma?», fragte die Mutter. «Da musst du Leute auszahlen. Da musst du immer allen sagen, was sie zu tun haben!»

Wie dumm sie sind, dachte Lále. Dass ihr Sohn noch dümmer sein und die beiden recht haben könnten, daran dachte sie nicht. Ihre Reaktion bestärkte sie in ihrem Entschluss. Je mehr Widerstand sie erfuhr, desto entschlossener setzte sie sich ein. Je mehr Pits Angst wuchs, desto mehr wollte sie ihm beweisen, dass er keine Angst zu haben brauchte.

Er hatte keine Ahnung, wie er die Zeit, bis auch er ein erfolgreicher Geschäftsmann sein würde, überbrücken sollte. Bis jetzt hatte er immer getan, was ihm aufgetragen wurde. Ab jetzt sollte alles von selbst laufen. Er wollte Windräder verkaufen. Aber etwas zu verkaufen, was er nicht besaß, gestaltete sich mühselig. Er spürte im Internet gebrauchte Windräder auf. Obwohl diese günstig waren, hatte er natürlich trotzdem das Geld nicht, um sie bezahlen zu können. Zunächst musste er einen Käufer finden. Er würde eine Ladung Fachzeug faseln, und schon war der hübsche Preisunterschied da, dachte er. Sein Gewinn. Über seinen Job hatte Pit in der Branche viele Leute kennengelernt, alles lief wie am Schnürchen. Aber jetzt, als er in eigener Sache mit ihnen Kontakt aufnahm, kam er nicht über den Kaffeeklatsch hinaus.

Er suchte nach neuen Kunden, und um seriös zu wirken, gab er sich als Eigentümer aus. Er musste über die Objekte Angaben machen, von denen er keine Ahnung hatte. Auch handeln wollten die Käufer. Um ein Geschäft endlich zum Abschluss zu bringen, erzielte er meistens einen so geringen Gewinn, dass sich der Aufwand nicht auszahlte. Danach bemängelten die unglücklichen Neueigentümer seine ungenauen Beschreibungen, weil er die «eigenen» Windräder ja nie zu Gesicht bekommen hatte, und wollten ihr Geld zurück. Während er sich um neue Geschäfte bemühte, liefen mehrere Prozesse. Pit schwitzte Nächte durch, aber zahlen konnte er nicht. Er kam zwar immer davon, aber sein Name blieb in zweifelhafter Erinnerung.

Über das Internet fand er zwei Firmen, bei denen er sich für die Projektbegleitung bewarb. Ab und zu nahmen sie ihn zur Montage mit, wo er für den Stundenlohn eines Aushilfsarbeiters schuftete. Bei einem dieser Jobs lernte er einen Studenten im letzten Semester kennen, der nach dem Abschluss Großes vorhatte und sich über die Finanzierung keine Sorgen machen musste. Eine Software wollte er entwickeln, die die

Steuerung von Windrädern erleichterte. Pit, der im Studium Programmieren gelernt hatte, erklärte sich bereit, ihm zu helfen.

Aber die Sache war schwieriger als erwartet. Jetzt ärgerte er sich das erste Mal über den mit BAföG finanzierten jahrelangen Alkoholrausch.

Erst als seine Eltern nach langem Drängen ein Machtwort gesprochen und ihm alle Flaschen aus seiner Wohnung geräumt hatten, wunderte er sich, wie viele Jahre vergangen waren und dass bei den Prüfungen Kommilitonen neben ihm saßen, die jünger waren als sein jüngerer Cousin, und dennoch wussten sie mehr als er. Er konnte sich daran erinnern, wie beeindruckt der kleine Cousin gewesen war, als Pit nach der Einschulung mit seinem Ranzen über den Hof galoppiert war.

Monatelang schrieb Pit an dem Programm. Er war noch lange nicht fertig und die Bezahlung noch Lichtjahre entfernt. Sie sollte erst erfolgen, wenn der Student mit dem sicheren Geld fertig studiert und seine Firma schon halbwegs aufgebaut hatte – natürlich mit Pits Software. Ohne materiellen Treibstoff gingen selbst dem verträumten Pit die Träume aus.

Irgendwann versuchte er, die Software anderweitig zu verkaufen. Man lud ihn zu Präsentationen ein. In Bezug auf die konkrete Zielsetzung der einladenden Firma wollte das Programm, so akribisch er es auch umgearbeitet hatte, nicht funktionieren. Funktionierte es endlich, brach doch noch alles bei der Generalprobe zusammen. Wenn es halbwegs funktionierte, mit tausend Notlösungen und nach mehreren durchwachten Nächten, lief bei der Präsentation etwas schief. Pit arbeitete und arbeitete und wurde nie fertig. Immer geschah etwas Unvorhergesehenes.

Bei der zweiten Firma, bei der er auf Montage aushalf, hatte man ihn einmal bar auf die Hand bezahlt. Für die nächsten Male wollten sie ihn zum kommenden Monatsanfang entlohnen. Pit harrte aus, aber als er auch am Fünften nichts auf seinem Konto vorfand, rief er an. Das Geld wäre schon unterwegs, wurde er vertröstet. Nach drei Tagen rief er wieder an, ließ sich diesmal nicht so schnell abwimmeln und wollte den Chef persönlich sprechen. Der war leider unterwegs. Zehn Tage darauf war derselbe Telefonanschluss abgemeldet. Pit durchsuchte seine Hosentaschen und fand eine Mobilnummer, unter der er einmal hatte anrufen müssen, um Bescheid zu sagen, wo er von der Montage abgeholt werden sollte. Der ehemalige Chef hob ab und verstand zunächst gar nicht, wer Pit war. Dann sagte er bedauernd, er habe Insolvenz angemeldet, aber etwas von dem Geld sei noch da, davon könne er ihn auszahlen, am Gericht vorbei, das sonst jeden kleinen Betrag einziehen würde. Pit wartete anderthalb Stunden im Café. Als der Kellner in die Küche ging, stand er auf, rannte hinaus und warf sich in die Menge. Er hatte nicht genügend Geld, um seinen Tee bezahlen zu können. Danach war der Mensch nie wieder ans Telefon gegangen, auch nicht, wenn Pit seine Nummer ausblendete. Als er mit dem Studenten telefonierte, erfuhr er, dass der Typ in der Branche bekannt war und nach ihm gefahndet wurde.

Er begann, sich Auftritte am Computer von der Familie bezahlen zu lassen. Wenn er irgendwem beim Entviren half, steckten die Verwandten ihm Geld in die Tasche. Er richtete ihnen Mailserver ein, half bei Word-Anwendungen oder bei der Erweiterung ihrer Graphikkarte. Um ihm zu helfen, empfahlen sie ihn bei Bekannten, und Pit fuhr von Dorf zu Dorf, von einer alten Dame zur nächsten. Häufig kam es vor, dass die Kunden, bei denen er einen Auftrag erledigt hatte, hinterher mehrmals empört anriefen und verlangten, dass er wiederkommen oder ihr Geld zurücküberweisen sollte. Der Abgrund wurde zum Dauerzustand.

Langsam kam Lále der Verdacht, dass Pit vielleicht untauglich war.

Die Schwester kam einmal vorbei, als das Kind schon ein paar Wochen alt war, und brachte ihm eine gestreifte Neugeborenenmütze, an der es sofort zu lutschen begann, warf einen verächtlichen Blick in den Stubenwagen und vertiefte sich in eine SMS, was das Baby mit Brüllen quittierte.

Als Pit in Schwierigkeiten steckte, tauchte sie öfter auf. Sie trank Kaffee und mampfte Lidl-Kekse, und die Geschichten rissen nicht ab, in denen ihr Exmann jede Übeltat beging, die man begehen konnte, aber auch Geschichten über die anderen Männer, die ihr über den Weg gelaufen, in ihren Bann geraten waren, was sie nur leider nicht merkten. Sie war damit beschäftigt, diese Männer dahin zu bringen, alles für sie stehen- und liegenzulassen. In erster Linie hätte es auch gereicht, wenn einer von ihnen angerufen hätte. Zum Pflichtablauf gehörte auch die ausführliche Darlegung ihres Missmuts über die Wiedervereinigung, nach der ihre Ausbildung zur Pionierleiterin nicht anerkannt worden war. Die Misserfolge von Pit machten sie redselig. Nach seinem Diplom war sie nicht mehr die einzige Studierte in der Familie gewesen, und mit dem Kind hatte er sich vor kurzem auch noch in die Enkelproduktion eingeklinkt. Dass er sie jetzt zudem vom Podest der vom Schicksal Geplagten stieß, nahm sie ihm weniger übel.

Einmal hatte sie eine CD-ROM mit Fotos dabei und beauftragte Lále, für eine Online-Partnervermittlung ein paar geeignete auszusuchen. Lále öffnete eins nach dem anderen, es war, als ob sie in einem Daumenkino blätterte. Immer breiter lächelte die Schwester, warf ihren Schal nach hinten, richtete den Blick nach unten, fegte etwas von ihrem Pullover, hob wieder den Kopf und schaute in einem Winkel, in dem ihr Silberblick nicht mehr kaschiert wurde, diesmal ohne zu lächeln, in die Kamera. Von den 145 Bildern suchte Lále eins aus, auf dem die Konturen unscharf und gleichsam milde blieben. Die Schwester bedankte sich mit dem verschmitzten Lächeln einer Komplizin. Jetzt waren sie Freundinnen. Nathan schrie. Láles Brüste spannten, und sie wünschte sich sehnlich, dass sie ging. Aber erst kamen noch die alten Pläne für ihre gemeinsame Firma. Als Geschäftsführerin würde sie den ganz großen Trends auf den Fersen sein. Ein genetisch programmiertes Erfolgsrezept, sagte die Schwester, da sich die Geschwister so gut kannten, dass nichts ihre Einheit sprengen konnte. Leider waren die Zeiten vorbei, in denen sie für Herbst & Herbst Logos entworfen hatte, weil die Zeiten von Herbst & Herbst vorbei waren.

Herbst & Herbst, dachte Lále, das tut nicht gut. Von zwei Herbsten nacheinander würde sich nicht mal die Natur erholen. Sie ließ die Träumenden in der Küche zurück und rettete sich zu Nathan.

Als Lále den dumpfen Schmerz beim Gynäkologen erwähnte, bat er sie auf den Untersuchungsstuhl. «Rufen Sie einen Krankenwagen», sagte er nach einem Moment ungläubigen Schauens der Schwester. «Sie sollte in das Krankenhaus eingeliefert werden, in dem sie das Kind bekommen hat.» Er wählte eine Nummer, schwieg, seufzte und sagte: «Ich hatte Sie der

Patientin als Geburtsklinik empfohlen. Sie leidet unter einer Blutgerinnungsstörung, deswegen wurde sie vom Chefarzt operiert. Wissen Sie, eins verstehe ich nicht, das ist ein riesiges Stück, nicht etwas, was man übersehen kann. Und das Plazentastück ist noch am Kreislauf angebunden! Können Sie sich vorstellen, in welchem Zustand die Gebärmutter ist? Wäre sie heute nicht bei mir aufgetaucht … Ich werde ihr nahelegen, Anzeige zu erstatten!»

Lále scherte sich nicht darum, weshalb sie in die Klinik musste. Sie erfuhr exzessive Freundlichkeit wie ein beliebter Politiker auf Staatsbesuch. Sie war erschöpft, wäre mit jedem mitgegangen, hätte er ihr ein Bett und eine halbe Stunde Ruhe versprochen. Und jetzt war sie vollkommen allein. Und sie durfte die ganze Nacht bleiben. Niemand riss die Tür auf. Und niemand schrie nebenan.

Sie lag in einem Einzelzimmer. Patienten, an denen ein Kunstfehler begangen worden war, stand dieser Luxus offensichtlich zu. Ein Fernseher mit schwarzer Visage stach auf einer Halterung in den Raum. Nach gesundem Menschenverstand hätte er abstürzen müssen.

Lále ließ ihr halbes Gesicht von Kissen verschlucken. Mit dem nicht verschluckten Auge spähte sie aus dem großen Fenster. Sie verfolgte Sprünge in der Scheibe und zwei geschwungene Abdrücke vom Putztuch. Die schalldichte Scheibe zwang die Welt zu einer Pantomime. Durch die Stummheit sah alles sinnlos aus, die Gebärden der Patienten im Trakt gegenüber gewichtslos. Lále lag unbewegt und stumm. Gleich würde sie fortgebracht werden. Momentan tat ihr nichts weh. Das Land da draußen verschwamm in aufweichenden Flecken. Sie sackte für Minuten weg, um in Wellen wieder zu sich zu kommen. Vor der Tür Schritte. Ein Geschirrwagen rollte klirrend vorüber. Dann wehte ein kräftiger Frauenschrei vorbei, allmählich leiser werdend.

Sie glaubte, es wären Stunden vergangen, und konstatierte erleichtert, dass immer noch keiner zu ihr gekommen war, sondern ihr nur ein zusätzlicher Augenblick der Ruhe gewährt wurde. Als die Schwere abermals ihr Hirn belagerte, ertappte sie sich beim Beten: «Gott, bitte noch ein paar Minuten.»

Beten schlug oft in unbegründete Glücksgefühle um. Es war, wie ein Stück Brot lange im Mund zergehen zu lassen. Irgendwann schmeckte es süß. Und auch diesmal entstand durch das Wiederholen die ersehnte Leere im Kopf. Sie hatte es geschafft, sich für einen Moment nicht im Kreis ihrer Gedanken zu drehen. Das reichte dem Körper, um ein paar Endorphine in das Rückenmark zu schießen. Eine kurze Schwerelosigkeit machte sie für lange Sekunden dumm und glücklich. Die sich seit Wochen hinziehende Erschöpfung hatte sie in einen Schatten verwandelt, der mit intakten Lebensfunktionen Existenz mimte. Gemütsregungen wurden zum abstrakten Zustand, physisch nicht umsetzbar. Das Leben machte sich über die Einfältigkeit der Mechanismen, die es nur noch absolvierte, lustig. Schlafen, essen, atmen, ausscheiden. Streicht man eins von ihnen, ist die lächerliche Witzfigur Mensch in Kürze tot.

Als sie in den OP-Saal geschoben wurde, erneut, erst vier Wochen nach der Geburt, hatte sie ein sehr freundlicher Anästhesist empfangen und ihr erklärt, was er ihr alles spritzen wolle und weshalb sie keine Angst haben solle. Er fragte, in der wievielten Woche sie wäre. «Vier», sagte sie. Er schaute sie verblüfft an. Ob er wissen wollte, in der wievielten Woche das

Kind geboren worden war? «Vierzigste Woche», korrigierte sie sich. Die Augen des Anästhesisten weiteten sich noch mehr. Er schaute auf ihre Akte, die ans Bettende gelegt worden war. «Ah so, keine Abtreibung, bloß eine Ausschabung!» Sie nickte verlegen. Er lächelte herzerwärmend zu ihr herüber und stach mit der Nadel in ihren Arm.

Das Erste, was sie wahrnahm, war, dass sie schlief. Einen kurzen Moment musste sie also wach gewesen sein, sonst hätte sie es nicht feststellen können. Diese Momente vermehrten sich. Langsam wurden Träume dem Bewusstsein zugänglich. Und Erinnerungen. Alles war noch wirr und vermengte sich. Auf ihrem Körper lag eine süße Erstarrung. Während sich ihr Verstand schärfte, wurde ihr auch bewusst, dass sie Narkosen liebte. Diese Halbwelt, die Visionen zuließ, aber für Sorgen keinen Platz hatte. «Das nächste Mal gebe ich mehr Körpergewicht an, dann spritzen sie mir mehr», dachte sie.

Bis sie vollkommen clean war, dauerte es lange Stunden. Und selbst danach sorgte ihre Erschöpfung für ein Wegtauchen im Halbstundentakt.

Irgendwann kam eine Schwester und half ihr, sich aufzusetzen. Sie stellte ein Tablett vor sie hin. Zwei Schüsseln dampften darauf. Kraftbrühe und flüssiger Grießbrei. Nachdem sie aus beiden ein paar Löffel genommen hatte, stand sie auf und inspizierte das erste Mal das Zimmer. Bad, Tisch, Fenster. Es klopfte. Sie zog das Nachthemd mit dem Krankenhausstempel über der Brust zusammen. Schmerz überraschte sie. Sie hatte vergessen, dass sie Mutter war. Bald musste die Milch abgepumpt werden. Die verschlafene Haarsträhne versuchte sie vergeblich aus der Stirn zu wischen. Es trat der Arzt ein, der sie operiert hatte. Sofort hatte sie ihn erkannt. Er fragte, wie es ihr gehe. Ein Teil seiner nach links gekämmten Pilzfrisur glitt besorgt in die Stirnmitte. «Wunderbar», sagte sie. Es täte ihm sehr leid, sagte er. Das wäre eindeutig ein Fehler von ihm gewesen, und so etwas komme vielleicht einmal in zwölf Jahren vor. Trotzdem hätte es natürlich nie passieren dürfen. Die runden Linsen vergrößerten seinen reumütigen Blick. Sie schwiegen und betrachteten sich ohne Eile. Sie sah, dass er es sehr ernst meinte. Dass er entsetzt über sich selbst war. Ihre Hand schickte sich an, seinen Kopf zu berühren. Aber sie beherrschte sich. Der Impuls verschwand, und eine Kühle trat an seine Stelle. Immerhin hatte er an ihrem Körper herumgepfuscht. «Ich nehme es Ihnen nicht übel, ehrlich. Wissen Sie, ich empfinde es eher als Gnade, dass ich mich ein wenig ausschlafen konnte. Ich erinnere mich an die Hektik damals vor der OP, Sie wollten, dass mein Sohn schnellstens in Sicherheit ist. Ist schon in Ordnung.» Er lächelte kaum merklich und senkte den Kopf. Seine Pilzfrisur geriet wieder in Bewegung und bildete einen schützenden Haarpanzer vor dem Gesicht, aus dem nur seine spitze Nase hervorstach. Seine knochige Hand spielte mit einem Kugelschreiber. Seine Hose hatte eine perfekt sitzende Mittelfalte. Früher hätte sie sein Missgeschick vielleicht als Vorsehung gedeutet. Früher hätte sie dem Schicksal nachzuhelfen versucht, indem sie seine Adresse herausgefunden hätte. Jetzt war es ihr gleichgültig.

Lále bat Pit ausdrücklich, nicht zu kommen. Ungestört wollte sie sein. Am nächsten Tag würde sie sowieso nach Hause müssen. Sie torkelte in den Flur, um ihn anzurufen. Pit prahlte, dass alles fabelhaft liefe.

So ging sie die Milch mit den Narkoseresten abpumpen und schüttete sie ins Waschbecken.

Ihr blieben gerade einmal zwölf Stunden zum Nachdenken. Am liebsten hätte sie es im Halbschlaf getan. Aber als sie sich zurücklegte, war der Dämmerzustand nicht wiederherzustellen. Der Stein im Zwerchfell wusste noch nicht, in welche Richtung er kullern sollte. Sollte er zum Haufen Glück oder zum Haufen Jammer stoßen.

Sie hörte wieder den Namen, den Pável ihr ins Ohr geflüstert hatte. «Esther». Lále hatte ihn ungläubig angesehen.

Beim Einschlafen begann er immer zu kauderwelschen. Normalerweise bekam Lále in diesen Momenten einen Zärtlichkeitsschub. Aber nicht beim Namen «Esther». Esther hieß seine Frau. Sie rüttelte an seinem Arm. «Was hast du gesagt? Esther?» Erst nach längerem Rütteln wurde er wach. Lále sah ihm an, dass er im ersten Augenblick gar nicht wusste, wo er war. «Esther? Ich dachte, ich liege mit euch beiden im Bett», sagte er, als ob dies eine logische Erklärung wäre und damit die Genehmigung zum Weiterschlafen, und rutschte tatsächlich wieder aufs Kissen.

Lále ging in die Küche und gesellte sich zum tropfenden Wasserhahn. Die Wolldecke rutschte ihr immer wieder von den Knien, sie zog sie hoch, dabei klapperte das auf dem Tisch stehengelassene Geschirr.

«Mein Koffer steht auf dem Fußabtreter», hatte Pável am ersten Abend gesagt. Esther war ein nicht bedrohlicher Bestandteil aus der Vergangenheit. Ohne Gesicht. Ein Name.

Irgendwann rief Esther Pável an, wegen der Kinder. Sie redeten lange. Esthers Konturen wurden schärfer. Immer wieder rief sie an. Langsam glaubte Lále sie zu kennen. Die Eheleute schrien sich an. Er musste hin, er wollte nicht, er musste. Lále war erst verständnisvoll, dann weniger, dann gar nicht mehr. Sie verstand nichts. Und geriet ins Abseits.

Er kam immer seltener. Er saß zu Hause. Plötzlich war er wieder verheiratet. Erwähnte Lále den Koffer, winkte er genervt ab. «Hätten wir die Kinder nicht, wäre ich mit ihr genauso glücklich wie mit dir.» Lále schwieg. Lieber wäre sie unglücklich mit Kindern gewesen. Dann hätte sie ihn zumindest zum Anschreien gehabt. So hatte sie nichts. Keine Kinder. Und auch nicht die Wahl, ihn rauszuschmeißen oder reinzulassen. Ein schlechtes Gewissen war ein gutes Klebemittel.

Nathan war weitgehend geräuschlos und genügte sich selbst. Suchte keinen Kontakt. Sie verbrachten stille Tage nebeneinander. Wenn Pit nach Hause kam, setzte er sich vor den Computer. Quakte Nathan, schnappte er ihn sich, hielt ihn auf dem Schoß und schrieb weiter. Nathan fand immer etwas, was er anlutschen konnte, und Pit störte es nicht. Manchmal verspeiste er ganze Schmierblätter, leckte Tinte von Kugelschreibern oder spuckte Kekskrümel auf die Tastatur. Beide beschäftigten sich nebeneinander, ohne den anderen wahrzunehmen. Eine merkwürdige Einheit, ohne den Ausdruck von Innigkeit. Lále beobachtete die zwei eigenartigen Wesen und fühlte sich nicht zugehörig.

Zur Geburt hatte Tamama Lále einen Briefumschlag geschickt. Sie schickte ihn nicht mit der Post. Ein Mann brachte ihn vorbei, stämmig, mit breiten Händen, unbekannt. Als Lále ihn aufriss, fielen Banknoten heraus, worauf sie und auch der Mann erschraken. Lále dachte, hoffentlich hat er sich nicht bedient, und er dachte, hoffentlich denkt sie nicht, ich hätte mich bedient. Er verabschiedete sich rasch und ging. Einen schief abgerissenen, vergilbten Zettel zog sie zuletzt aus dem Briefumschlag, auf dem stand: «Ich möchte nicht hören, dass du dich noch einmal in einen Schrotthaufen setzt. Kauf dir einen vernünftigen Wagen. Und schnell, bevor ich es mir anders überlege.»

Es war nicht genug, um einen Neuwagen zu kaufen. Aber einen guten Gebrauchten. Sie fanden einen grünen Mazda aus erster Hand. «Scheckheftgepflegt, Garagenwagen mit kaum mehr als zehntausend Kilometern», sagte Pit. Seine Mutter, die vor Jahren mit frischem Führerschein einen Kleinwagen, der jetzt unweit der Kaninchenställe auf eine neue Chance wartete, mit hässlichen Beulen versehen hatte, übertrug ihre Versicherungsprozente auf Pit. Und Lále übertrug ihm das Auto. Der neue Mazda, tiefgrün glänzend, gehörte jetzt ihnen.

Lále war wieder auf den Beinen. Von Energieschüben überrascht, überschwänglich von Zuneigung, trat sie zu Nathan, küsste ihn ab, flüsterte ihm allerhand Liebkosungen zu und wich zurück, wenn er heftig zu weinen begann. Er mochte ihre Nähe nicht. Wollte er getragen werden oder hatte Hunger, schrie er, und es war in Ordnung, wenn sie ihn versorgte. Aber Zärtlichkeiten oder zusätzliche Blicke lehnte er ab. Mit ihm gab es nichts Symbiotisches, wie es Säuglingen und Müttern nachgesagt wird. Lále hatte das Gefühl, allein auf ihre Funktion als Versorgerin reduziert zu sein. Als Milchquelle.

Pável hinterherzutrauern nützte niemandem, und Nathan ließ wenig auf sich einwirken, so stürzte Lále sich auf Pit. Aus seinen schütteren Haaren versuchte sie das Beste zu machen. Sie kaufte ihm Hemden und bat ihn, sich täglich zu rasieren. Sie ließ ihn Hosen mit gesenkten Gesäßtaschen tragen, um seine abstehenden Hüftknochen zu kaschieren. Sie hielt ihn dazu an, weniger Dialekt zu sprechen, und legte ihm Lektüre nahe, um sich mit ihm über die gelesenen Bücher unterhalten zu können. Lále erschuf sich einen Pit. Wie die Puppenstube für kleine Mädchen echter als die echte Welt war, war auch Láles Pit realer als Pit selbst. Sein Aussehen kam Stück für Stück dem eines Mannes näher, zu dem sie sich hätte hingezogen fühlen können.

Morgens fuhr sie hoch mit einer Dornenkrone aus funkelnd-winzigen Sternen vor der Stirn. Sie taumelte zum Gitterbett, sammelte Festigkeit in den Beinen. Dann erst erblickte sie Nathan, dessen Brabbeln in immer längere Jammertiraden überging. Sie holte ihn zu sich ins Bett. Der kleine warme Körper streifte immer wieder den ihren. Sie küsste den weichen, hellen, duftenden Kinderschädel. Nathans Strampeln beschleunigte sich, seine Augen leuchteten munter. Dann wurde er wieder ruhig, genoss die Aussicht vom elterlichen Bett und griff nach Láles Haar. Lále versuchte ihn zuzudecken, aber er strampelte sich wieder frei. Sie liebte die morgendliche Helligkeit. Alles war weiß und beige und gelb und ahornfarben im schmalen Prenzelberger Zimmer, ruhig und kühl.

Wenn Pit wach wurde, spielte er mit Nathan. Er ließ ihn durch die Luft fahren, legte ihn wieder ab und zog die Decke über seinen Kopf. Nathan lachte und suchte immer wieder nach Lále, ob sie noch da wäre. Er blickte hin und her zwischen den beiden, und Lále sah seinem Säuglingsblick an, dass er satt war von Glück. Er grunzte und lachte, seine Hände und Füße bewegten sich im Takt seiner Wonne. Bis auf Nathans Windel waren sie alle nackt. Seine weiße Haut war glatt und warm, wie Butter. In jeder seiner Achselhöhlen saß eine Falte. Bewegte er die Arme, sah Lále, dass die Haut in der Falte noch weißer war. Manchmal kitzelte ihn Pit, und Lále streichelte die Falte, und ihre Hände berührten sich. Sie machten Fotos, rückten die Köpfe über ihm zusammen. Die Sonne stach durch die Scheibe. Drei weißgelbe Körper auf einem beigen Laken rekelten sich umeinander. Sie waren eine mathematische Formel.

Nicht nur, dass Pit nicht las. Nachdem er sich bei der Brautwerbung verbal verausgabt hatte, sagte er nicht mehr viel. Lále verweilte die meiste Zeit in ihrem Kosmos. Je weniger er redete, umso unauffälliger blieb der Unterschied zwischen der Außenwelt und ihren Gedanken. Nathan konnte noch nicht viele Wörter. Niemand um Lále herum sprach. In ihrem Kopf wimmelte es von Gedanken. Sie vermehrten sich rasant wie Bakterien. Sie färbten alles um. Alles wurde schöner. Lále träumte. Und wenn sie träumte, träumte sie gründlich. Ein neues Zuhause, einen besonnenen Mann, ein verwandeltes Kind. Zum Aufwärmen erträumte sie sich eine größere Wohnung mit Balkon. Dann eine kleine Rasenfläche. Dann gleich einen Garten und wenige Nachbarn. Ruhe, himmlische Luft und Glück für ihr Kind.

Láles Sehnsuchtshäuser waren unerschwinglich: Die monatliche Ratenzahlung wäre das Dreifache ihrer jetzigen Miete gewesen. Aber wenn etwas nicht zu verwirklichen schien, reizte es sie umso mehr. Sie hatte schon immer gemeint, selbst festlegen zu können, was ihr zugedacht war. Sie ließ sich nicht vom Geld beherrschen. Denn wer bestimmt schon, was für wen bestimmt ist?

Pits Eltern kannten jemanden, der jemanden kannte, der sein Haus loswerden wollte. Das Haus stand nicht im Zielgebiet ihrer Suche. Nicht einmal in Berlin. In Cottbus. Aber dass sie für den Traum, der nicht ihrem Geldbeutel entsprach, einige Kompromisse eingehen mussten, war ihnen klar. Etwas mehr als eine Stunde. Ob S- oder Regionalbahn, das kam aufs

Gleiche raus, redeten sie sich gut zu. Auch die Nähe zu den Eltern schien praktisch zu sein. Falls sie einmal etwas von ihnen wollten. Dass die Eltern etwas von ihnen wollen könnten, so weit dachte Lále nicht.

Um einen Kredit zu bekommen, beschlossen sie zu heiraten. Das Standesamt machte Schwierigkeiten mit den Papieren. Die Standesbeamtin behauptete, dass die Siegel im Normalfall farbig seien, und erkannte die für ein Vermögen ausgestellten ungarischen Dokumente nicht an. Die Botschaft verstand nicht, was das Standesamt wollte, und käute unablässig wieder, dass die von ihnen ausgestellten Papiere gültig und offiziell seien und identisch mit denen aus dem Heimatland. Lále hätte nach Ungarn fahren müssen, um die «richtigeren» Papiere zu besorgen. Diese lange Reise wollte sie jedoch dem kleinen Nathan nicht zumuten. Gerade hatte sie sich damit abgefunden, nicht zu heiraten, als das Standesamt plötzlich einlenkte. Nichts empfand sie, als sie nach dem langen Hin und Her plötzlich einen Termin zwei Tage später vorgeschlagen bekamen. Nichts, als sie sich an dem Tag anzog, und immer noch nichts, als es vorbei war. Sie hatte darauf bestanden, dass keine Fotos gemacht und keine Gäste geladen werden sollten. Sie würden die Hochzeit nachfeiern. Pits Eltern konnten sie dennoch nicht fernhalten. Sein Vater trug den eigenen Hochzeitsanzug. Seine Mutter eine geblümte Bluse vom Wühltisch. Pit hatten sie befohlen, seinen Konfirmationsanzug anzuziehen. Die Standesbeamtin hielt eine erhabene Rede. Darüber, wie es zugeht, wenn man nach langjähriger Bekanntschaft beschließt, die vertraute Bindung in einen Lebensbund zu verwandeln. Lále schaute um sich. War das eine Farce? Sie kannten sich kaum ein Jahr. Als sie schwanger wurde, einen Monat.

Als es beschlossene Sache war, die Wohnung aufzugeben, begann Lále ungestüm an ihrem alten Leben zu hängen, von dem sie geglaubt hatte, sie ertrüge es nur. Sie ging von Zimmer zu Zimmer und sammelte Stimmungen und Ausblicke. Ins Schlafzimmer fiel das Licht gelblich, vom Bett aus sah sie einen Zipfel Himmel in Blau-Grau. Sie sah Pit ins Zimmer kommen, sich auf einem Bein hüpfend die Hose ausziehen, sah ihn schlafen, mit Nathan spielen, aufwachen, rausrennen zum klingelnden Telefon.

Der Blick vom Berliner Zimmer war ringsum von anderen Fenstern umstellt, als stünde man in einer Arena. Da stand das durchgesessene ockergelbe Sofa mit den hellgrünen Karos. Dort hatte sie das erste Mal auf Pit gelegen, nach der widerlichen Hackfleischsuppe, er war etwas eingeschüchtert gewesen, weil Lále so schnell zur Sache kam, hatte sich aber gerne ergeben.

Das Kinderzimmer schaute auf den Innenhof, ferner auf einen Spielplatz. Dort war die Sonne am offensivsten. Öffnete man das Fenster, stürzte Vogelgeschrei herein. Dort schaukelte eine Plüschwolke über Nathans Bett, eine Spieluhr, dort hatten beide versucht, Nathan ihr bezauberndstes Lächeln für die Nacht mitzugeben. Ihm genügte es, die ersten Töne zu hören, schon senkten sich die Augenlider, und für die Eltern gab es nur noch einen skeptisch wirkenden Blick unter halbgeschlossenen Lidern hervor.

Seit den Umzugsplänen schloss Lále Pit allabendlich mit einer Vehemenz in die Arme, die sie selbst erstaunte. Als gehörte er zum Inventar, das auch verlassen und ausgetauscht werden würde.

Sie hüpften die Treppen hinunter. Etwas von der guten Laune seiner Mutter blieb auch an Nathan hängen, er trillerte mehrmals lachend auf. Nachdem sie die übliche Runde gedreht hatten, wollte Lále weitergehen, weiter und immer weiter, als müsste sie sämtliche Wege noch einmal abschreiten. Pit war für alles zu haben, solange sie sich lustvoll zeigte, und Nathan schlief nach einer Zeit fest ein, seine gesunde Gesichtsfarbe beglückte die schlendernd schiebenden Eltern.

Sie liefen zum Lidl, zur großen Apotheke, zur Kirche, zur Schönhauser Allee, zur Torstraße, und Lále – vermeintlich erfüllt von ihrer Familie, eine richtige Vollblutmutter – erstarrte, als sie die Volksbühne erblickte. Dort, im Roten Salon, hatten sie und Pável ihren ersten Abend verbracht. Und Lále begriff, wie wackelig das von ihr selbst zurechtgetackerte Seelengerüst war.

Sie hatten sich in die tiefen Sessel sinken lassen. Um sie Gedränge, Stimmengewirr und pochende Musik. «Wie im Mutterleib», sagte Pável. Lále saß reglos wie im heißen Thermalbecken. Nicht einmal die Vorstellung, wie viele Menschen hier schon gesessen hatten, ein Gedanke, der sie sonst an den Wahnrand des Ekels treiben konnte, hinderte sie am Abtauchen. Sie legte den Kopf zurück, ihre Wange berührte sogar den Stoff. Sie fügte sich in diesem Augenblick in den Kreislauf der Natur, bot ihren Körper mehreren Millionen Parasiten als Nahrungsquelle dar.

Die rote Farbe war in Dunkelheit gehüllt, wirkte wie ein ausgedienter, modriger Ehrenteppich. Die Glitzerkugel war ein Scherbenhaufen. Es stachen ihr Lichtstrahlen ins Auge wie scharfe Splitter, dann sprangen milde Flecken im Blickwinkel herum. Geriet sie aus dem Strahlkreis der Kugel, sah sie der elektrisch initiierten Monotonie zu. Das schwarze Barpult erinnerte Lále an eine Dunkelkammer, an einen Arbeitsplatz in einem futuristischen Film. An Sklaverei aus der Zukunft, ohne Ketten und Gitter waren die Protagonisten durch Hirnmanipulation zur unterirdischen Geheimproduktion verdammt. Die Zeit floss unbemerkt, die Zeiger stimmten mit Láles Zeitempfinden nicht überein, sie waren eine Willkür auf dem Handgelenk. Wind und Regen rissen die Fenster auf, die wieder geschlossen wurden. Láles Jacke war offen. Ihre Wangen glühten. Obwohl sie sich nicht regte, gehörte sie dazu. Ihr war wohl. Er redete und sie redete. Nicht zu viel und nicht zu wenig. Und alles, was er sagte, verblüffte, amüsierte sie, dass es fast wehtat. Weh, so vieles verpasst zu haben, sein ganzes Leben. Er schmunzelte wissend und verstellte seine Stimme, als ob er zu einem Kind oder Tier spräche, nicht affig, sondern einfach warm.

Pável verschwand im Getümmel und kehrte zurück mit Gläsern, die Glaswand nass vom Eis. Gin Tonic, dann Wodka Orange. Lále schmeckte bei beiden eine andere Färbung von Bitterkeit und schluckte im Takt, als wäre es Medizin, von der man sich ein schnelles Resultat erhofft. Zunächst ein leichter Schauder auf der Haut, Gewichtszuwachs hinter den Schläfen, ein starrer Nacken. Lále war, als würde sie aus der Distanz lauern, aus einer Baumkrone. Sie brauchte länger zum Fokussieren, die Gebärden wurden abgehackt, die Worte lang.

Es wurde lauter. Pável beugte sich zu ihrem Ohr. Sie beobachtete die Tanzenden, Flecken trieben vor ihren Augen. Pávels Lippen berührten manchmal ihr Ohrläppchen. Lále zog am Strohhalm, hielt die Augen eine Weile geschlossen, dennoch sah sie die Lichter und die Tanzenden.

Die Glitzerkugel blinkte in ihr Hirn, allmählich bemerkte Lále, dass er ein Gedicht rezitierte, archaische ungarische Dichtung. Lále suchte blind mit den Fingern nach der Quelle und ertastete Lippen, stieß gegen Zähne. Der Wanderer malte in Versen herrlich fremde Landschaften. Pávels Worte kitzelten ihr Trommelfell, krabbelten bis zum Mund, verstummten und hafteten sich dort fest. Lále wurde geküsst.

Als sie nach Hause kamen vom langen Spaziergang, während dessen Lále plötzlich üble Laune bekommen hatte, dass Pit sie kaum wiedererkannte, lag ein Päckchen auf dem Fußabtreter. Von Tamama. Die Fernbedienung ihres alten Fernsehgeräts darin. Lále vergaß den Geliebten und die Zweifel und dachte nach. Seit Wochen war Tamamas Fernbedienung verschwunden, und sie suchte verzweifelt danach. Nicht einmal zu einem kurzen Telefongespräch war sie in der Lage, weil sie immer wieder mit Wutsplittern zu kämpfen hatte. Warum schickte Tamama ihr jetzt die Fernbedienung zu? Lále rief an. «Warum hast du mir das geschickt?»

«Damit du Fotos machen kannst!»

«Fotos?»

«Von Nathan. Und mir schicken. Früher hat er einwandfrei funktioniert. Falls du ihn nicht außerstand gesetzt hast, als du Spionin gespielt hast.» Lále begriff, dass sie den alten Fotoapparat meinte. Eine russische FED 2, mit Vorliebe von Spionen eingesetzt. Hatte Tamama ihr zwei Päckchen geschickt? Oder hatte sie die beiden Gegenstände verwechselt? «Tamama, zieh mal die oberste Schublade im Wohnzimmer auf und schau, was darin ist.» Es dauerte eine Weile. Lále hörte, wie sie den Hörer wieder am Ohr platzierte. «Hast du ihn wieder reingelegt?»

«Aber wann denn, Tamama?»

«Du kommst nach Hause und benachrichtigst mich nicht mal? Was war so wichtig, dass du nicht mal Zeit hattest, mir hallo zu sagen?»

«Tamama, ich war die ganze Zeit in Berlin!»

«Ich hab sie dir doch zugeschickt, wie kann das sein?»

«In dem Paket, das ich bekommen habe, ist die Fernbedienung.»

Tamama schwieg. Lále seufzte. Tamama schwieg. Lále sagte: «Hallo?»

«Die kannst du behalten. Ich habe einen neuen Fernseher gekauft.»

An diesem Abend saß Lále auf dem ockergelben Sofa, streckte die Fernbedienung ihrer Kindheit Richtung Apparat und drückte darauf herum. Vielleicht passierte ein technisches Wunder. Vielleicht war die Fernbedienung allmächtig. Aber nichts geschah. Sie strich über die abgerundeten Tasten, die schon damals die Buchstaben verloren hatten, als ihre Mutter darauf herumdrückte.

Die Mutter schaute sich bevorzugt Sendungen an, in denen Leute am Tisch saßen und redeten, bis ihnen die Luft ausging. Es passierte nie etwas anderes. Es wurde nie geschossen, und es kamen keine Kinder darin vor. In erster Linie geschah, was die Mutter wollte. Sie war erwachsen und hatte ihr Leben für sie, das Kind, weggeworfen, und so eine Sendung war das wenigste, was ihr zustand. Lále biss sich auf die Lippen und trat rhythmisch gegen das Sesselbein, bis die Mutter sie mit einem Blick stoppte. Aber sie blieb. Auf ihren Mundwinkeln kauend, schaute sie sich das unspektakuläre Geschehen an. «Gestern Morgen kam meine Tochter zu mir ins Bett», hörte sie. «Sie ist sieben Jahre alt.» Lále war auch sieben. Der Mann im Fernsehen war beleibt, mit Doppelkinn, fleischigen Fingern, Bauch. Aber seine Haare waren wie die eines Prinzen: halblange Locken, glänzend und weich, umgaben sein alterndes Gesicht. «Erzähl mir gefälligst, warum du mich nicht früher gemacht hast als meinen Bruder! Aber jetzt sofort. Sonst kriegst du keinen Kaffee, hat die Kleine gedrängelt. Hätte ich meinen Kaffee riskieren sollen? Ich habe es ihr erzählt. Und sie nahm es gefasst auf.»

Die anderen am Tisch lachten und erzählten auch von ihren Kindern. Lále stand hinter dem Sessel der Mutter und schaute zu. Dann erzählten sie andere Sachen, die nichts mehr mit Kindern zu tun hatten, und das war auch nicht schlimm, weil sie sie jetzt schon ein bisschen kannte und neugierig auf sie geworden war. Dann sagte ihre Mutter sachlich, mit klarer Stimme: Der da sei einer. Das würde sogar ein Blinder sehen. Sie hörte ihre Mutter oft mit anderen flüstern, wer wohl einer sei. Ein was, wusste sie nicht, aber wenn die Mutter flüsterte, bedeutete das Ehrfurcht. Und noch bevor Lále fragen konnte: «Ein was?» – gerade hatte sie sich ausgemalt, sie selbst wäre die siebenjährige Tochter und er ihr Vater –, sagte die Mutter von selbst: «Typisch Jude.» Sie erstarrte. Was hatte er getan? Sie dachte, dass «Jude» die männliche Ausgabe einer «Hure» sei. Entsetzt schaute sie auf den liebgewonnenen Mann, der jetzt eine Grimasse schnitt und alle am Tisch und im Publikum zum Lachen brachte. Die Mutter schmunzelte auch. Und Lále zischte mit einer Entschlossenheit, die sie bisher von sich nicht kannte, und einem funkelnden Blick, der das Funkeln der Mutter überbot: «Er ist kein Jude!» Die Mutter schaute sie erstaunt an und entgegnete nichts.

Von da an begann Lále aufzupassen, wer «einer» war, und merkte es sich. Sie sah, dass die Augen der Mutter angingen wie Dioden, die Strom schmeckten, wenn jemand über «die» sprach. Lále schwieg angewidert und aufgewühlt und wusste nicht, was sie mit der ganzen Sache zu tun hatte. Woher diese Heftigkeit? Das erste Mal fühlte sie, dass ihre Mutter klein und jämmerlich war. Sie flüsterte über «ihren» Zusammenhalt, über «ihre» besonderen Fähigkeiten, über «ihr» Gespür fürs Geld. Sie flüsterte voller Speichel im Mund, und Lále hasste sie dafür, dass sie so unbegabt war. Sie hatte kein Gespür fürs Geld, von jedem Arbeitsplatz flog sie, verstritt sich mit allen, prügelte sich mit der Polizei und hatte mehr Feinde als Freunde. Wie sollte die Mutter ihr beibringen, was sie werden wollte?

Nebenstille

Der erworbene Traum im Brandenburgischen war ein dunkles, feuchtes Loch, der Paradiesgarten bestand aus an tausend Stellen gesprungenem Asphalt. Die erträumte Aussicht war ein Bahndamm mit rostigen Schienen, dahinter Sumpf, in dem Mückenschwärme hausten. Vor dem Fenster rasten Laster vorbei, unweit davon fuhren ICEs nach Berlin.

Bei der ersten Besichtigung hatte Lále all das nicht gesehen. Jetzt war das Haus gekauft und ausgeräumt, gerade wurden die Öfen herausgerissen. Pit erzählte Legenden von der Tatkraft seiner Großfamilie. Pits Vater schilderte, was für eine ungeheure Arbeit es war, die Öfen herauszureißen. Lále lehnte sich an einen Türrahmen. Die Worte des Schwiegervaters – Kiloangaben zum Schutt und wie oft wie viele Männer mit der Schubkarre in den Hof und wieder zurück gelaufen waren – kreisten um ihren Kopf. Sie wusste nicht, ob ihr von diesem Bild schwindlig wurde oder schon davor. Jetzt betonte er schon zum dritten Mal, dass immer, wenn die Männer mit einem Abschnitt fertig gewesen waren, die Frauen fleißig gekehrt und alles sauber gemacht hatten. Ergebene Frauen, die mit dem Besen auf ihren Einsatz warteten. Lále begann zu schwitzen. Den heiligen Schutt durften nur die Männer anfassen. Helden des Alltags. Roh und wortkarg. Die Frauen flogen ihnen aus dem Weg wie Hühner im Stall, wenn der Bauer die Mistgabel schwenkt. Als die Schwäche nicht nachlassen wollte, löste sie sich vom Türrahmen und stieg vorsichtig die Treppe hinunter, sich am Geländer festhaltend. Ihre Knie sackten weg. Im Fall sah sie einen Besen in der Ecke stehen. Es folgte Schwärze.

Am Abend hatte Pit Streit mit seinem Vater. Dieser bemängelte Láles Bereitschaft und Beitrag bei der Hausrenovierung. Lále ließ die Klinke der Küchentür wieder los und eilte ins Wohnzimmer zurück. Was Pit erwidert hatte, erfuhr Lále nie, aber in zehn verschiedenen Sätzen malte sie sich aus, wie er sie in Schutz nahm, und ihr Herz zerfloss in warmer Dankbarkeit.

Die zwei Monate, die für die Fertigstellung des Hauses eingeplant waren, erwiesen sich als zu kurz. In Berlin flogen sie aus der gekündigten Wohnung, und als Zwischenstation diente das Haus der Schwiegereltern. Nach einer Woche bei den Schwiegereltern hatte Lále sich ihren Ausbruch in allen Farben ausgemalt. Selbst wenn sie in rohen Wänden, ohne Heizung würden leben müssen. Nach nicht ganz vier Wochen zogen sie ein. Zwei Zimmer waren fertig, eine Küche und das Bad bis zur Hälfte. Der Rest sollte nach und nach gemacht werden.

Die Handwerker-Verwandtschaft rückte an. Pit konnte nicht. Pit arbeitete. Das Haus sollte dennoch bewohnbar werden. Lále lächelte, bis ihre Gesichtsmuskeln versteinerten, während die Reihe der nach Mörtel riechenden wortkargen Verwandten nicht abreißen wollte, und wärmte Linsendosen auf, wie es ihr die Schwiegermutter vormachte. Die rissigen Finger hielten den Löffel und ein Stück Brot, Wandfarbe fiel ihnen aus dem Haar in den Teller. Lále betrachtete die rote, raue Haut der Gesichter, schweigende Lippen, wässrige Augen, Arbeitshosen, neben den Servietten liegende verdreckte Arbeitsmützen. Dann erhoben sie sich alle gleichzeitig vom

Tisch. Aus jeder Ecke des Hauses drangen gewaltsame Geräusche, rhythmische metallische akustische Mahnungen. Lále wusste nie genau, was gemacht wurde – Wasserrohre erneuert, Heizkessel repariert, Lampen eingeschraubt, Möbel aufgestellt, Fliesen verlegt.

Sie flüchtete mit Nathan in den Garten, der in sanfteren Tönen zu ihr sprach. Lále horchte und hatte das Gefühl in einem Wirrwarr zu sein. Die Luft bewegte sich. Der Wind stand nie still oder wehte gleichmäßig. Auch wenn Lále nur etwas vom Hof hatte holen wollen, konnte es vorkommen, dass sie lange auf einem Fleck stehen blieb. Sie liebte es, wenn die Sonne von der Jahreszeit unabhängig ein Strahlen entwickelte, das sie an Sommerhitze erinnerte. Verschwand die Sonne, kam der Wind zum Zug. Er wehte und kühlte ab.

Gegen Abend begannen die Familienfeiern. Die Familie war zahlreich, die Ehrentage gingen ihnen nie aus. Lále irrte im Schnitt zweimal pro Woche durch Labyrinthe von Gesichtern. Es war wie ein strategisches Spiel. Unbekannte trieben auf sie zu und gestanden diverse Lebensgeschichten. Sie gingen nicht chronologisch vor. Der Inhalt des Gesagten vermischte sich mit den von Dritten erhaltenen Informationen. Wenn eine Person über eine andere erzählte, benutzte sie die gleichen Ausdrücke, die auch die ursprüngliche Person benutzt hatte. Die Namen flossen zusammen. Die Verwandtschaftsverhältnisse. Je häufiger Lále an Familienfesten teilnahm, desto fester wurde der Knoten der Missverständnisse gezogen.

Lále wusste nichts von der Religion einer Großfamilie, es war schon schwer genug, Tamamas Fimmel zu ertragen. Pits Familie kam ihr streng und verurteilend vor. Fehltritte böser Verwandter, Untaten, Frevel bedeckten nicht unbedingt ihr

Interessenfeld. Dabei hatten diese Leute sie umstandslos aufgenommen, man behandelte Lále so, als ob sie schon ewig dazugehören würde. Das ihr entgegengebrachte Vertrauen verpflichtete sie, sich auch zu empören. Seufzte sie nicht im selben Rhythmus oder imitierte die Familiengebärden nicht präzise genug, konnte sie jederzeit zur Kreuzträgerin werden.

Die einzigen Feiern, die Lále auf eine bestimmte Weise amüsierten, waren Geburtstage. Hier wurden Reden gehalten, die den jeweiligen Redner entlarvten. Pits Vater steckte die an seinem alten Computer ausgedruckte Rede in eine Klarsichtfolie und hielt sie die ganze Zeit in der Hand, während er in gebügeltem Hemd und Krawatte den letzten Zügen der Vorbereitungen beiwohnte. Während andere Textautoren nach Originalität strebten, schien Pits Vater nach dem genauen Gegenteil zu trachten. Je mehr gängige Wendungen die Rede beinhaltete, desto souveräner fühlte er sich als Redner und kompetenter Lebensberater. Dies waren die kleinen privaten Momente seines Größenwahns. Das hielt das Leben für ihn bereit. Der Text war mit Komponenten verziert, die zum Lachen anregen sollten. Hervorgewürgte Familienerinnerungen, für witzig gehaltene Wortverdrehungen und geistlose kleine Reime. Natürlich reagierte die Zuhörerschaft wie erwartet. Aus vollem Halse lachend, erkannten sie ihre eigene Welt. Es waren Pointen, die sie erfunden hatten und durch deren Zitieren sie sich geehrt fühlten. Pit lachte mit. Er sah jetzt plötzlich aus wie der Vater auf einem alten Lichtbild. Längst hatte sich die Kluft zwischen ihr und Cottbus zwischen Pit und sie verschoben.

Als einmal nach solch einem heiteren Geburtstag bis halb zehn kein Handwerkerverwandter auftauchte, glaubte sie ihren Glückstag zu erleben. Vielleicht hatte Pit bei den Eltern eingefädelt, dass sie einen Tag lang nicht erschienen. Vielleicht hatte die ganze Familie eine Salmonellen- oder Pilzvergiftung. Nathan schlief auf ihrem Schoß. Der Arm, der seinen Kopf hielt, schlief ein. Behutsam legte sie ihn ab und verbarrikadierte den Bettrand, damit er nicht herunterrollte. Er schlief tief. Sie versuchte, sich seinen Anblick einzuprägen. Dann rekelte sie sich hoch und wollte etwas zu essen machen, falls Nathan später aufwachte. Sie stellte einen Wassertopf auf den Herd, bückte sich zum Kühlschrank und durchsuchte die untere Schublade. Der Wind schlug draußen eine Tür zu. Sie stand auf und sah eine Gestalt durch die gemusterte Glasscheibe der Küchentür, welche von außen nach der Klinke griff und sie herunterdrückte, noch bevor sie sich hätte regen können.

Pits Vater stand ihr gegenüber. Sie starrten einander an. Aus seinem entsetzten Blick las sie, dass etwas nicht stimmte. Sie blickte zu Boden. Der rote Gürtel ihres Bademantels lag vor ihren Füßen. Gleichzeitig sah sie den eigenen nackten Bauch zwischen ihren zwei Brustwölbungen. Sie rannte an ihm vorbei.

Sie ließ sich neben dem schlafenden Nathan nieder, horchte und hoffte, dass der Schwiegervater weggehen würde. Sie in Ruhe ließe. Ihr einen Vormittag alleine mit ihrem Sohn gönnte. Sie versuchte ihn gedanklich zum Gehen zu drängen. Hatte er nicht an ihrem Blick gemerkt, an der Situation, dass er störte? Dass sie eine Pause brauchten? Sie hörte Schritte, Klappern. Sie fühlte heftige Unlust, ihm heute aus dem Weg gehen zu müssen. Seitdem er hier war, und er war vom ersten Tag an da gewesen, war ihr Leben ein einziges Aus-dem-Weg-Gehen. Sie hätte sich am liebsten so lange nicht gerührt, bis er verschwand. Es klopfte an der Tür. Sie fuhr zusammen, setzte sich aufrecht hin, zog an dem T-Shirt, das sie angezogen hatte.

«Ja?», fragte sie flüsternd, um den Kleinen nicht zu wecken. Die Tür ging einen Spaltbreit auf, «Das Wasser kocht, es läuft über!», rief er. Die Tür fiel wieder zu. Nathan begann zu schreien.

Sie blickte auf den frischen Wäschehaufen, dessen Zusammenfalten sie gestern zum dritten Mal hatte unterbrechen müssen, weil Nathan immer wieder aufgewacht oder jemand hereingekommen war und etwas von ihr verlangt hatte. Im Kühlschrank standen zwei Töpfe, in denen sie begonnen hatte, für Pit ungarisch zu kochen, aber wenn er Hunger bekam, wollte er gleich etwas, suchte nach Schokolade und wärmte die erstbeste Dose auf. Der Vorhang, den sie gekürzt hatte und den zu säumen sie sich immer wieder anschickte, lag schon länger ausgebreitet auf dem Boden. Pits halbfertige Wintermütze steckte noch auf den Stricknadeln, und die Kärtchen eines Spiels, das sie sich ausgedacht hatte, um den Schwiegereltern spielerisch ein wenig Ungarisch beizubringen, waren noch nicht zu Ende gemalt. Im Garten waren die von ihr angelegten Beete bis zur Hälfte bestellt, die andere Hälfte war zumindest schon geharkt.

In Berlin hatte sie nur eine Wohnung sauber zu halten, in Cottbus mit Haus und Garten wuchs der Haushalt zu einem nicht zu bewältigenden Auftrag. An Pit waren die Erwartungen hingegen nicht gestiegen: Aß er ein Stück Schokolade, ließ er auch genau an dieser Stelle die Folie fallen. In Berlin und in Cottbus.

Sie rannte immer, und alles, was sie machte, war unwichtiger als das, was andere taten, stets wurde sie unterbrochen und losgeschickt, etwas zu erledigen. So blieb alles auf der Strecke, sie rannte von einem Punkt zum anderen, bekam nie etwas auf die Reihe, und alle schüttelten den Kopf. Nur

Nathan lachte sie zumindest nach dem Stillen mit zahnlosem Milchmund an, dass alles in ihr weich wurde. Aber jetzt brüllte auch er.

Sie packte ihn in den Kinderwagen. Der Weg bog an der ICE-Strecke ab. Dann noch einmal Richtung Wald. Lále hatte Essen, Trinken und genügend warme Sachen mitgenommen, um länger draußen bleiben zu können. Zunächst lief sie wütend und hastig, wollte sich so schnell wie möglich vom Haus entfernen. Nathan schlief sofort wieder ein, und plötzlich genoss Lále die Schritte, die ihr leichtfielen, den Rhythmus, in dem der Kinderwagen rollte, den Sonnenschein, das zahllose Heuschreckengeschrei und dass der Sumpf freundlich aussah, wie eine einladende Wiese. Lále schritt kräftig aus. Alle Gärten wirkten belebt, dennoch war dort niemand zu sehen. Endlich Ruhe. Niemand verlangte mehr etwas von ihr. Links leuchteten die farbigen, modernen Gebäude des SOS-Kinderdorfes auf. Dahinter, auf einem Spielplatz, das bunte Elend: die verlassenen Kinder selbst. Weiter rechts stand ein fast völlig zugewachsenes Gebäude mit eingeschlagenen Fenstern. Die Tür war von Laub fast verdeckt. Eine alte russische Garnison. Zwischen den Bäumen sah Lále den Spiegel des Sees aufleuchten. Ein wenig später lichteten sich die Baumreihen. Sie schob den Kinderwagen durch den Sand und stellte sich direkt ans Ufer.

Nach einer kurzen Rast ging es weiter, Lále umrundete die halbe Stadt. Nathan wachte irgendwann auf und robbte selbst ein Stück den Waldweg entlang. Dann verschwand er im Dickicht, suchte nach Stöcken. Lále versuchte ihn auf dem Weg zu halten, aber sobald sie ihn vom Arm ließ, kroch er geradeaus auf das Gestrüpp zu. Das Unterholz war dicht und er winzig. Er kroch unter den Wurzeln hindurch. Das Laub war so bunt, dass er sich mit seiner Signaljacke darin verlor. Als Lále ihn endlich ausgemacht hatte, sah sie etwas Großes sich direkt in seiner Nähe bewegen. Lále ließ alles aus der Hand fallen, den Kinderwagen bergab rollen und sprang ins Dickicht, zertrat Zweige, Zapfen. Es knackte laut, ihre Füße sanken im weichen Moos ein. Sie rannte wie durch knietiefes Wasser, schnappte sich Nathan, der eine Wurzel in der Hand hatte, und gelangte mit tausend kleinen Schürfwunden wieder auf den Waldweg.

Lále hatte kein gutes Verhältnis zu Wildschweinen. Vielleicht war es ein affektierter Wunsch, von Beratungsbüchern genährt, aber als sie schwanger war, hatte es sie nach frischer Luft gedürstet. In Prenzlauer Berg war der Mauerpark der grünste Fleck, den sie mit der ihr verbliebenen Mobilität noch erreichen konnte. Selbst dort glaubte sie jeden Quadratzentimeter von Zivilisation verpestet. Ihr Kind sollte hochwertige Luft atmen. Es war wie eine chemische Formel in Láles Kopf: die Luft, der vollkommene, reine Stoff, ein weißer Zustand. Je mehr Menschen auf einem Fleck atmeten, desto mehr menschliche Ausdünstungen, Gestank, Kohlenstoff. Sie verzehrten den Sauerstoff, schwärzten ihn ein. Wie eine Schneefläche nach kurzer Zeit aussah, sah es auch in der Lunge von Stadtmenschen aus. Je mehr ihr Bauch wuchs, desto weniger Luft blieb ihr übrig. Beim Ausatmen überkam sie Panik, diese wenigen Sekunden vermeintlicher Luftlosigkeit nicht auszuhalten. Am liebsten hätte sie ihre Lunge auf Durchzug gestellt.

Sie fuhren mit dem Auto, und immer schüttelte sie den Kopf, wenn sie auf Menschen stießen. Nur einen einsamen Flecken wollte sie, auf dem sie alleine inhalierte. Schon außerhalb Berlins, zeigte sie auf eine Schranke. Sie hielten an. Sofort wurde es kühler und dunkler. Pit schwor mit einer solchen Selbstsicherheit das Nichtvorhandensein jeglicher Wildtiere, dass nicht einmal der kritischste Zweifler seine Kompetenz in Frage gestellt hätte.

Lále wählte den geraden Weg, der direkt in die Waldmitte zu führen schien. Es war herrlich – als ob sie Launentrimmer getrunken hätten. Sie scherzten und lachten. Lále wurde immer schneller, schluckte den Weg mit den Füßen. Sie erreichten eine Lichtung, an der sich der Weg verzweigte. Pit wollte zurückkehren, Láles geringe Belastbarkeit kennend. Aber Lále verneinte empört und schritt weiter energisch voran. «Was war das?», hielt sie inne. Es raschelte im Laub.

«Der Wind?» Es war absolut windstill. Lále sah ihn vorwurfsvoll an.

«Biber?»

«Oder ein entlaufener Goldhamster?»

«Fuchs?»

«Fuchs?!» Sie schaute noch einmal entsetzt hin und sah in aller Deutlichkeit eine Plätzchennase mit zwei Löchern. Das Wildschwein stand ihr zugewandt. Seinen Ausdruck hätte sie nicht unbedingt als freundlich oder intelligent bezeichnet. Ein Ruck ging durch das Tier, und es lief los. Wenn man Lále gefragt hätte, geradewegs auf sie zu. Sie drehte sich um und stürzte aus dem Dickicht, sie flog förmlich. Trotz aller Anstrengung konnte Pit die Hochschwangere nicht einholen. «Mach auf!», schrie Lále ihn an, als er außer Atem am Auto eintraf. Er suchte nach dem Schlüssel. «Schneller!» Lále riegelte von innen ab. Pit erklärte, dass er bis dahin noch nie auf ein Wildschwein getroffen war. Lále schwieg. Sie nahm sich vor, zukünftig ohne seine Befragung zurechtzukommen.

Als sie mit Nathan aus dem Wald kam, war ihre Wut verflogen. Sie war froh, in heimischem Gebiet zu sein. Sie tätschelte Nathans Kopf und sagte: «Mama kann so vornehm sein, wie sie will, das Wildschwein sucht seine Opfer nicht nach Parfümduft oder Belesenheit aus. Wir können uns nach Budapest und Berlin träumen, es ist trotzdem besser, im Kinderwagen sitzen zu bleiben, wie alle, die im Wald spazieren gehen. Träume sind keinem anzusehen, uns wird die Gefahr auch nicht aus dem Weg gehen, nur weil wir das Gefühl haben, nicht hier zu sein.

Wir sind hier. Und wir sollten am Leben bleiben. Und uns die unabwählbare Existenz so hübsch machen, wie es geht.» Nathan trillerte glücklich, als hätte sie ihm einen Kinderreim gesungen.

Im Vorgarten der Schwiegereltern wuchsen zarte Tulpen. Hinter den Kaninchenställen sammelte sich eine Armee aus Holz- und Metallobjekten, die an in Lava gegossene Pompejaner denken ließ. Lále schaute öfter zurück, sie wollte dem Gerümpel nicht genug Zeit lassen, sie zu überrennen. Das Ausmaß an Schrott war beachtlich dafür, dass Pits Vater eine Privatperson war. Für Lále waren Gebrauchsgegenstände wertlos, sobald sie den Geist aufgaben. Ihr Schwiegervater reparierte Kleingeräte um der Erfahrung willen, dass er Macht über sie hatte.

Pit und Lále sollten ausgehen, schlugen die Schwiegereltern vor. Kino!, dachte Lále, sie dachte an mit blauem Stoff bezogene Treppen, an bunte Plakate, an die Neugier, wenn sie davorstand, an Popcornduft und Colasprudeln. An ein allgemeines Schlendern auf der Straße in Kinonähe mit Lachfetzen in der Erwartung auf Vergnügen, an Berlin, an Dunkelheit, an die eingeblendeten Buchstaben, an Pável.

Sie blickte durchs Fenster auf die leere Landstraße. Keine Seele in Ausgehstimmung. Pit band seine Krawatte. Láles Dankbarkeit und Freude wandelten sich beim Anblick der Schwiegereltern in ein Flehen. Sie hatte Angst, dass sie ihr ansehen könnten, dass ihr Sohn zu Láles Glück nicht ausreichte. Sie hatte Angst vor dem Beweis ihrer Nichtliebe und vor der Feststellung ihres fehlenden Anrechts auf das Wohlwollen der Schwiegereltern, das Ausgehen, das Cottbusser Hiersein und auf Nathan.

Beinahe hätte Lále sie angebettelt, wieder zu gehen, aber sie schoben sie durch die Tür. Sie hätte Lust gehabt zu schreien. Dann meinte sie Nathan weinen zu hören. Aber Nathan weinte nicht, und sie biss die Zähne zusammen, trommelte auf dem Oberschenkel und blieb auf dem Beifahrersitz sitzen.

Pit machte Musik an. Sie war zurechtgemacht für Pit, und er war zurechtgemacht für sie. Nur noch berühren müsste sie ihn, ihn kurz anlächeln, sagen, es ist schön, so frei zu sein, so ein großes Kind zu haben, in ihrem Hals stiegen Tränen hoch, so bekam Pit nichts vom beabsichtigten Glück. Aber Lále auch nicht.

Das Kino war leer. Als sie eintraten, lief Werbung. Die vergrößerten Gebärden ließen sie staunen. Die Farben, die Stimmen, die Effekte – alles hier fesselte sie, selbst die Dramaturgie der Werbegeschichten. Der blaue Samtsessel umschloss sie sanft. Auf ihrem Schoß duftete Popcorn-Karamell. Wenn das leere Kino Absicht gewesen wäre, hätte es romantisch sein können. So war es nur trostlos. Sie zog am Strohhalm. Der süße Sirup ergoss sich in ihre Mundhöhle. Nach jedem Herunterspülen hatte sie den Reflex, wieder Cola nachzugießen. Sie legte die Füße auf den Vordersitz. Als der Film gerade begonnen hatte, tat sich ein glühendes Loch anstelle der Tür auf. Dann schloss es sich wieder. Hinter ihnen wurde gepoltert, die Sitzreihe erbebte. Aus einem plötzlichen Entschluss heraus schob sie die Hand zwischen Pits Ellbogen und der Armlehne hindurch und legte sie auf seinen Reißverschluss. Der Reißverschluss antwortete. Sie zog ihn auf, der Penis sprang hoch wie ein Springteufel. Der Geruch und die Konsistenz erinnerten sie an Restfleisch aus der Metzgerei. Plötzlich meinte sie zu wissen: Ein Penis musste sich wie Fußpilz anfühlen. Ein ununterbrochener Juckreiz, ständig auf der Suche nach lindernder Massage. Sie konnte sich vorstellen, dass Männer begehrten. Aber wo blieb die Lust der Frauen? Sie ließ das alberne Fleischstück sinken. Den Blick nagelte sie auf die Leinwand und tat so, als ob sie im Film versänke, während sie Pits Blick auf der rechten Gesichtshälfte spürte.

Einmal hatte sie zwischen Pável und Nils im Kino gesessen. Nils war einer von Pávels Schülern, der ihr schon bei der ersten Besprechung aufgefallen war. Er hatte eine eckige Stirn, einen langen knöchernen Nasenrücken, und sein verkniffener Mund, der zusammen mit der Nase ein auf den Kopf gestelltes «T» bildete, gab ihm etwas Entschlossenes. Er hätte drakonisch gewirkt, wäre er nicht gleichzeitig fragil gewesen wie Pappmaché. Während des Seminars kreuzten sich ihre Blicke mehrfach. Aber erst nachdem Pável «Esther» im Bett gestammelt und Lále die Nacht in der Küche verbracht hatte, beschloss sie, sich mit Nils zu verabreden.

Als Pável von dem geplanten Rendezvous erfuhr, am Küchentisch der kleinen Dachgeschosswohnung, zeigte er zum ersten Mal blanke Wut. Er drückte ihr Handgelenk, dass es wehtat. Fauchend befahl er, die Verabredung abzusagen. Seine tränenbenetzten Augen verängstigten Lále kurz. Er beugte sich so nahe zu Láles Gesicht, dass seine Konturen verwischten. Dann lachte sie doch unsicher auf und gab Pável zu verstehen, dass sie sich auf die Verabredung freute.

Er trat gegen die Wand und lief Lále nach, als diese die Wohnung verließ. Lále lief schneller, bog unerwartet ab, drang in Hausflure ein, verließ sie durch Hinterhöfe, aber sie konnte ihn nicht abschütteln. Unverdrossen rannte er einige Schritte hinter ihr her. Lále beschimpfte ihn, und sie stritten, aber sie entkam ihm nicht. Als sie beide im Laufschritt ankamen, war Nils erstaunt.

«Ich wusste gar nicht, dass wir zu dritt verabredet sind!» Plötzlich musste er sich ganz wichtig vorkommen, dass ein preisgekrönter Filmemacher und die umwerfende Praktikantin um seine Gesellschaft buhlten. Sie saßen nebeneinander, Lále in der Mitte. Am liebsten hätte sie nach Nils' Hand gegriffen, wie sie sich das zahllos ausgemalt hatte, doch sie unterließ es. Während des Films schielte sie immer wieder zu ihm hinüber und drückte den Ellbogen an seinen. Auf Pávels Kosten suchte sie nach Vertrautheit, mit durchdringenden Blicken und flüchtigen Berührungen bei der Übergabe des Colabechers. Sie wollte ihn zu ihrem Verbündeten machen, damit sie Pável nachher gemeinsam abschütteln konnten. Bloß Nils merkte nichts von den Bemühungen. Er starrte auf die Leinwand. Rutschte Lále auf ihrem Stuhl hin und her, bedachte er sie mit einem strafenden Blick, um sogleich wieder nach vorne zu sehen.

Pável hingegen hatte keinen Augenblick auf die Leinwand geschaut, er bewachte jede Regung der beiden, und wenn er

Láles Blick auffing, schnitt er Gesichter und schüttelte den Kopf.

Hinterher tranken sie Weinschorle und führten ein zähes Gespräch über den Film, den nur Nils wirklich gesehen hatte. Pável starrte Lále an, die ihn zu ignorieren versuchte, und Nils wusste nicht, zu wem er sprechen sollte. Beide waren ausgesucht freundlich, dennoch lösten sich seine Worte gewichtslos auf. Irgendwann redete Pável einfach drauflos, zog einen Bogen vom Film zu seinen eigenen Theorien, aber auf Deutsch war er nicht so virtuos, und Nils konnte seiner Gedankenführung kaum folgen. Und Lále, die wusste, worauf er hinauswollte, kam ihm nicht zu Hilfe. Sie blickte nur zu Nils und wiederholte mit anderen Worten, was er gesagt hatte, um ihm vor Augen zu führen, wie ähnlich sie tickten. Aber Nils schien eher verblüfft als entzückt zu sein, und da ihr Pável keine Möglichkeit gab, mit Nils auch nur ein unbewachtes Wort zu wechseln, zahlte Lále, verabschiedete sich und trat auf die Straße. Pável rannte ihr nach. Nils saß plötzlich alleine.

Als die jungen Eltern nach dem Kino nach Hause kamen, wartete eine Überraschung auf sie. Nathan hatte durchgeschlafen. Der Schwiegervater war sich nutzlos vorgekommen und hatte nebenbei Küchenschränke angebracht. Die Schwiegermutter packte die in der Küche umherstehenden Umzugskisten aus. Lále stand wortlos davor und wusste nicht, ob sie sich freuen sollte. Die Abstände zwischen den Schränken stimmten nicht. Einer hing schief, und die Höhe war für Lále unpraktisch. Die eigentliche Überraschung war ein aus dem Müll gefischter Minifernseher, den der Schwiegervater wieder aktiviert hatte. Er brachte ihn zwischen zwei Küchenschränken auf einem Regal an. Lále fand, dass so ein Fernseher ab und zu die Lust fördern könnte, die sich im Kühlschrank ausruhenden ungarischen Gerichte zu Ende zu kochen.

Beim ersten Anstellen zeigte sich, dass das Gerät brummte, nach einiger Zeit unkontrollierbar laut wurde und das Bild sich in die rechte Ecke verzog. Manchmal halfen ihm zwei kräftige Schläge mit der Handfläche, manchmal auch nur, dass der Stecker gezogen wurde. Meistens führte das Geschenk des Schwiegervaters nur dazu, dass sie mit offenem Mund stehen blieb und sich nicht mehr von der Stelle rührte.

Sonntags aßen sie bei Pits Eltern. Nathan robbte im Garten herum, riss Grasbüschel heraus, stopfte sich Blumenerde in den Mund, leckte an der Hexenmilch, schürfte sich auf dem Asphalt das Knie blutig und richtete sich am Drahtzaun auf. Seine kleinen, dicken Finger waren weiß vor Anstrengung. Er presste sein Gesicht ins Drahtgeflecht, schob seine Zunge zwischen zwei Drahtspitzen. Immer lauter lamentierte er, bis Lále kam, ihn stützte und seine Finger vom Draht schälte.

Irgendwann, als Lále gar nicht mehr darauf hoffte, lernte er laufen. Kreischend rannte er einem Elektroauto nach, in dem sein Opa saß. Der Opa setzte ihn allein in das Gefährt. Nathan drückte Knöpfe, das Gefährt bewegte sich leicht. An die Pedale kam er mit den Füßen nicht. Also krabbelte er hinunter und drückte mit den Händen darauf herum. Das Auto raste gegen die Garagenmauer, kam zum Stehen, nur die hinteren Räder drehten sich weiter. Die Schnittwunde an der Stirn spürte Nathan nicht, und die Prellungen an seinen Rippen entdeckte Lále erst beim Wickeln. Als wollte er die durch sein Nichtlaufen fehlenden Kilometer nachholen, indem er immer in Bewegung blieb, begleitete er seine Oma in den Küchengarten, zog Mohrrüben heraus, riss Gurken und Trauben ab. Mit einer grünen Tomate in der Hand langte er nach einer

Hornisse. Wenn er schlafen sollte, wurde er in seinem Buggy unter die Wäscheleine geschoben. Pits Mutter band Ballons an die Leine, die im Wind gen Himmel flatterten. Flaute der Wind kurz ab, stürzten die Ballons schlaff herunter und berührten beinahe Nathans Nase. Beim nächsten Windstoß schossen sie erneut in die Höhe. Nathan sah dem Schauspiel zwei Sekunden mit offenem Mund zu, aber statt in Freude darüber einzuschlafen, wollte er zu ihnen hochklettern. Obwohl seine Augen vor Müdigkeit tränten, stemmte er sich mit aller Muskelkraft gegen die Rückenlehne des Buggys. Wenn seine Oma den Kinderwagen schaukelte, wuchs seine Wut. Er rutschte unter dem Gurt heraus und schlief unweit vom Kinderwagen auf dem Boden ein. Sein Oberkörper lag auf der Asphaltfläche, die Beine im Gras.

Lále schnupperte in den Wind, ob der Wind hier ein anderer war? Hinter ihr wurde der Gartenzaun von einem drei Meter hohen Tor durchbrochen. Die Einfahrt und das Gelände um das Haus, somit die Hälfte des Gartens, waren betoniert. Von der Betonfläche führte ein Plattenweg über die zweite Hälfte des Grundstücks. Rechts und links gab es jeweils handtuchgroße Grasflächen. Dahinter kam der Küchengarten, jeder Erdklumpen pedantisch geglättet, Gemüse auf Gemüse. Ganz hinten befand sich der Kaninchenstall des Schwiegervaters. Die Käfige waren kaum größer als die Kaninchen selbst. Lále sah die Kaninchen nur an Ostern und ab und zu auf dem Mittagstisch.

Zwiebelmuster schmückten die Teller an gewöhnlichen und an Feiertagen. Jetzt war Ostern. In der Luft lag eine brenzlige Note. Als Lále in den Flur trat, hörte sie das mehrmalige Zuklappen der Backofentür und das Jammern der Schwiegermutter. Vom Kaninchen, das auf die Platte gelegt wurde, fehlte die Hälfte. Lále stellte sich darauf ein, nicht satt zu werden.

Pits Schwester, die neben Lále saß, schüttelte den Kopf, Lále schaute nicht zu ihr hin, um sie keineswegs in ihrer Empörung zu bestätigen. Pits Mutter tat ihr leid. Also platzierte sie unerschrocken Kartoffeln auf dem blauen Zwiebelmuster, als gäbe es kein Fleisch. Seitdem sie für Nathan einfachste Nahrung zuzubereiten begann, hatte sie den ausgeprägten Geschmack einzelner Gemüsesorten entdeckt. Zusammengerührt schlugen sich die Geschmäcker gegenseitig tot.

Plötzlich sprang die Schwester schreiend auf. Lále dachte, dass sie auf einen Stein gebissen hätte. Aber sie beanstandete nur die Kartoffeln. «Igitt!», kreischte sie heiser und spuckte für alle gut sichtbar in den Abfalleimer. Keiner ermahnte sie wegen der heftigen Reaktion. Nur der Schwiegermutter schien sich ein Schatten aufs Gesicht gelegt zu haben, der die restliche Mahlzeit über nicht verschwand. Die Schwester setzte sich wieder, schimpfte vor sich hin, von den Bohnen, die die Mutter ihr zum Ersatz für die Kartoffeln aufgetan hatte, aß sie demonstrativ nur ein Gäbelchen, kaute ewig lang, als wollte sie sich bis zum Schlucken die freie Wahl lassen, ob sie sie überhaupt verzehren wollte.

Lále hätte gern etwas gesagt, was die Schmach der Schwiegermutter gelindert hätte, schließlich hatte sie versucht, es allen recht zu machen. Und gerne hätte sie den Kindern den vermeintlichen Schrecken genommen und gesagt: «Mama ist kein Ungeheuer, nur ein wenig müde», aber sie schienen solche Szenen gewohnt zu sein und keinen Trost zu brauchen. So beschränkte sie sich darauf, den angebrannten Kaninchenbraten zu loben. Sonst hörte man nur Besteckklirren. Manchmal seufzte Nathan durchs Babyphon.

Sie suchten einen Hügel, auf dem alles gegeben war: Schatten, Platz für ein Picknick, eine Rollbahn für Eier. Es war ein warmer Frühlingstag, genügend Sonnenstrahlen drangen durch das Laub. Der Opa schleppte Campingstühle, die Oma einen Korb voll gefärbter Eier, die Tante Tupperware mit Proviant gefüllt, die Cousine Malhefte und Stifte, der Cousin ein Skateboard, Pit Nathans Decke und Nuckelflasche, Lále Nathan.

Alle stellten sich auf, der kleine Nathan wurde auf den Boden gesetzt und bekam ein Ei in die Faust. Er schaute erwartungsvoll um sich. Die Eier trudelten den Hügel hinunter, stießen aneinander, einige kamen vom Weg ab und blieben in einsamer Reglosigkeit liegen. Oben auf dem Hügel Aufregung. Alle bejubelten Sepp, dessen Ei am schnellsten unten angekommen war. Der Sohn der Schwägerin hatte den Stimmbruch schon hinter sich. Seine Stimme war tief und satt, aber manchmal, wenn er nach einer längeren Pause wieder zu reden ansetzte, rutschte sie ihm nach oben weg, dann hustete er, um wieder in die Tiefe zu gelangen. Obwohl er gerade erst die Pubertät erreicht hatte, war er schon größer als Lále. Aber das kindlich Zarte hatte sich noch nicht ganz verflüchtigt. Er war im letzten Augenblick der Schönheit. Lále hatte einmal den Vater gesehen: groß und verfettet, der Kopf unproportional lang, der Mund wie der Eingang zu einer Höhle, die Augen blutunterlaufen, die Wangen schuppig und gerötet.

Dem Sohn würde zumindest ein Teil davon nicht erspart bleiben.

Nathan ließ auch Eier kullern. Aber immer da, wo es nicht bergab ging oder Gestrüpp sie stoppte. Er holte sie sich wieder, lief damit die Eierbahn der Familie hinunter und legte sie zu den anderen. Amelie, die zehnjährige Tochter von Pits

Schwester, hielt sich die Hand vor die Augen, weil der Kleine die Bahn ruinierte, und beklatschte ihn, wenn er sie wieder verließ.

Ihr Gesicht wirkte winzig hinter der dicken runden Brille. Die Nase klein und gebogen, ein Strichmund, fast kein Kinn. Die Zähne uneben, darauf Mohnblümchen aus Karies. Das Mädchen war wie ein kleiner Abdruck ihrer Mutter, von ungünstigem Äußerem, aber charmant, anschmiegsam und dankbar. Lále unterhielt sich gern mit ihr und sah zu, wie sie malte. Vorausgesetzt, sie kam einmal unter dem Tisch hervorgekrochen, wo sie ihr halbes Leben verbrachte – beleidigt. «Heul doch», sagte ihre Mutter oft. Auf dem Hügel gab es keinen Tisch. Amelie blieb blinzelnd und linkisch in Láles Nähe.

Lále betrachtete ihre Wahlfamilie und erinnerte sich an das Fehlen jeglicher Alarmsignale, als sie den Eltern zum ersten Mal begegnet war. Erst viel später hatte sie Schritt für Schritt begriffen, wie schlecht sie sich gegenseitig ertrugen. Bei Pits Schwester dagegen waren gleich alle Leuchten auf Rot gewesen. Und es war mehr als nur das ungünstige Erscheinungsbild, was Lále so überaus heftig auf die ihr damals fremde Frau reagieren ließ. Aus dem ganzen Wesen flutete etwas, das Lále Unwohlsein verursachte. Früher hatte sie dem ersten Eindruck große Bedeutung beigemessen. Mit der Zeit aber lernte sie, dass Personen, die sie auf die Schnelle befremdlich gefunden hatte, später oft wichtige Positionen in ihrem Leben besetzten. So strengte sie sich an, das erste «Vorurteil» ganz abzulegen. Aber diesmal hatte der erste Eindruck sie so erwischt, dass sie Pits Schwester kaum anzuschauen wagte, weil sie fürchtete, ihr könnte das Entsetzen in die Züge eingraviert sein.

Pits Schwester war ein nach vielen Fehlversuchen stark ersehntes Kind. Von der ersten Minute an wurde sie angebetet, verwöhnt und heiß geliebt. Auf den Fotos sah Lále dieses kleine, unelegante Wesen neben der adretten Mutter und dem herausgeputzten Vater stehen. Wie ein kleiner Alf oder E.T.

Das ist doch nur die Schwester, hatte Lále zu Anfang gedacht und versucht, das genetische Band zwischen ihr und Pit, und somit Nathan, auszublenden. «Nur» war gut. Die Schwester ließ es nicht bei der Genetik bewenden. Als Vertrauter und Verbündeter war Pit fest in ihr Leben integriert. Seit Jahren hörte er sich stoisch alles an, ihre Schwärmereien, ihre Sorgen und Nöte. Frauen waren für ihn wie Radio, neben ihrem Redefluss konnte man wunderbar anderen Tätigkeiten nachgehen. Er nickte alles ab, dann ließ das Drängen nach. Er besorgte ihr Sachen, wenn sie darum bat, und half ihr bei technischen Dingen. Ansonsten redete er kaum von seiner Schwester. Dass er oft kurz angebunden war, nahm die Schwester als ein allgemeines Laster von Männern hin, wie ein Nebengeräusch, oder Nebenstille, das eben bei einem Gerät dazugehört. Und sie als gewieftes Weib konnte dieses Gerät perfekt bedienen. Eine schöne Weile hatte zwischen den Geschwistern alles so funktioniert, wie es musste. Dann kam diese kleine ungarische Frau, und sein Hirn war wie weggepustet.

War Lále am Telefon, gab sie sich keine Mühe, ihre Enttäuschung zu verbergen.

Sie rief an, wenn Lále eingenickt war, wenn sie gerade miteinander schlafen wollten, wenn sie mit Nathan spielten, wenn er brüllte, weil sein Po wund war. Zögerten sie den Rückruf hinaus, und das taten sie erst ungewollt und mit der Zeit gewollt, wurde sie immer verdrossener. Sie sprach auf den Anrufbeantworter und schickte E-Mails.

Nach Pits Bekenntnissen sah Lále hübsch aus und hatte was im Kopf. Noch nie zuvor habe er es geschafft, sich zu verlieben, gestand er ihr, und jetzt wisse er auf einmal, wovon alle redeten. «Diesmal ist die Liebe in die Jauchegrube gefallen», murmelte die Schwester. Ihrer Meinung nach war Lále eine magere Plattenbau-Blume, die in den Asphaltritzen zäh geworden war und sich jetzt um Pit rankte, um ihm die Nährstoffe wegzusaugen. Und da sie und Pit eine Einheit waren, saugte dieses Gewächs auch an ihr.

Als Nathan noch ein Baby war, hielt sein Cousin ihn nie länger als zwei Minuten auf dem Arm. Er grinste ins feiste Babygesicht und gab Lále das Bündel schnell wieder. Seine kleine Schwester hatte mehr Geduld. Ewigkeiten konnte sie neben ihm liegen und ihm die Rassel hinhalten, sie half ihm, sich zu drehen, wollte ihn, wann immer es ging, im Arm halten. Dennoch, als Nathan größer wurde, lief er stets dem Cousin nach. Wenn Amelie sich ihm in den Weg stellte, wich Nathan aus, verschwendete keinen Blick an sie. Er weinte nach Sepp, wollte auf seinem Schoß sitzen, aus seinem Glas trinken und ihn überallhin begleiten.

Einmal saßen sie alle drei auf dem Kinderzimmerteppich. Nathan stopfte Sepp einen Schnuller in den Mund, und Amelie band einen Luftballon um Nathans Handgelenk. Irgendwann bemerkte Nathan die Schnur und versuchte sie mit seinen Wurstfingern zu lockern. Er knotete sie aber nur noch fester. Er schwitzte in ohnmächtiger Wut, und die Großen amüsierten sich. Sepp band sie schließlich los; der Ballon flog zur Decke. Nathan streckte sich danach. Alle drei begannen um den Luftballon zu ringen. Er platzte in Nathans Händen, das Gummi verbrannte seine linke Wange: Er begann zu weinen. Der Cousin klemmte sich den Gummifetzen wie einen

Schnurrbart zwischen Nase und Mund. Nathan lachte wieder, schnappte nach dem schlappen Ballon und zog ihn sich über den Kopf. Der geplatzte Ballon hing um seinen Hals wie eine Medaille.

Irgendwann holte die Cousine Lále ins Kinderzimmer, weil Nathan nicht zu quengeln aufhörte. Lále sah, dass Nathan blass war. Sie griff an seine Stirn, die aber kühl war, an seinen Hals, weiche Babyhaut. Sie setzte sich zu ihnen, reichte ihm Bausteine und Kekse, die größeren Kinder schauten wartend zu. Nathans bitterer Gesichtsausdruck veränderte sich nicht. Sie streichelte und koste ihn und merkte irgendwann, dass sich die Strippe tief in seinen Hals geschnürt hatte. Die Stelle war mit einer Hautfalte bedeckt gewesen. Erschrocken lockerte sie die Leine. Unter der Hautfalte wurde ein breiter roter Strangulationsstreifen sichtbar. Nach dem Entfernen bekam sein Gesicht seine alte Färbung, er hörte auf zu quengeln und spielte weiter, als ob nichts vorgefallen wäre. Lále saß erstarrt neben den drei Kindern. Sie sah sich ganz allein einer unsichtbaren Macht gegenüber, die es auf ihr Kind abgesehen hatte.

An ihrem dreißigsten Geburtstag hielt Lále auch eine Rede. Während die Gäste einer nach dem anderen hereinschneiten, war es eher still als feierlich. Nathan war in der Hitze splitternackt auf dem Rasen eingeschlafen. Die Leute liefen achtlos an ihm vorbei. Sie hob ihn hoch, in Sorge, jemand könnte über ihn stolpern oder er würde von Ameisen bevölkert werden. Sein Kopf sank ihm auf die Brust, wo sich ihre Körper trafen, begannen Mutter und Sohn zu schwitzen. Sie gab Nathan an Pit weiter und deckte den Tisch im stickigen Partyzelt. Pit übergab ihn seinem Vater und trug die Schlauchtrommel in den hinteren Garten. Pits Vater reichte Nathan einem Onkel und verschwand selbst bei den Nachbarn. Dieses Herumreichen und die Zärtlichkeit, die er in allen weckte, rührten Lále.

Als Lále das Wort ergriff, bemerkte sie rasch, dass die Vokabeln sich nicht organisch fügten, sondern waren wie Kies in Reis geworfen. Láles Darstellungen verursachten zuckende Augenbrauen und eisige Mienen. Sie beschloss, sich nicht stören zu lassen. Sie hob den Blick auf ein Publikum, das sie anzusehen vermied, und redete in einen schalldichten Raum hinein.

Äußerte sie sich vor mehreren, fiel sie in eine Art Ohnmacht, wurde von den eigenen Satzwolken geschluckt. Zwar sprach sie frei und flüssig, ließ sich von grammatikalischen Missgeschicken, die sie durchaus wahrnahm, nicht abschrecken, allerdings konnte sie, hatte sie einmal angefangen, nicht mehr aufhören – aus dem Buchstabensumpf schauten nur noch ihre Fingerspitzen heraus. Die Zuhörer zuckten zusammen, weil Lále zu starke Ausdrücke benutzte, oft unpassend, aus anderen Bereichen. Sie bedankte sich für Sachen, die sie gar nicht bekam, für Gesten, die sie eigentlich ärgerten. Als sie auf Pit zu sprechen kam, durchzog Feuchtigkeit ihre Augen, sie merkte einen zäh schwimmenden Schleim im Magen. Ergriffenheit. War sie tatsächlich gerührt, oder log sie so überzeugend, dass sie sich selbst glaubte? Jedenfalls wurde die Begegnung jetzt plötzlich zur Liebesgeschichte.

Sie knüpfte an andere Jahrestage an, die sich mit ihrem Geburtstag deckten: wie sie vor fünf Jahren Ungarn verlassen hatte und fünfzehn Jahre zuvor von ihrer Mutter verlassen wurde. Sie sagte, nun sei es genug mit der Gulasch-Romantik, und erzählte von Müttern, die ihre Frohnatur mit Pilzen stärkten und ihre Geduld mit Balkonmarihuana, von dreihundert blaugefrorenen Zehen, weil Diebe an einem Wintertag alle Kinderschuhe aus dem Puppentheater gestohlen hatten, das man nur auf Strümpfen betreten durfte. Die Verwandten senkten bestürzt die Köpfe und sehnten ein Ende herbei.

Was die Verwandten nicht sagten, war lauter als Láles Rede. Plötzlich kam Lále zu sich, und der Mut verließ sie. Sie drückte Nathan an sich und machte den Mund nicht mehr auf. Die Rede wurde so unerwartet abgebrochen, wie sie unverhofft begonnen hatte.

Gingen die Eltern weg, verstummte auch Pit. Er sackte in sich zusammen wie eine Luftmatratze, aus der die Luft herausgelassen wurde. Bei ihrem Eintreffen erwachte er. Seine Stimmlage hob sich, er redete unablässig, ohne sich um einen logischen Aufbau seiner Gedanken zu scheren. In Láles Gesellschaft dagegen verstarb sein Drang, sich mitzuteilen. Immer wieder rutschte er von der Angel und flatterte silbrig davon. Mit den Eltern baute er sein Haus im Kopf weiter. Mit ihnen besprach er die Einbauschränke. Mit ihnen plante er die Zukunft.

Wenn jemand klingelte, in der Regel waren es Verwandte, riss er begeistert die Tür auf, jeder wurde mitten in das Geschehen geführt. Lále meisterte die Überraschungsbesuche fabelhaft, war bezaubernd, freundlich und offen. Irgendwann wird die Horde der Neugierigen abreißen, dachte sie. Als das nicht eintrat, wurde Intimität zu ihrer fixen Idee: Sie beharrte darauf, dass sich alle Gäste anmeldeten, dass Pit zunächst ihr von seinen Vorhaben berichtete, nicht anderen. Er redete daraufhin von Zusammenhalt. Sie aber wollte nicht zusammengehalten werden. Sie verschwand im Schlafzimmer, wenn jemand kam, versuchte ungestört weiter die Wäsche zu falten.

Zog sie die Tür nicht zu, fühlte sie sich beobachtet, zog sie sie zu, kam sie sich unhöflich vor. Sie versuchte alles ganz leise zu bewältigen, damit sie ein paar Worte erhaschen konnte. Sie hatte ohnehin den Eindruck, dass sie extra leise redeten, wahrscheinlich über sie, wahrscheinlich wurde Pit ihretwegen bedauert, und Pit senkte den Kopf und gab zu, es nur schwer zu ertragen. Oder nicht? Am liebsten hätte sie die Tür aufgerissen, um sie zu ertappen, aber wahrscheinlich hätte sie sich nur lächerlich gemacht. Viel zu sehr hatte sie sich schon isoliert, um mitdenken zu können.

Waren sie weg, tat Pit so, als wären sie nie da gewesen.

Zunächst dachte Lále, dass nicht nachzufragen ergiebiger war. Zeigte sie sich zu neugierig, konnte das nerven. So sah sie ihn nur forschend an, folgte seinen eiligen Gebärden, konnte aber keinen Blick auffangen, weil er sie nicht ansah. Er schien nachzudenken und Lále einfach nicht zu bemerken, aber nach einer Zeit wurde selbst Lále klar, dass ein so ausdauerndes Schweigen kein Versehen sein konnte. Aus der reduzierten Körpersprache – Schnelligkeit, bestimmte Kopfbewegungen, dem möglichst unauffälligen Entkommen – erschuf er die Choreographie eines merkwürdig quälenden Alltags. Die Kunst, sie durch einfaches Schweigen zu erdrücken. Die Illusion, dass es die natürlichste Sache der Welt sei, nicht miteinander zu sprechen, das Licht auszuknipsen, ohne zu wissen, ob es der neben ihm liegenden Person recht war, Termine ohne Absprache zu vereinbaren und zu essen, ohne auf den Hunger des anderen zu achten.

Aber was wollte er damit erreichen? Dass sie alles, was sie an Widerstand leistete, aufgab? Ihr Widerstand nahm eher zu. Gegen alle, die auf ihn einredeten. Gegen ihn, der auf sich einreden ließ. Und gegen sich selbst, die mit ihm hergekommen war, um einen Grund zu liefern, auf ihn einreden zu lassen.

Lále versperrte ihm nach einer Mahlzeit die Tür und zwang ihn, ihr zuzuhören. «Wir müssen hier weg, wenn zwischen uns noch etwas sein soll.» Er erwiderte, dass sie dann das Haus verkaufen müssten. Das wäre nicht so einfach, denn in Cottbus wolle ja keiner ein Haus kaufen. Vor allem nicht in diesem Zustand. Außerdem würde die Bank sie sicher nicht aus dem Kredit lassen. Egal, wie sie es drehen würden, ohne Verlust kämen sie da nicht raus.

«Besser Verlust, als zugrunde gehen», antwortete sie.

«Es ist doch immer klar gewesen, dass wir ein paar Jahre durchhalten müssen», sagte er.

«Es war nicht klar, dass ich es nicht aushalte. Es war nicht klar, wie deine Familie ist.»

Er lächelte. «Ich habe dir immer gesagt, dass meine Familie vereinnahmend ist.»

«Hast du. Jetzt sind wir dennoch in der Situation, gehen zu müssen.»

«Jetzt geht es für mindestens zehn Jahre nicht.»

Er zog an der Klinke, die sich in Láles Rücken bohrte. Sie gab den Weg frei und machte sich ans schmutzige Geschirr.

Am selben Abend, als sie mit Nathan auf der Schulter in die Küche kam, schrumpfte das Blickfeld plötzlich zu einem kleinen schiefen Viereck. Stirnrunzelnd stand sie davor, und noch ehe sie verstehen konnte, was da geschah, begannen die Schränke rasant zu wachsen. Sie hob den Kopf. Die Wand schmolz zu einer schaumigen Welle und rannte auf sie zu. Sie sprang zurück und sah, dass die Wände nackt waren. Ein Höllenlärm hob an. Die Küchenschränke zerbrachen samt Inhalt auf dem Boden. Obwohl alles gleichzeitig geschah, hatte sie den Eindruck, alle Geräusche einzeln wahrzunehmen. Nathans Körper versteifte sich in ihrem Arm. Dann wurde es gespenstisch still. Um Lále herum Trümmer. Nathans Hals entsprang ein heiserer Schrei. Sie hüpfte mit dem brüllenden Kind zwischen zerschellten Möbelteilen hindurch und eilte ins Nebenzimmer, in dem es noch nach Wohnung aussah. Sie versuchte sich auszumalen, was geschehen wäre, wenn sie nicht nach hinten gesprungen wäre oder auch nur eine Sekunde später. Sie klopfte mild auf Nathans Rücken, flüsterte in sein Ohr, aber der Krampf wich nicht aus seinen Gliedern. Sie setzte ihn auf ihren Schoß und versuchte seinen Blick mit ihrem festzuhalten. Aber er glitt immer wieder ab, seine Züge waren vom Weinen aufgerissen, seine Haut gerötet. Er schrie und schrie und versuchte noch mehr zu schreien. Pit tat so, als ob eine Topfpflanze umgefallen wäre. Lále stand der Lawine allein im Weg, die ihr Kind wegzuspülen drohte.

Auf Láles Arm sitzend, ignorierte Nathan alle anderen. Ließ sie ihn aber für einen Augenblick hinunter, suchte er sich einen anderen Schoß und übersah Lále genauso wie zuvor die anderen. Er brauchte immer genau einen Punkt, um sich festzuhalten. Im Krabbelalter hatte er am Boden gehaftet, wollte den Kopf nicht heben, als seine Wirbelsäule schon längst dazu in der Lage gewesen wäre. Er führte keinen der Entwicklungsschritte aus, die nötig gewesen wären, um sich aufzurichten. Lále ging mit ihm zur Physiotherapie, und nach einigen Malen, bei denen er hauptsächlich auf einem großen grünen Ball herumgerollt wurde, holte er in kürzester Zeit alles Versäumte nach. Aber wenn er spielte, sich entspannte, ging er sofort zu Boden. Er suchte nach Stabilität und brauchte davon mehr als ein herkömmliches Kind. War die Sicherheit gegeben, ignorierte er die restliche Welt. Er sah niemandem in die Augen und sprach nicht. Wenn er etwas wollte, brachte er seinen Willen mit Handzeichen zum Ausdruck, dadurch band er sich an Personen, die ihn und seine Zeichen kannten, und schloss alle anderen aus.

Manchmal dachte Lále an das andere Kind, an den Sturm, den es ausgelöst hatte. Wie dieses Kind wohl gewesen wäre. Vielleicht ganz unkompliziert, vielleicht hätte sie dann nicht zur Gruppe seltsamer Eltern seltsamer Kinder gehört, die sich in der Praxis des Physiotherapeuten gegenseitig beäugten.

Sie erinnerte sich an Pávels fauchende Stimme, sein wochenlanges Schweigen, den Spott. Der Faden war zwischen ihnen gerissen. Obwohl er zu Beginn immer gefragt hatte, ob sie ein Kind machen wollten. Aber darüber zu reden war nur ein Spiel gewesen, ein Element auf der Palette seiner Erregungsskala. Ging er weg, und er war immer öfter weggegangen, erfuhr Lále, dass Familie etwas war, was keine anderen Prioritäten zuließ. Egal, was geschehen würde, er würde immer dorthin zurückkehren. Sie konnte seine Frau nie einholen. Sie könnte aber versuchen, ihr ebenbürtig zu werden, indem sie auch Kinder von Pável bekam. Kinder seien wie ein Zaubertrank, hatte sie gedacht, ein chemischer Cocktail, der alles verändert, Menschen unzertrennlich macht, die Liebe zum Himmel hebt, Ungelöstes verwischt, alle anderen aus dem Leben verbannt.

Sah sie Nathan an, kam ihr das abgewählte Kind sehr fern vor. Sie hatte jetzt ein leibhaftiges Kind, das aber mit solch einer Distanz zur Umwelt geboren wurde, dass sie sich fragte, ob man es überhaupt als anwesend betrachten konnte. Sie beobachtete seinen in sich ruhenden, glasigen Blick, während er auf dem Arm von Pits Mutter saß, die unablässig auf ihn einredete, als wäre ihre Zunge ein Häcksler, in dem Nathans

Hirn zu Brei verarbeitet wurde. Mit hoher Kopfstimme artikulierte die Schwiegermutter jedes Wort überdeutlich. Ihre steifgesprühten, toupierten Haare zitterten leicht, der Busen, stramm vom Büstenhalter reglementiert, bebte ein wenig mit. Nathan hing mit einer absolutistischen Verehrung an ihren Worten. Lále mochte ihn nicht so hypnotisiert sehen. Die Worte der Schwiegermutter mussten Halva sein, dachte sie, in Opium und in Honig getränkt, sie mussten mit uralten genetischen Glücksatomen versetzt sein. Nathan erfuhr an diesem Tag, was die «liebe Sonne» mit den aufgehängten Socken tat. Außerdem beschenkte die liebe Sonne «die Braven, die sich vor ihr bücken», mit Schweißperlen, dachte Lále, und die Bösen finden in ihren Brotbeuteln ein bisschen Hautkrebs. Dann hörte sie die Abhandlung der Schwiegermutter über das Nichtpolieren der Fensterscheibe. «Du hast ganze Arbeit geleistet mit diesen hässlichen Flecken, und deine Hände, auweia, du siehst aus wie aus dem Busch, ein Afrikaneraffe. Du kannst noch nicht alleine wische, wische machen, du bist noch viel zu klein, nicht wahr? Wir machen das jetzt ab, damit du kein Ferkelchen wirst, schön mit Seife. Bei Oma wirst du ein herausgeputzter Junge. Jetzt wischen wir hier für Mama das Fenster ab, damit wir rausgucken können. Wo hat Mama die Putztücher, hier ein Stück Stoff, auweia, das eignet sich gar nicht zum Putzen, was ist das hier? Ein Staubwedel? Na, die Mama will sich nicht die Hände dreckig machen, also damit wird nichts sauber, mein Junge, man muss einfach die zarten Finger in ein wenig Wasser tränken und alles einzeln abwischen und überall hochkriechen, da kommt man auch mit so einem Staubverwirbler nicht drum herum. Ein bisschen Spülmittel drauf, so, schön, siehst du, jetzt kann die liebe Sonne uns sehen, den braven Jungen, der heute alles aufessen wird und schön aufs Töpfchen geht, nicht wahr? Hast du Hunger? Soll Oma dir Königsberger Klopse oder saure Eier machen? Du musst Mama sagen, sie muss schön für dich und Papa kochen, ihr fallt noch vom Fleisch. Sie kann schön Frikassee oder Jagdwurst machen, das macht man hier bei uns. Pöö, du hast A-a in die Windel gemacht, pfui Teufel ...»

Lále wartete, dass die Lawine nachließ, aber die Schwiegermutter war unermüdlich. Wenn Lále sich zu ihnen stellte, erhöhte sie nur die Lautstärke, drängend, dass Lále es ihr gleichtun möge. Lále wandte sich von der Mauer aus Geschwafel ab, die sie nicht durchbrechen konnte.

Nathan sollte angesprochen werden, aber nur, wenn man ihm etwas mitzuteilen hatte. Dass er klare Impulse bekäme und sie zu unterscheiden lernte. Dass er auch schweigen und auf innere Töne horchen konnte. Sie wollte nicht, dass in seinem Kinderkopf falsche Weichen gelegt wurden, dass man sein Hirn mit Schwachsinn flutete.

Wenn sie zusammen am Tisch saßen und Lále einen Halbsatz auf Ungarisch zu Nathan sagte, ihm den Löffel in der Hand umdrehte oder seinen Ärmel hochkrempelte, mischte sich die Schwiegermutter ein und übernahm die Führung. Allmählich begann Lále zu ahnen, dass es hier nicht um ihre Entlastung ging, sondern die Schwiegermutter bemüht war, jedes auf Ungarisch gefallene Wort sofort zu retuschieren, als ob sie Nathans Hirn in Schwarz-Rot-Gold umfärben wollte. Einmal, von einer Aufregung mitgerissen, die Lále ihr nie zugetraut hätte, atmete und sprach sie piepsiger denn je. Es wäre kein Wunder, sagte sie, dass der Junge noch nicht sprechen würde, und hörte Lále nicht mit dem ungarischen Unsinn auf, würde er auch nie anständiges Deutsch lernen.

Lále saß inmitten Deutschlands, hörte einer eingeborenen

Cottbusserin zu, deren Mund deutsch piepsende Vokabeln verließen, und dachte auf Ungarisch: «Gott, hilf!» Nathan saß inmitten Deutschlands, sah aus wie Lále auf alten Aufnahmen in einer Budapester Plattenbau-Landschaft und mampfte überkochtes Dosengemüse nach deutschem Rezept. In seinem Mund verquirlten sich deutsche und ungarische Wörter mit dem Eintopf. Pits Mutter saß inmitten Deutschlands, das sie noch nie in ihrem Leben verlassen hatte. Sie sprach keine andere Sprache und zitterte, dass Nathan selbst diese einzige abhandenkommen könnte.

Lále war noch nirgendwo lange geblieben, wo sie fehl am Platz war. Sie hatte einfach ihre Tasche gepackt und war verschwunden. Längst stand es an, die Tasche zu packen, so zu tun, als wäre das alles nicht geschehen, ihre Namen vergessen, niemals zurückkehren. Malte sie sich die Szenerie aus, überschütteten sie Glücksphantasien. Aber dann dachte sie an Nathan und wurde selbst Kind und sah ihre Mutter, der sie keinesfalls ähneln wollte, fast greifbar vor sich. Und den Tag nach dem Allerletzten hätte sie ihrem Kind auch gern erspart.

Tamama war nur ruhig, wenn die Mutter nebenan schlief, und Lále war nur ruhig, wenn Tamama ruhig war. Je mehr der Morgen voranschritt, desto häufiger wanderten die Blicke zur Tür. Beim Mittagessen hatten sie einen Teller mehr gedeckt. Sie aßen spät, dennoch blieb der Platz leer. Den Nachmittag füllte das Ticken der Uhr aus. Als die Nachrichten kamen, bewölkte sich Tamamas Stirn. «Warum hat man das Telefon erfunden?», nuschelte sie zum Bildschirm, auf dem sich Kriminalkommissare ebenfalls den Kopf zerbrachen. Als Lále schon im Bett lag, war Tamama noch auf. Oft gingen sie gleichzeitig ins Bett oder Tamama sogar früher. Die Großmutter telefonierte mehrmals. Lále konnte nichts verstehen, aber Tamamas Räuspern beruhigte sie.

Lále hörte, wie Tamama im Flur das Licht anknipste und vor sich hin nestelte. Vermutlich suchte sie Manteltaschen nach Hinweisen durch oder prüfte, was an Schuhen und Mänteln fehlte, um herauszufinden, was die Mutter mitgenommen hatte. Das Pantoffelschaben entfernte sich, und Lále hörte die Schubladen ihrer Mutter quietschen. Dann wurden die Vorhänge an allen Fenstern zur Seite geschoben, die Großmutter folgte dem Straßenverlauf.

Lále wusste, dass sie darüber nachdachte, zur Polizei zu gehen, und sie wusste auch, dass die Großmutter das nicht tun würde. Immerhin könnte es passieren, dass die Polizei die Mutter in einer Situation auffand, die ein schlechtes Licht auf sie werfen würde. Tamamas Dilemma war stets: Brauchte ihre Tochter Hilfe? Kostete ihre Scham die Tochter vielleicht das Leben? Stimmte hingegen Tamamas Annahme – und Tamamas Annahmen stimmten fast immer –, taugte die Polizei sowieso nichts. Lále schlief ein.

Am nächsten Morgen wurde Lále von einer ungewöhnlichen Stille geweckt. Üblicherweise hatte Tamama geschäftig klappernd schon den halben Tag hinter sich, wenn Lále aus dem Bett kroch. Diesmal saß Tamama – den Kopf auf den Armen – am Küchentisch. Dicke Haarsträhnen lagen auf der gehäkelten Tischdecke. Lále konnte den ergrauten Haaransatz sehen. Aus diesem Winkel wirkte der Omakopf wie ein umgekippter Gegenstand.

Sie blieb im Flur stehen und betrachtete ihre schlafende Großmutter. Als wäre ihr Blick ein Gong, riss Tamama den Kopf hoch. Sie richtete sich auf und bewegte sich viel zu koordiniert dafür, dass sich ihre Muskeln vor einer Sekunde noch im Schlafmodus befunden haben mussten. Sie stellte ein Leberwurstbrot und frischen Quark auf den Tisch, schlurfte gähnend zum Telefon und blätterte im Adressheft. Lále starrte sie von hinten an. Im Gegensatz zu ihrer Mutter hatte sie ihre Oma noch nie übernächtigt gesehen, ungekämmt, in zerknittertem Hemd. Sie grüßte in den Hörer, ihre Stimme kratzig vom Schlaf. Dann ließ sie das Heft sinken.

«Wohin?», fragte sie sehr leise, aber deutlich, die Züge seltsam erstarrt. Láles löffelnde Hand hielt an. «Aber wohin?», wurde sie wieder lauter. Die Antwort war Tuten. Sie hielt den Hörer in der Hand. Das Tuten musste sehr laut in ihren Ohren geklungen haben, weil auch Lále am Esstisch es hörte. Tamama begann wieder zu wählen. Sie biss sich auf die Unterlippe, wodurch ihre Wangenknochen eckig aus dem Gesicht stachen. Lále hörte auf zu kauen. Tamama hatte noch kein Wort in den Hörer gesagt, schon fing die Gegenseite an zu reden: «Wenn ich es wüsste, müsste ich nicht dumm sterben! Ich weiß genauso wenig wie Sie! Bleiben Sie schön auf Ihrem Hintern sitzen und warten Sie ab, bis sie sich meldet, und mich lassen Sie jetzt schlafen!» Tut-tut.

Früher waren sie auch die meiste Zeit zu zweit gewesen. Dennoch hatte das Warten das Familienvakuum ausgefüllt. Seitdem Tamama wusste, dass ihre Tochter abends nicht mehr nach Hause kommen würde, taumelte sie nur noch von Zimmer zu Zimmer. Nicht für einen Nachmittag hörte dieses Lauern auf, nicht für eine halbe Stunde, für zwei Minuten konnte sie eine Pause in ihrer Verzweiflung einlegen.

Lále versuchte zumindest vor sich selbst so zu tun, als wäre nichts vorgefallen. Als wäre die Mutter da oder würde gleich kommen. Aber dann hastete eine aufgescheuchte Tamama herein und nahm ihr diese winzige Aussicht auf Ruhe. Lále war die Mutter egal. Aber sie wollte, dass Tamama wieder die Alte wurde. Eines Abends, als Lále das große Schachbrett aus der Schublade neben den alten Fotos herausholte, sagte Tamama unvermittelt: «Dein Vater hat immer mit dem Pferd angefangen.»

Lále dachte, ihre Großmutter sei wahnsinnig geworden. Die Holzfiguren schepperten auf dem Tisch. Normalerweise konnte Lále nie widerstehen, ein paar schwarz-weiße Fotos mit gewelltem Rand aus der Schublade zu holen, bevor sie zu spielen begannen. Tamama auf der Beerdigung ihres Mannes, noch jung, von einem Ehepaar gestützt. Hinter dem schwarzen Schleier verweinte Augen. Oder ihre Mutter als Kleinkind mit dicken Backen und einer Schleife im Haar, die Geige in der Hand. Jetzt strich sie nur kurz über Tamamas mollige Buchstaben, die die Vergangenheit betitelten, und schob die Schublade zu. Tamama sollte nicht an glücklichere Zeiten erinnert werden. «Ich habe keinen Vater», sagte Lále in einem Anflug von Trotz.

Sie verlor das Spiel. Als ihr erster Läufer geschlagen war, erfuhr sie, dass er Ármin geheißen hat. Ármin Lábán. Sie hatte keinen Plan. Sie wollte die Figuren anders ziehen, als sich Tamama ausrechnen konnte. Dabei übersah sie irgendwelche Gefahren. Als Láles Königin schon in massiven Schwierigkeiten steckte, steckte ihr Tamama, dass er ein Jude gewesen war. Lále starrte auf das Schachbrett. Als Tamama ihr einen Blick zuwarf, schlug Lále ihr Pferd. Es war selten, dass sie eine von Tamamas Figuren angreifen konnte. Tamama schluckte und schob einen Bauer nur ein Feld nach vorn, Lále bemerkte die baldige Einkesselung ihrer Königin. Zwischen den Figuren flossen Flecken, ein Spiel ihrer fokussierenden Pupillen. Die Flecken wurden zum Gesicht der Mutter. Sie spitzte den Mund

und flüsterte. Seit ihrem Verschwinden war sie Lále nicht mehr so nahe gewesen. Die Züge wellten sich, als wären sie auf eine Plastiktüte gedruckt. «Einer, einer», flüsterten sie. Dann löste sie sich komplett auf. Ein paar Minuten später saß sie besiegt vor einem fast leeren Schachbrett und vor einer ausgelöschten Kindheit. Auch wenn es gelogen war, war es ihr Leben. Jetzt sollte sie plötzlich jemand komplett anderer sein. Eine Halbjüdin mit einem toten Vater. Ihr Leben war längst entschieden. Man hatte bloß vergessen, ihr das mitzuteilen. Alle anderen Väter waren damit gestrichen. Was blieb, war der auf die Männer gerichtete Blick. Es blieben die Männer, die ihren Blick erwiderten. Es blieben Männer, die sie an sich zogen, an sich drückten, in unklarer Umarmung nach ihrem Mund suchten, unter ihrem T-Shirt nach ihrem winzigen Busen.

Sie fand eine Tante. Ilona Lábán. Eine kleine Frau mit gleichmäßig ergrauten Haaren. Die Augen stachen hellblau aus dem Gesicht, während sie über einem mit dampfendem Kochwasser gefüllten Kessel ein totes Huhn rupfte. Sie erzählte, dass ihr Vater nachts kaum geschlafen hatte. Sie stritten sich, weil sie nicht schlafen konnte, wenn er am Tisch hockte und schrieb. Wie eine Nachteule, Tagebücher und Gedichte.

Sie schenkte Lále ein Bild von Ármin. Darauf rekelte er sich auf einer Sonnenliege, sehnig, mit lockigem Haar, blinzelte er in die Kamera.

Kurz darauf starb die Tante an einem Herzfehler, den angeblich auch Láles Vater gehabt hatte.

Es gab Tage, da küsste sie das Bild ab, suchte darauf nach geheimen Botschaften, betete zu ihm. An anderen Tagen nahm sie es kurz in die Hand, sagte «Arsch» und ließ es zu Boden flattern.

Das ging ihr durch den Kopf. Ihre Eltern, die verhindert gewesen waren. Und sie beschloss zu bleiben.

Während Lále sich mit existenziellen Sachen beschäftigte, wie Bleiben oder Gehen, übersah sie beinahe, dass Nathan größer wurde. Er ging jetzt in den Kindergarten. Sie betrachtete ihn, wie er dastand mit seinem kleinen Rucksack auf dem Rücken, und stellte fest, dass er kein Säugling mehr war, sondern ein richtiges Kind.

Als sie das erste Mal von den Erzieherinnen fortgeschickt wurde, wusste sie nicht, wohin. Um nach Hause zu gehen, war die Zeit zu knapp. Unschlüssig trottete sie umher. Sie stellte sich vor, wie Nathan gebrüllt haben musste, als er entdeckte, dass sie nicht da war. Aber sie hatten ihre Telefonnummer, und es hatte nicht geklingelt. Anderthalb Stunden später schloss sie ihn in die Arme, als ob er ihr wieder geschenkt worden wäre. Ihre Nachmittage wurden neu belebt. Sie genossen die Gesellschaft des anderen im Hinblick auf ihre soeben entdeckte Trennbarkeit.

Mit den Wochen wurde das Fortgehen zur Routine. Nach einer Zeit dachte sie nicht mehr ständig an ihn. Sie brach aus sich selbst in einem Maße hervor, das sie erstaunte. Darin erkannte sie die Lále von früher, sogar noch ausgeprägter. Seit Ewigkeiten rückten wieder Zeichentrickfiguren in ihren Sinn. Sie malte Skizzen auf einen Notizblock, erkannte darin Karikaturen der Cottbusser Bevölkerung mit Hundeköpfen und Hühnerbeinen und schob sie ärgerlich weg. Als aber ein neuer Einfall sie packte, zeichnete sie Bewegungsabläufe, schrieb Dialoge, baute Lieblingsgestalten von Nathan ein und lachte laut, als eine Szene fertig war. Jetzt fühlte sie sich besser.

Das Wimmeln in ihrem Kopf begann, jeden Tag veränderten sich die Gestalten und verlangten nach neuen Geschichten. Immer mehr Raum nahmen die ungezeichneten Figuren und ungeschriebenen Handlungen ein, also schrieb Lále sie lieber nieder – um Platz zu schaffen.

Ihre neuen Skizzen zeigte sie Nathan, der einige samt Papier auffraß, andere mit Kugelschreiber-Kratzern ausbesserte. Sie zeigte sie Pit, der die sich vermehrenden Bleistiftfiguren mit dem unaufgeräumten Zustand der Küche in Zusammenhang brachte. Sie sehnte sich danach, ihre Geschichten jemandem erzählen zu dürfen, und schlug Pit gegenüber einen milderen Ton an, fast zärtlich. Er missverstand es.

Die einzige mögliche Nähe mit ihm war, gemeinsam zu schwitzen. Er schlief mit ihr wie in der ersten Nacht. Er wurde vor Erregung tapsig und wollte einfach Linderung. Er schob den Finger in ihre Scham, um sich einen Tunnel in das widerspenstige Fleisch seiner widerspenstigen Frau zu bohren. Die geöffneten runden Oberschenkel und die im Liegen verformten Brüste schien er genau wahrzunehmen. Sie war auch nur eine Frau, die sich das nicht geben konnte, was er ihr jetzt gab. Er machte sie jetzt zu einer Eigentlichen. Ohne Mann hatte es gar keinen Sinn, dass Frauen Frauen waren. Er merkte, dass ihre Scheide nachgab. Er wusste, dass sie jetzt sklavisch wurde. Um es zu testen, tat er ihr mit dem Nagel weh. Sie ließ es zu. Daraufhin entzog er sich ihr. Er war sich ihres seltenen Eifers jetzt sicher. Sie suchte mit dem Mund nach seinem Geschlecht. Ihre Erniedrigung erregte ihn. Er drehte sie um. Als ob sein Geschlechtsteil eine mechanische Fernbedienung wäre, schob er sie schrittweise zur Wand. Die Fettschicht, die sie zur Frau machte, bebte.

Sie erkundigte sich, wie sie ihr Studium wieder aufnehmen könnte. Die Antwort erschreckte sie: Nichts wäre einfacher gewesen. Die kleinen Hindernisse lagen bei ihr: Nathan, Cottbus, die Ehe.

Nicht zum ersten Mal erfuhr Lále, dass etwas, was sie zu Beginn nicht ernst genommen hatte, unerlässlich werden konnte. Wohl tausendmal hatte sie die Figuren, schon weil sie mit Pável in Verbindung standen, aus ihrem Leben verbannt, doch sie waren zurückgekehrt, als sie nur einen Moment unachtsam war. So, wie damals aus dem im Ferienlager belächelten nackten Unsinn harte Arbeit geworden war.

Mit Theater hatte sie keinen Kontakt gehabt, bis zu dem Tag, an dem ihre Mutter sie ins Ferienlager schickte und alle Beschäftigungen bis auf den Theaterworkshop ausgebucht waren. Am Vorabend der geplanten Abreise hatten sie sich zum fünften Mal über Láles Unwillen gestritten.

Am nächsten Tag brachte die Mutter sie eine Stunde vor der vereinbarten Zeit zum noch leeren Treffpunkt und versicherte, gleich wieder da zu sein, sie hätte nur rasch etwas zu erledigen. Lále machte sich Hoffungen, doch noch zu Hause bleiben zu dürfen, da die Mutter ein wenig einzulenken schien. Als die Minuten vergingen, nahm ihre Vermutung Gestalt an, dass die Mutter sie versetzte. Langsam trudelten die Betreuer und andere Kinder ein, und da sie nicht schlagfertig genug war, ihren Namen zu verschweigen, nahmen sie sie trotz Widerstand einfach mit. Im Lager versuchte Lále eine Magenverstimmung zu simulieren, aber die Mutter war telefonisch nicht erreichbar, so musste sie trotz Bauchschmerzen, die leider keinen vollkommen überzeugten, der Theatergruppe beitreten.

Der erste Abend, gespannt saßen die Eltern mit ihren Kindern, die nur darauf warteten, dass sie bald abreisten, im abgedunkelten Saal: Die Workshop-Leiter, Frau und Mann, die ihr Wirken vom japanischen No-Theater ableiteten, bewegten sich langsam kriechend über die Bühne und beherrschten ihre Mimik bis zur Perfektion. Irgendwann zog die Frau ihr T-Shirt aus und rekelte sich halbnackt im während der Vorführung entstandenen Chaos. Um nicht unreif zu wirken, hatten die Schüler nicht gewagt zu lachen. Auch die Erwachsenen um sie herum schwiegen. Die Betreuer wagten nicht, sich zu empören, damit ihr Kunstverstand nicht angezweifelt wurde, und die Eltern freuten sich, zumindest hier, wo ja schließlich Pädagogen anwesend waren, nicht erziehen zu müssen. Die Bestürzung verdünnte sich in hochgezogene Augenbrauen und die Erkenntnis, dass auf der Bühne letztlich nichts geschah. So kostete es noch mehr Mühe, die Langeweile auszuhalten.

Unbewusst konstatierte Lále hier zum ersten Mal die Subjektivität des Sinnvollen. Sie lernte die harte Arbeitsdisziplin und Verbissenheit kennen, die diese Schauspieler an den Tag legten, und sah andererseits die ablehnende Verstörtheit der Außenstehenden, die jeden Tag wichtigere Sachen taten als vermeintlichen Bühnenstriptease. Sie verdienten ihr Brot nämlich durch das Verweilen an unbekannten Orten, von denen sie müde, unzufrieden, nörgelnd zurückkehrten und die gereizte Erklärung abgaben, alles nur der Kinder wegen zu tun. Das waren die richtigen Erwachsenen. Und die Theaterleute, auch sich abmühende Erwachsene, waren eben anders. Ihre Arbeit war anzweifelbar, vielleicht weil sie sie nicht hassten.

Aber wollte sie eines Tages weiterstudieren, musste sie zuerst schauen, wie sie über die Runden kamen. Das Erziehungsjahr neigte sich dem Ende entgegen und damit auch das Erziehungsgeld.

Im Studium hatte Lále Reserven anlegen können, da sie fast ein Jahr lang ein Stipendium erhalten hatte. Diese waren aber durch die Renovierungsarbeiten fast restlos aufgebraucht, und Pit hatte nur Anwaltskosten mit nach Hause gebracht, aber kein Gehalt. So warf Lále ein Auge auf den Cottbusser Arbeitsmarkt. Sie räumte vier Tage lang im Kaufland Regale ein, verteilte in einem Einkaufsparadies Werbezettel für einen Techno-Club, wo man ihr am zweiten Tag kündigte, weil sie sich weigerte, dies bauchfrei zu tun – nicht zuletzt wegen ihrer Kaiserschnittnarbe. Dann machte sie einen Probetag in einem chinesischen Kaufladen, lächelte viel, redete wenig und blieb als Halbtagskraft eingestellt – und sie blieb gerne. Vom Wühltisch bis zum hochwertigen Porzellan war dort alles vorhanden, und im Lagerraum stieß sie immer wieder auf noch nie gesehene Ware. Es dauerte eine Weile, bis sie lernte, das ladenbetreibende Ehepaar zu verstehen. Wenn man sich an den singenden Akzent gewöhnte, sprachen beide gut Deutsch, dennoch überließen sie ihr gern die schriftliche Korrespondenz. Sie waren still und freundlich, und sie unterhielten sich mit Lále nie über tiefgreifende Dinge, aber ein grundlegendes Einvernehmen schwebte trotzdem spürbar zwischen ihnen.

Lále machte mit ihrer achtjährigen Tochter die Hausaufgaben, und Nathan war stets willkommen, er liebte das Billigspielzeug, das dutzendweise vor seine Füße geschüttet wurde. Mittags aßen sie an der Theke gemeinsam klebrigen Reis.

Sie liebte die sie umgebenden Gegenstände, sie auszupacken, mit Preisschildern zu versehen und einigen Kunden ihren Gebrauch zu erklären.

Immer seltener schaute Lále auf die Uhr, wann ihre Arbeitszeit ablief. Dafür rundeten sie ihr Gehalt immer auf, es herrschte ein Rhythmus der Bedürfnisse und der Großzügigkeit zwischen ihnen.

Kam sie nach Hause, traf sie auf den in seinem Büro hockenden Pit. Mit Verachtung entsorgte er die in China hergestellten Spielzeuge, ließ Nathan zufällig etwas liegen.

Nichts kam gegen seine edlen Windräder an.

Pit telefonierte. Er hob die Stimme, versuchte dann wieder zu beschwichtigen. Lále nickte ihm fragend zu, aber er wandte sich ab. Sie hörte die Stimme der Schwester aus dem Hörer sickern, konnte aber nicht verstehen, was diese sagte. Auf einmal hielt Pit ihr das Telefon hin. Aus dem Apparat kamen die gepressten Worte, dass sie jetzt sofort wissen wolle, wie es mit Nathans Geburtstag aussehe. Lále sagte, dass sie keine Ahnung hätte, der sei ja erst in einem Monat. Die Schwester entgegnete, dann würde eben sie ab jetzt selbst festlegen, wie alles arrangiert werden solle. Lále sagte, nein, Nathan wäre immer noch ihr Kind. Aus der Schimpftirade der Schwester verstand sie nur «kleine Nutte», woraufhin sie auf die rote Taste drückte. Sie fühlte eine Leichtigkeit. Das Telefon klingelte erneut und hörte nicht auf zu klingeln. Sie schaltete es aus. Daraufhin klingelte Pits Handy. Sie schaltete auch dieses aus, und sie gingen ins Bett. Die Situation war lachhaft. Dennoch blieb Gelächter aus.

Im oberen Stockwerk war eine Küche, für die sie keine Verwendung hatten. Die alten Küchenmöbel waren herausgerissen, und Lále hatte diesen Raum zu ihrem gemacht, ihr altes Kreuzberger Zuhause aus den Kisten gepackt, absichtlich beging sie hier klassische Einrichtungsfehler. So kaufte sie dunkelblaue Tapete und empfand diese keineswegs als düster.

Darauf kindlich gemalte bunte Blumen. Oft verweilte sie mit dem Blick auf den blauen Zwischenräumen oder sprang von einer Blume zur nächsten, wobei das Muster der Farben Wellen bildete. Um die Wellen zu erkennen, musste sie den Kopf zur Seite neigen. Sie mochte die Stille des Zimmers. Sie mochte das Ticken des alten Stromzählers, der unvermittelt aus dem Blau ragte.

Die andere Wand entlang stellte sie ihre Bücherregale auf, dahinter war eine Tapete, die wie eine unverputzte Ziegelwand aussah und nur zum Vorschein kam, falls sie ein Buch entnahm.

Wenn sie das Fenster öffnete, wallte Stimmengewirr herein, dennoch dominierten die schützenden Wände. Der Blick aus dem Fenster fiel von oben auf den Bahndamm. Vom Garten aus war er wie eine Mauer. Von hier oben aber war er ein niedriger Grat, der die Perspektive nicht einengte. Oft tauchten dort Rehe auf, und Lále konnte sie vom Fenster aus unbehelligt beobachten. Sie kamen sogar vom Damm herunter und schnupperten ganz in der Nähe des hinteren Gartentors.

Nach dem Telefonat redete Pits Schwester nicht mehr mit Lále. Mit Pit hatte sie regelmäßig Kontakt, ohne dass Lále das mitbekommen hätte. Wahrscheinlich dachte Pit, die beiden Frauen würden sich mit der Zeit schon aussöhnen, und verschwieg beiden, wie sie über die jeweils andere redeten – die Schwester feindselig, Lále mit Geringschätzung. Beide glaubten in ihm einen Verbündeten zu haben und dass es nur eine Zeitfrage sei, die Rivalin aus seiner Gunst zu kippen.

Beim nächsten Geburtstag reichte ihr die Schwester die Hand. Wut vergeht, dachte Lále. Aber als sich niemand in unmittelbarer Nähe befand, flüsterte die Schwester Lále im Vorbeigehen etwas zu. Lále dachte zunächst, sie hätte sich verhört. Aber dann formten die Lippen erneut dieses Wort. In einem unerwarteten Augenblick stahl sie sich an Lále vorbei und flüsterte in ihren Nacken, beinahe ihren Kragen küssend: «Schlampe!» Lále versteinerte. Niemand hätte ihr geglaubt, dass sie von einer vierzigjährigen Frau auf dieser Weise beschimpft wurde. Die Absurdität der Situation machte sie beklommen. Sie bat Pit, dafür zu sorgen, dass seine Schwester nicht unangekündigt bei ihnen auftauchte. Pit versprach es, ohne sie anzuschauen.

Wenn Nathan ins Kreuzberger Zimmer kam, vermischten sich die Welten. Er zog ihre Schubladen auf, probierte alle Stifte, verstellte den CD-Player. Lále konnte sich nicht sattsehen, wie ihr Kind jene Gegenstände erforschte, die auf Zeiten verwiesen, als es ihn noch gar nicht gegeben hatte. Und wenn er schlief und Lále sein Gekritzel an der Blumentapete betrachtete, vermisste sie ihn, obwohl er nur zwei Meter entfernt lag. Sie räumte die Gegenstände auf, die Nathan herumliegen ließ, und stieß auf eine alte Kassette, die ihr bekannt vorkam. Sie drehte das von Nathan herausgezogene, verknitterte schwarze Band vorsichtig mit dem Finger zurück und schob sie in die alte Stereoanlage.

Aus dem Deck ertönte schrilles Lachen. Und ihre eigene Stimme, die sie immer als heiser empfand, wenn sie sich selbst hörte. Sie und Bri vor zehn Jahren – singend, einander überbietend. Bri schlug auf die Klaviertasten, spielte stets aufs Neue die gleiche Melodie. Sie sangen über Gefangene, die aus vergitterten Fenstern starrten. Bri lachte schrill, fast hysterisch. Sie war damals in ihren Cousin verliebt. Einen dünnen Jungen, der vorwiegend auf seinem Bett lag, und wenn er doch einmal aufstand, starrte er auf seine ausgebleichten, löchrigen Turnschuhe. Er hatte ein Mausgesicht und strohiges Haar.

Aus seinen Kleidern strömte Tabakgeruch, seine Fingernägel waren schwarz. Er sah Bri immer an, als ob sie ihn gerade geweckt hätte. Er grüßte nie und redete überhaupt nur wenig mit seiner vom Tabak kratzigen Stimme. Timothe liebte ein Mädchen, das nicht Bri war und das seine Liebe auch nicht erwiderte.

Timothes Vater war ein Franzose, der eine Nacht in Budapest verbracht hatte. Er hinterließ nur eine alkoholgesättigte Erinnerung und die Idee, seinem Sohn einen französischen Namen zu geben.

Manchmal öffnete Timothe eine Flasche billigen Rotweins und schob Bri auch ein Glas hin. Er beobachtete die im Wein treibenden Korkkrümel, trommelte auf der Weinflasche herum und kaute auf der Unterlippe. Sie redeten über Liebe. Timothe lachte über Bris Worte. Bri verstummte. Er sprach von diesem Mädchen, und Bri sprach nicht von ihrer Liebe zu ihm. Sie waren schließlich Cousins. Bri hatte keinerlei Hoffnung, je von ihm geliebt zu werden. Und sie hatte dennoch nicht vor, aufzuhören, ihn zu lieben. Lále bestaunte diese Askese.

Von Zeit zu Zeit vergaß Bri ihr Unglück, und sie schrien und lachten ausgelassen. Sie imitierten Lehrer und Klassenkameraden, sangen Spottlieder, wühlten in den dunklen Geheimnissen ihrer Mütter, kochten, riefen Leute an, nur um aufzulegen oder Geräusche zu machen, sie redeten bis in die Nacht, und wenn sie schon zu müde zum Reden waren, aber nicht schlafen wollten, nie, nie wollten sie schlafen, legte Bri eine Kassette ein. Eine Orgel ertönte, und sie lagen wortlos da und lauschten, wie der Orgelton sich hinzog, zum Asphalt aufreißenden Bohrer wurde und plötzlich verstummte. Ein sanfter Rhythmus mit milder Stimme brach herein,

Gitarrenakkorde wurden zum Fingerschnipsen. Zum reinen Glück. Lále lag auf dem Bauch, ihre linke Gesichtshälfte auf dem hellbraunen glatten Bettlaken. Bris Atem wärmte und kühlte ihren Hinterkopf. Ein kalter feuchter Streifen entstand auf ihrem Arm, verschwand und klang nach. Bri griff noch einmal zur Tube, ließ eine nussgroße Portion Salbe zwischen ihren Handtellern zergehen und legte ihre Hand auf Láles. Sie rieb an Fingern, Knöcheln, Handgelenk, Unterarm, Ellbogen, Oberarm. Dann griff sie nach dem anderen Arm. Lále zog ihn unter ihrem Bauch hervor, hielt ihn ihr hin, genoss den fettig-frischen Duft, ein wenig blumig, ein wenig nach Spülmittel.

Ihr fiel jetzt die Straßenbahn ein, von der sie eines Morgens gesprungen war. Ein paar nörgelnde Passanten hatte sie gerammt, dann die stark befahrene Straße knapp vor zwei heranpreschenden Autos überquert. Die Riemen des Rucksacks hatten in ihre Schultern geschnitten. In zwei Minuten würde der Zug losfahren. Von Gleis 2. Sie lief Slalom um die Entgegenkommenden und warf sich gerade in die letzte Tür, als der Zug auch schon losrollte. Kurz war sie verunsichert, ob dies tatsächlich der richtige Zug war. Lále lief durch mehrere Waggons, linste in aufgerissene Augen, auf fremde Taschen, auf sich streckende Gestalten, bis sie endlich Bris Rucksack erblickte. Bri, ungestüme Freude im Gesicht, winkte ihr zu. Lále betrat das Abteil.

Ein gemeinsamer Klassenkamerad sprang auf und stopfte Láles Rucksack nach oben. Er hatte eine blondierte Dauerwelle und lachte laut. Er ließ sich wieder neben Bri sinken. Lále setzte sich ihnen gegenüber. Sie gab sich Mühe, keine enttäuschte Miene zu ziehen. Bri war bestens gelaunt. Sie lachte und warf den Kopf zurück. Ein paar Strähnen, die sich aus dem Pferdeschwanz gelöst hatten, tanzten um ihre Ohren.

Ihr langer, muskulöser Hals verhärtete sich beim Lachen. Dieser Hals kam Lále wie ein nacktes Glied vor oder wie ein Tier, eine muskulöse Schnecke. So ausgelassen sah Lále Bri sonst nur am Klavier. Lále lächelte mit, obwohl sie gar nicht richtig wusste, was so lustig war. Und Zsolt lachte mit, sich immer heftiger schüttelnd, er schlug auf Bris Knie vor lauter Lachen. Seine Hand blieb auf Bris Bein liegen. Und Láles Blick auf seiner Hand. Welche Verschwendung, dachte sie, diese Pratze auf dem wertvollsten aller Oberschenkel. Bri, die Eigentümerin des wertvollen Schenkels, beugte sich so nah zu ihm, dass ihre Nase seine verdeckte. Bri beugte sich noch näher und klemmte ihre Lippen auf seine. Über seiner Oberlippe sprossen einzelne blonde Haare. Lále drehte sich der Magen um. Wie konnte Bri nur? Wo war das große Leiden? Wo war der Cousin? Bri kroch auf seinen Schoß und rekelte sich wie eine Riesenschlange, die Rattengift verschluckt hatte. Seine stämmigen Finger tasteten ungeschickt über ihren Rücken bis zum Hosengürtel und quetschten sich noch ein Stück weiter darunter. Lále lehnte sich zurück und zwang sich, auf die Landschaft zu blicken. Hätte sie bloß den Zug verpasst.

Jetzt, in ihrem Kreuzberger Zimmer in Cottbus, kam Lále diese Kränkung wie Kinderkram vor. Wie ein harmloses Ärgernis auf vertrautem Boden. Selbst alte Qualen hätte sie anstelle ihres gegenwärtigen Daseins bevorzugt.

Für das Badezimmer suchte sie Fliesen in Pastellfarben aus: hellblau und hellgrün. Die Schwiegereltern waren entsetzt. Nach ihrer Farbenlehre waren diese Farben nicht miteinander vereinbar. Zunächst versuchten sie Pit zu überreden, die Fliesen umzutauschen. In der Familie kreisten schlimme Nachrichten über die geschmackliche Verirrung der ungarischen

Schwiegertochter. Sie rückten mit gesenkten Häuptern zum Schauort der Katastrophe an.

Als die letzten Fliesen verlegt waren, blickten sie über das Karomuster, das der Fliesenfläche eine Weite verlieh. Der Badezimmerboden wirkte wie eine Wiese. Das Entsetzen blieb aus. Nach dem Verfugen mussten sie zugeben, dass sie das nie gedacht hätten. Lále liebte ihre Fliesen. Wahrscheinlich auch wegen des gewonnenen Kampfes. Durch das offene Badfenster hörte Lále die Stimmen der Nachbarn. Der Mann, gutaussehend, mit ausweichendem Blick, war gerade Rentner geworden. Er war tagsüber allein zu Hause und versuchte, Gartenarbeiten zu erledigen. Schimpfen dröhnte zu Lále herüber. Sein Tun lief nicht reibungslos ab. War die Frau zu Hause, rief sie ihm von einem Gartenende zum anderen Anweisungen zu. Die Frau war nicht schön wie er. Sie hatte einen schmalen Schnurrbart über der Oberlippe, und ihre Augenbrauen wuchsen über der Nasenwurzel zusammen. Sie war nicht unfreundlich, schien aber nur das Nötigste mit ihrem Mann zu reden. Einmal beobachtete Lále aus dem Badezimmerfenster mehr Bewegung als sonst auf ihrem Hof. Sie liefen beide einem Hundewelpen nach. Der Mann schob eine Hundehütte hin und her, die Frau goss Milch in eine Schale, und der Hund tollte mit seinen weichen Pfoten um sie herum. Von da an stand Lále öfter am Badezimmerfenster und beobachtete das Geschehen. Wie der Hund im Pool badete, auf die Grillkohle pullerte, Rehe und Spaziergänger anbellte oder unter dem Zaun Löcher grub. An einem Wochenende sah sie einen schmalen, feingliedrigen jungen Mann bei den Leuten. Mit einem sehr schönen Gesicht. Er hatte die Farben der Mutter und die Anmut des Vaters. An diesem Wochenende ging Lále mit Scheu in den Garten, dass sie ihm begegnen könnte, es geschah aber nicht, und am Montag war er fort. Lále hielt öfter nach ihm Ausschau, aber er tauchte lange nicht wieder auf. Sie unterhielt sich häufiger mit dem Nachbarn, der auf den kleinen Welpen einschimpfte. Sein Schimpfen war eher ein Jammern, er bat den Hund um Vernunft, affektiert und liebevoll. Einen Sohn erwähnte er nie. Einmal fragte Lále nach. «Ich habe keinen Sohn», sagte er erstaunt. Dann vielleicht einen Neffen? Lále beschrieb ihm die Gestalt. «Das war meine Tochter», meinte er. Láles Gesicht lief rot an. Sie hatte sich lächerlich gemacht. Sie rannte ins Bad, um einem jungen Mann nachzustellen, der die Nachbarstochter war.

Einmal, als sie die Peinlichkeit schon fast vergessen hatte, erblickte sie die Gestalt erneut. Das Herz sprang ihr bis zum Hals, als hätte es keine Klarstellung gegeben. Sie verfolgte die Gestalt mit dem Blick, ihre Neugier wuchs durch den Geschlechtswechsel sogar. Sie schaute noch öfter hin, um die eigene Reaktion zu prüfen. Mit Entsetzen stellte sie fest, dass die Anziehung nicht geringer wurde. Das ganze Wochenende war sie aufgewühlt und pflegte sich besonders, bevor sie den Garten betrat. Sie traf auf den Hund und den Nachbarn, der sie zum Kaffee einlud.

Lále ging hinüber, als Nathan schlief, und setzte sich mit an den Tisch, an denen die drei offensichtlich vor kurzem zu Mittag gegessen hatten. Alle tranken Kaffee, und die Frau trug Kuchen auf. Die Tochter sah der Mutter wirklich ähnlich, am meisten dann, wenn die Mutter gerade nicht im Raum war. Wenn sie nebeneinanderstanden, sah Lále die Unterschiede. Sie konnte kaum den Blick von der Tochter reißen. Sie mochte die Hände, die dunklen Augen, die kurzatmigen Gebärden. Auch was sie sagte und wie sie die Augenbrauen hochzog. Sie erzählte von Berlin, wo sie Drehbuchschreiben studierte, gab

Lále ein Kurzfilm-Drehbuch, das sie geschrieben hatte, und berichtete über Dreharbeiten, die anstanden, und darüber, dass ihr Knie operiert werden musste. Lále hätte Lust gehabt, mit ihr zu gehen, sich alles zeigen und erklären zu lassen und mit ihr zu teilen. Wie eine Sehnsucht dieser Komplexität aus dem Nichts entstehen konnte, wusste sie nicht. Sie trank Kaffee und begaffte die Gestik der Nachbarstochter.

Am Sonntagabend verschwand sie, das seltsame Fernweh nach ihr blieb.

Lále hatte den anhaltenden Drang, das Haus zu verschönern. Wenn eine Ladung Werbung im Briefkasten war, blätterte sie alles durch und legte eine Route fest, wo sie was besorgen wollte. Es war ein Wettrennen der Hausfrauen. Oft waren die Sachen eine halbe Stunde nach dem Öffnen ausverkauft. Sie begann gebrauchte Gegenstände auf eBay zu ersteigern. So erwarb sie für siebzig Euro ein großes Klettergerüst mit Rutsche, Turm und Schaukel. Nach jeder gewonnenen Auktion brach ein Streit mit Pit aus. Wäre es nach ihm gegangen, hätten sie auf alles verzichtet. Aber Lále versuchte, sich ihre nicht abwählbare Existenz lebenswert zu gestalten – außerdem war es ihr eigenes Geld, das sie ausgab. Pit nahm Gewohnheiten an, die er in Berlin noch nicht gehabt hatte. Er tankte jetzt immer nur für zehn Euro und erklärte, dass der Wagen weniger verbrauchen würde, wenn er nicht vollgetankt sei, wegen des niedrigeren Gewichts. Er zog über Nacht alle elektrischen Geräte aus der Steckdose. Lále hasste es, wenn sie nachts erwachte und es stockdunkel war. Wenn Pit aus dem Zimmer ging, steckte sie die Geräte wieder ein und ließ sich vom roten Leuchten der Kontrolllampen beruhigen.

Hin und wieder waren Lále, Pit und Nathan zu Gartenpartys eingeladen und ließen auch bei sich welche steigen. Es kamen immer die gleichen Leute. Lále sah zu, wie sie sich stürmisch begrüßten. Segelkameraden, alte Cottbusser Klassenkameraden oder Berliner Kollegen, die Lust auf Landluft hatten. Immer rückten dieselben Autos an, immer tollten dieselben Hunde in den Büschen und pinkelten in den Sandkasten. Immer standen dort dieselben verschmierten Kinder mit einer nackten Wurst in den sandigen Händen.

Die Frauen unterhielten sich über Käsepreise, ihre Geburten und die Penislänge ihrer Männer. Über ihre einsamen Nächte mit schreienden Kindern und darüber, dass ihre Männer im Haushalt keinen Finger krumm machten. Die Männer planten währenddessen den nächsten Segelurlaub und versuchten sich nicht anmerken zu lassen, dass ihre Frauen sie im Bett im Stich ließen. Sie tranken Bier und ließen die Wurst anbrennen. Die Frauen aßen Tiramisu und hassten sich für ihre dicken Hintern, die Männer stellten auf die Schnelle eine Plastikrutsche auf, die dann unter den Kindern einbrach und den Rasen ruinierte, spielten mit den Jungs Fußball und fielen beim Dribbeln in den Pool, die dort sitzenden Krabbelwinzlinge zu Tode erschreckend. Die Kinder, die die Nasen voll hatten von Vätern, die ihnen den Ball wegnahmen, und Müttern, die ihnen die Nasen schrubbten, rannten hinter den Hunden her, rissen die erlesensten Blüten ab, krochen unter dem Geländer hindurch und führten auf dem meterhohen Terrassenrand gefährliche Seiltanznummern auf.

Pit war an diesen Wochenenden gut aufgelegt, er ließ Nathan auf seinem Knie tanzen, klebte ihm Gurkenscheiben auf die Stirn und warf ihn hoch in die Luft, wovon der Kleine nicht genug bekommen konnte. Immer höher flog er, lachte und kreischte, sodass Lále zu ihnen trat und die Hand nach ihm ausstreckte, um Pit zu signalisieren, er möge es gut sein lassen. Nathan verdrehte sich in der Luft und rutschte zwischen Pits Händen hindurch. Pit bekam seine Knöchel zu fassen, als sich sein Kopf einige Millimeter über dem Boden befand. Stille trat ein.

Lále riss Pit das Kind aus dem Arm. Pit lachte kurz auf und griff nach der nächsten Bierflasche. Die Gäste fingen, Lále im Blick, langsam an mitzulachen, um die Spannung zu lösen. Allein Lále stimmte nicht ein.

Lále brachte Nathan in die Krippe. Danach kurvte sie auf den Parkplatz vom Penny-Markt. Mit leerem Einkaufswagen steuerte sie auf die Kühltheke zu. Auf Marmeladenhöhe nannte jemand ihren Namen. Sie schaute hoch, erblickte eine Frau und erinnerte sich nicht, sie je gesehen zu haben. «Fenjas Mutter, Marlis», stellte sie sich vor, und auch an eine Fenja konnte Lále sich nicht erinnern. Marlis war Physiklehrerin an einer Realschule, erzählte von Leipzig, wo sie herkam, und wie schlecht sie sich zu Beginn in Cottbus gefühlt hatte. Aus der unscheinbaren Gestalt wurde eine lebendige, humorvolle Frau. Lále kannte diese hellen Augen, wusste aber nicht woher. Sie suchte in ihrer Erinnerung, wem Marlis ähneln könnte. Sie trug ein enges rotes T-Shirt mit V-Ausschnitt, und sie war so schmal, dass ihre Sehnen unter der Haut hervortraten. Ihre kleinen Brüste hatte sie mit keinem Push-up retuschiert, Lále sah ihre runde Form. Lále fühlte sich mit ihr vertraut – als ob sie eine alte Freundin wiedergetroffen hätte. Es purzelten Fragen aus ihr heraus, sie wollte diese Person ergründen, Hintergründe, Beweggründe, Fortsetzung und Vorgeschichte zu dem von ihr Erzählten erfahren. Sie hatte nicht den winzigsten Impuls, weiterzugehen. Marlis auch nicht. Von jedem Wort zweigte die nächste Frage ab und daraus die nächste Antwort. Irgendwann zwang Lále sich doch, auf die Uhr zu schauen. Fassungslos hielt sie sie Marlis unter die Nase: Es waren zwei Stunden vergangen.

Sie zahlten, Marlis gab Lále ihre Karte. Zwischen den Autos nahmen sie sich in den Arm. Kurz berührte Láles Wange Marlis' Hals, und ihr Minibusen küsste Láles. Als Lále mit nur einem Becher Sahne auf dem Beifahrersitz nach Hause fuhr, übersah sie beinahe eine rote Ampel. Kaum angekommen, musste sie wieder los, um Nathan zu holen. Sie ging mit festen Schritten durch die Wohnung, obwohl sie kein Ziel hatte. Sie setzte sich wieder ans Steuer und betrachtete die Stelle, wo der Sahnebecher gestanden hatte. Als sie mit Nathan zurückkam, nahm sie die Karte heraus und betrachtete sie: Marlis Langrock. Der Name klang fremd. Was bildete sie sich eigentlich ein? Bestimmt ärgerte sich die Realschullehrerin jetzt, so viel Zeit im Penny verloren zu haben.

Am nächsten Vormittag saß sie am Schreibtisch, vor sich die Karte und das Telefon, und erklärte sich, dass sie noch ein wenig Zeit verstreichen lassen sollte. Je mehr Tage vergingen, desto mehr kam ihr der Mut abhanden, und sie machte mit sich aus abzuwarten, bis sie sich in der Krippe über den Weg laufen würden. Als Marlis dort aber nicht auftauchte, wurde die Begegnung unwirklich.

Pits Vater gehörte zu den Lebenskünstlern, die sich alles unter den Nagel rissen, was ihnen in den Weg kam, zur Kriegsgeneration. Man konnte nie wissen, wofür so ein Fund gut sein konnte. Nichts konnte er im Müll oder auf der Straße liegen lassen. Sein Hauptehrgeiz war: alles ohne Geld herstellen; aus dem Nichts eine Welt erschaffen.

Auch für Lebensmittel galt, dass alles verwertet werden musste. Er stellte aus dem Kühlschrank (der leerste, den Lále je gesehen hatte) die abgelaufenen Produkte auf den Tisch, setzte sich davor wie bei einer Zeremonie, holte tief Luft und riss die erste Folie auf. Etwas schmackhaft zu finden war seiner Ansicht nach Gewöhnungssache. Die Ehefrau leistete dazu ihren Beitrag, indem sie ihre Einkäufe penibel kalkulierte. Und da sie ihre Besorgungen täglich machte, war der Kühlschrank praktisch immer leer. Falls Gäste kamen, waren die Rationen genauestens berechnet.

Als Lále schwanger war und Pit ihr ankündigte, dass sie zum Grillen zu den Eltern fahren würden, dachte sie an ungarische Grillabende am Plattensee, bei denen Fleisch in Massen zum Verzehr bereitstand. In Ungarn war Essen Lebensinhalt. Es war ein Ausdruck von Wohlstand und Behaglichkeit. Auch in den Gesprächen hatte Essen einen großen Stellenwert, ausführlich wurde über kulinarische Genüsse berichtet, Geschmacksrichtungen wurden beschrieben, das Aussehen von Gerichten, die Methoden ihrer Zubereitung. Wenn Tamama so richtig kochte, standen nach der Vorsuppe drei verschiedene Fleischsorten plus Beilagen auf dem Tisch, und die Eingeladenen konnten sichergehen, dass das Dessert auch nicht vergessen worden war. Die Sparsamkeit, die Tamama sich selbst auferlegt hatte, galt nicht für Gäste. Das waren Mahlzeiten, bei denen selbst Lále gerne aß.

Beim Grillen in Cottbus nahm sich Lále ein rötliches Fleischstück – keineswegs knusprig, noch nicht ganz durch –, und als sie vom Teller aufschaute, war der Grillständer leer, auf dem sie den Nachschub vermutete, die Asche war bereits am Abkühlen. Sie sagte zu Pit: «Ich habe Hunger.» Seine Mutter fand noch Toastbrot und Marmelade, so wurde aus dem

Grillen etwas, was man ein misslungenes Frühstück nennen könnte. Diese Sorte Toastbrot zu neununddreißig Cent war sonst tatsächlich das Frühstück, dazu Marmelade zu siebzig Cent oder Salz. Selten einmal gab es eine frische Schrippe, Tomaten oder Paprika gehörten nicht zum Sparplan. Die warmen Mahlzeiten waren überkocht und fad. In Cottbus war Essen ein anderes Genre als sonst wo auf der Welt: Es war erforderlich, um zu überleben. Keine lustvolle Sache. Lust fehlte sowieso, nichts war ästhetisch, alles nur funktional, alles wurde benutzt, bis es nicht mehr ging. Sicher sparten sie, um irgendwann an dem Spaß haben zu können, was sie sich bis dahin versagt hatten, dachte Lále nicht ohne Häme. Hoffentlich verlernten sie den Spaß bis dahin nicht. Sie gaben einander kluge Spartipps und erzählten über Beträge, die sie nicht ausgegeben hatten. Das Einzige, was in ihrem Kreis Anerkennung fand: Sparsamkeit.

Weil Marlis selbst so gut wie nie da war, gewöhnte Lále sich daran, sich an Marlis' Tochter sattzusehen. Sie hatte Milchspuren im Gesicht vom Morgentrunk, den Marlis ihr eingegossen hatte. Lále verwickelte das Mädchen in Unterhaltungen, half ihr beim Anziehen oder beim Suchen ihrer Kuscheltiere, sie spielte mit ihr Guck-guck hinter ihrem Mantel hervor.

Einmal, als sie gerade mit Nathan die Einrichtung verließ, sah Lále Marlis beim Einparken. Einmal sah sie sie durchs Fenster im Krippengarten und drängelte gereizter als sonst, Nathan möge sich beeilen. Aber er fand den Plastikdelphin nicht, in den er sich frisch verliebt hatte, lag heulend vor der Garderobe und wälzte sich in den Hausschuhen der anderen Kinder. Als Lále den Delphin fand, war es zu spät. Der Garten war leer bis auf eine Erzieherin, die Dreiräder und Sandkastenspielzeuge ins Gartenhäuschen räumte. Auf dem Heimweg versuchte sie ihre heftige Enttäuschung zu schlucken.

Eines Tages standen sie sich plötzlich in der Garderobe gegenüber. Fenja war auf Marlis' Arm, und diese sprach tröstend auf sie ein. Aus der Interaktion heraus nickte sie Lále lächelnd zu, aber sie blieb mit der Konzentration bei ihrem Kind. Lále ging auch weiter und versuchte mit ihrer Aufmerksamkeit Nathan zu bevorzugen. Obwohl sie keinen einzigen Blick mehr Richtung Marlis warf, gelang es ihr nicht. In ihrem Inneren donnerte es, und von Nathans Gerede bekam sie kein Wort mit. Sie ging nach Hause, ohne ein Wort mit Marlis gewechselt zu haben. In ihrer Brust schwoll eine schreiende Verzweiflung an.

Eines Tages kaufte sie über eBay einen Fahrradanhänger und fuhr Nathan von nun an damit zur Krippe. Beim Abholen dauerte es einige Zeit, bis sie losfahren konnten. Bis Lále ihn angeschnallt hatte, löste Nathan das Schloss des Fahrradhelms wieder, und wenn Lále ihn erneut zumachen wollte, warf er sich nach hinten und rutschte unter dem Sicherheitsgurt durch. Als sie endlich loskonnten, erblickte sie Marlis. Sie erstarrte. Marlis schob ihr Fahrrad an ihnen vorbei und sagte ruhig und unbeeindruckt davon, dass Nathan mit den Füßen gegen den Anhängerboden donnerte: «Du hast nicht angerufen. Ich habe darauf gewartet.»

«Frühstücken wir morgen zusammen?», fragte Lále.

«Ja. Morgen um neun hier?»

Lále trat in die Pedale, Nathan, überwältigt von der ungewohnt hohen Geschwindigkeit, schwieg, während in Bodennähe Bäume, Häuser, Zäune und Autoräder nur so an ihm vorbeirauschten. Vor dem Haus stieg Lále vom Fahrrad und wunderte sich, schon da zu sein. Es war alles abgeschlossen.

Pit rechnete nicht so schnell mit ihnen. Lále stand da, ihr fiel plötzlich nicht mehr ein, was sie vorhin vorgehabt hatte. Den Schlüssel zu suchen.

Der rechte Garten wirkte seltsam starr, ohne Bäume und Hecken, so starr, wie Láles Schultern sich anfühlten. Er war ohne Grün, hauptsächlich von trockener, klumpiger Erde bedeckt. Zwei Gestalten schlurften dort herum, die sie nur selten zu Gesicht bekam. Eine alte Frau mit gebeugtem Rücken und ein Mann mittleren Alters, hinkend, dürr, mit vernarbtem Gesicht. Beide benutzten Stöcke. Jetzt hielt sich die Frau am Zaunpfosten fest und starrte über die Erde. Stundenlang bückte sie sich so nach den längeren Halmen, dann kam sie langsam hoch, tastete nach dem Stock und schlurfte ins Haus zurück. Der Mann zog einen Campingstuhl unter sich, setzte sich darauf und streckte das eine Bein, das unter seiner Jogginghose geschwollen wirkte, von sich weg. Im Sitzen versuchte er Unkraut zu jäten.

Als Lále nicht mehr drum herumkam, guten Tag zu sagen, kam die alte Frau Richtung Zaun gehumpelt, sodass Lále ihr auch entgegenging. Sie erkannte die Absicht der Alten, ihr die Hand zu reichen. Lále versuchte vergeblich, ihre Hand durch das Zaunkaro zu stecken. Sie griff über den Zaun, doch der war hoch, so konnten ihre Fingerspitzen sich gerade so berühren, was keineswegs einem Handschlag ähnelte. Als Lále die Hand wieder bei sich hatte, war da noch ein Abdruck der pergamentenen Greisinnenhaut auf ihren Fingerkuppen. Schien die Sonne, verbrannte sie die Pflanzen. Schien sie nicht, blieb alles mickrig. Auch über schlechten Schlaf, nächtliches Herzrasen, das offene Bein ihres Sohnes und ratlose Ärzte klagte die Alte. Lále blickte immer wieder nach hinten. Ihr Sohn saß auf einem

Baumstumpf und fraß Matschklumpen. Sie entschuldigte sich, ging zu ihm und pulte schwarze Erde aus seinem Mund. Die alte Frau hielt Brombeeren an den Zaun. Das Kind sprang auf und lief, ohne der Alten ins Gesicht zu blicken, zu ihr hin und steckte seine kleine Hand durch den Maschendraht. Die Frucht spritzte schwarz, als er sie sich in den Mund stopfte. Die kleine Hand ging wieder rüber, fasste noch einmal zu, noch ein paarmal, bis er alles verputzt hatte und seine Zunge schwarz leuchtete. Die alte Hand der Nachbarin hing lila befleckt, leblos leer am Zaun. «So wäre auch unserer gewesen», sagte die Alte, «wäre er nicht umgekommen.» Lále hatte sich abwenden wollen, die Wäsche aufhängen. In ihrem Hals knackte es aber, und ein Ziehen lastete jetzt auf der Wirbelsäule, als hätte sie sich einen Sack Kohle aufgeladen. «Mein Enkel», fuhr die alte Frau fort. Lále hielt sich am Zaun fest, starrte auf den dünnen Mund der Nachbarin. Falten bekränzten ihn, als wären sie Fäden, die ihn am Gesicht befestigten. «Mein Sohn hatte den Kleinen vor einer Weile trocken gelegt, als ihm irgendwann auffiel, wie still es bei ihm war. Er lief zu ihm hin, er hat aber nicht mehr geatmet. Der Krankenwagen ist nicht durchgekommen, weil die Schranke zu war. Obwohl gar kein Zug kam.»

Lále wandte sich dem Mann zu, der sich auf seinem Stuhl zur Gartenmitte zog und auf ihren Blick hin die Hand zum Gruß hob. Egal, wie viel Dreck unter seinen Fingernägeln hauste, wie hässlich seine Zigaretten stanken, wie ekelerregend seine Hose, immer dieselbe, war; und ganz egal auch, dass Alkohol aus seinen Pupillen irrlichterte – Lále konnte den Blick nicht von ihm reißen.

Die linken Nachbarn behaupteten, eine Plastiktüte wäre im Spiel gewesen. Aber vielleicht erzählten sie das nur, weil die Schlurfenden wiederum erzählten, die Linken wären Stasi-

Spitzel gewesen. Lále war in die «Natur» gezogen für Stille, Einsamkeit und ungestörte Gedanken. Aber jetzt klebten ihr in Hirn und Nacken Lebensfetzen, wie nicht gut verrührter Zement.

Freudlos schleppten sich die Alte und ihr Sohn durch die Zeit, webten Schmerzfäden in Láles leise Innenwelt. Wenn sie im Garten auftauchten, hätte sie zwingend gern etwas gesagt, was die ganze Bitterkeit auch nur für Minuten fortgeblasen hätte, die Spieluhr in ihrem Inneren aufgezogen, dass sie wieder tanzten. Aber kaum einmal brachte sie ein Wort über die Lippen.

Um aufzuatmen, ging sie hinüber zu den Linken, wo Betriebsamkeit herrschte. Mit Hund und der Familie der zweiten Tochter, die nicht wie ein Sohn aussah. Im Hintergrund tobten Enkelkinder, mit denen Láles Sohn sich angefreundet hatte. Die Nachbarin mit dezentem Schnurrbart betrachtete kopfschüttelnd die Tischdecke, als ob Lále ihnen mit ihrem Kommen die Sätze verjagt hätte. Der Gatte begaffte gedankenverloren die Hecken, die Bewegung am Hintertor, lauschte den Singvögeln, zupfte akribisch und lange an seinem Ärmel. Sie rührten in ihren Tassen, gurrten vorbeiflitzende Enkelkinder an, banden ihnen die Schnürsenkel zu. Dann setzten sie sich mit Aufwärmfragen in Gang, über Rasenmähen und Einrichtung, und obwohl sie Lále einschenkten, redeten sie an ihr vorbei. Lále roch Feuchtigkeit. Schon bei diesen einfachen Themen zeigte sich die unterschiedliche Gesinnung der Eheleute. In Halbsätzen brachten sie ihre gegenseitige Verachtung zum Ausdruck. Die kleinen Demütigungen des anderen ließen sie beide unkommentiert. Die Spitzen waren in der Luft verglühende kleine Funken. Lále rutschte auf ihrem Stuhl hin und her. Sie atmete Verwesung ein und Moder. Láles Bewegung weckte in den

Alten den Ehrgeiz zu triumphieren. Sie bäumten sich auf, lieferten einander ein Wortgefecht, virtuos und sich doch heillos in ihrem Wortgebilde verfangend. Das Spiel war ausgeglichen, wie ein gutes Tennismatch, bei dem zur Freude der Zuschauer keiner einen Vorteil für sich verbuchen kann und man sich an der unbezwingbaren Qualität des Spiels ergötzt. Láles Kaffee wurde in ihrer Umklammerung kalt. Um die ermüdende Front endlich zu durchbrechen, griffen sie in die Trickkiste, wurden beleidigend und böse. Es ging um Stasi-Unterlagen. Lále trank den kalten Kaffee in einem Zug. Beide behaupteten, im Archiv gewesen zu sein. Keiner von beiden konnte sich aber sicher sein, ob der andere nicht nur behauptete, dort gewesen zu sein. Alles konnte wahr sein, was der eine über den anderen sagte, und alles konnte Verleumdung sein. Meistens entschied die momentane Verfassung, in welche Richtung sich die Steine legten. Sie wussten nicht, was alles noch auftauchen konnte. Unterlagen, die bisher unter Verschluss gehalten worden waren oder versteckt und erst später gefunden. Immer konnte es sein, dass der andere noch einmal hingefahren war, alles noch einmal gelesen und neue Andeutungen gefunden hatte, eventuell auch dort, wo sie gar nicht namentlich erwähnt wurden.

Nichts verstand Lále ganz, und jeder Brocken reizte sie. Sie wollte die Geheimnisse entfalten, mal für den einen, mal für den anderen Pol Partei ergreifen, sie bekam Lust mitzustreiten, für sie war das Spiel neu. Die Alten kannten es auswendig, konnten die Fäden immer wieder aufnehmen und ablegen und weitergehen. Lále tauschte ihren Schlaf gegen diese Geschichten ein.

Sie bewunderte das Zusammenleben dieser zwei klugen Personen, die sich laufend quälten, und fand es durchaus schade, sich mit Pit keinen solchen Schlagabtausch liefern zu können. Sie sehnte sich nach Kräftemessen auf einer intellektuellen Ebene.

Pits Eltern redeten von der Stasi oder vom Zweiten Weltkrieg, als ob sie persönlich nichts damit zu tun hätten. Sie redeten über Hunger, Flucht und Bombardierung – aber kein Wort von Vernichtungslagern. Die SS war nicht zu den Feldern durchgedrungen, auf denen ihre Väter gearbeitet hatten. Die Stasi hatte nicht um ihre Mitarbeit ersucht, sondern sie bedroht. Sie waren in allem sauber, und wenn überhaupt etwas feststand, waren sie in jedem Fall, in jeder historischen Hinsicht, Opfer.

Einmal, als Lále aufgebracht berichtete, dass in der Nähe ein Vietnamese von zwei Skinheads zusammengeschlagen worden war, brachten sie die Sprache sofort auf die mehlige Kartoffelsorte auf ihren Tellern. Was nicht ihnen selbst widerfuhr, existierte nicht. Die Restwelt war eine Fernsehserie, die sie nach Lust und Laune verfolgen konnten.

Immerhin hatten sie vor, guten Willen zu zeigen und sich, wo sie nun schon einmal diese Schwiegertochter hatten, mit Ungarn zu befassen. Sie dachten, wenn sie die Kettenbrücke von einem Touristenbus aus erblicken würden, wären alle Unebenheiten geglättet. Wenn sie einmal eine billige Pauschalreise durchgestanden hätten, würden sie verstehen, was im Kopf der störrisch dreinschauenden Schwiegertochter vorging. Sie dachten, es wäre sowieso alles dasselbe. Zwar kochten die Ungarn Bohnen mit Milch statt Wasser, aber sie hatten genauso Trabi-Abgase inhaliert wie die Ostdeutschen. Die Sprache war ja auch fast dieselbe, beide Völker sind unter österreichischer Hoheit gewesen, sie werden sich schon irgendwie verständigt haben. Zwar würden die Ungarn die Wörter etwas anders aussprechen, aber das kam selbst in

Deutschland vor. Und wenn nicht dobri djen, was eigentlich schade war, das hätte ja gepasst, dann heißt es halt ein wenig anders, das alles wird man sich schon auch irgendwie merken können, wie die neuen Käsesorten nach der Wende. Und die Kleine kommt zwar aus der Plattenbausiedlung, aber so dumm kann sie nicht sein, dass sie nicht bald begreift, was für einen guten Fang sie mit Pit gemacht hat, sie kann sich mit ihm im reichen Deutschland sogar auf einem eigenen Stück Land aufhalten!

Bei einem sonntäglichen Mittagessen beschäftigten sich Opa und Enkelsohn versunken im Garten. Als Lále zu ihnen ging, sah sie, dass der Opa Hunderte von Schneckenhäusern auf dem Gehweg ausbreitete. Der aufgeregte Nathan durfte auch in die mit Schnecken gefüllte Schüssel langen und sie zerstreuen. Als Lále sie fast erreicht hatte, begannen sie den Schneckenteppich zu zertreten. Die Schneckenhäuser knackten laut entzwei. Lále erstarrte im Gehen. Aschfahl lief sie zu Pit: «Sag ihm, sag ihm, dass sie aufhören sollen!» Er zog wortlos ab, das Knacken hörte auf.

Auf dem Parkplatz der Bäckerei stiegen sie aus ihren Autos. Marlis fragte mit einem kleinen Lächeln, was für Brötchen Lále wollte. Den Rest hätte sie schon im Auto, sagte sie. Lále betrachtete Marlis, wie sie kaum sichtbar lächelte und nicht bemerkte, dass die Verkäuferin vor ihr stand. Lále deutete mit einem Kopfnicken in deren Richtung. Nach dem Brötchenkauf fuhr Marlis vor. Lále kurvte ihr nach, wie Gangster, die einander zum geheimen Treffpunkt führten, dachte Lále. Sie gelangten zu einer Gartenkolonie.

Marlis hatte einen Garten gemietet, in dem sie sich fast nie aufhielt, wie sie sagte. Er sah verwilderter aus als die anderen Parzellen. Auf dem winzigen Grundstück hatte Lále ein Gefühl von Zwanglosigkeit. Die anderen Gärten waren instand gehalten: Natur verkürzt um ihre Natürlichkeit.

Sie liefen einige Meter an Zäunen entlang. Ihre Hände schlenkerten neben ihren Körpern. Marlis erzählte verschmitzt, dass sie das Enkelkind des «Aufsehers» unterrichtete, der deshalb ein Auge zudrückte, wenn die Hecke über das erlaubte Maß spross. Manchmal, wenn sich jemand von den anderen Mietern aufregte, sprang er selbst über den Zaun und legte die Gartenschere an.

Niemand hielt sich in den umliegenden Gärten auf. Sie verspotteten den aufgestellten Gartenschmuck, krümmten sich vor Lachen, ihre Hände und Ellbogen stießen aneinander.

Marlis machte die Tür zur Hütte auf und trug einen Holztisch auf die kleine Terrasse. Sie traten nochmal in den Vorraum des unbelüfteten Häuschens, um die Klappstühle zu holen. Sie gingen gleichzeitig auf die Tür zu. In der Enge ließen sie beide die Stühle hinunter, um der anderen den Vortritt zu lassen. Es roch nach Lavendel, Staub und durch die offene Tür nach frisch gemähtem Gras. Auf einmal schien es unsinnig, der Enge auszuweichen.

Lále trat näher. Sie standen so eng beieinander, dass sie sich fast an jedem Körperteil berührten: an Schenkeln, Oberarmen, Brüsten, Nasen und Stirnen. Lále schob Marlis ein Stück zur Wand, und sie selbst trat zurück, um sie betrachten zu können. Sie hielt Marlis bei den Schultern, während sie sie ansah, und mit der linken Hand griff sie nach Marlis' Rechter, die ratlos neben dem Körper hing. Lále fuhr über Sehnen und Knochen, und was sie da fand, war ihr zu wenig. Sie ergriff mit der anderen Hand Marlis' linke und hob beide

Hände zu ihrem Mund, rieb ihr Gesicht in sie hinein. Plötzlich ließ sie die Hände fallen und griff nach Marlis' Kinn. Egal, wo sie hinlangte, es war alles zu wenig. Sie würde nicht satt werden.

Marlis warf den Kopf zurück, Lále verfolgte mit Zeige- und Mittelfinger den Umriss ihres Kinns. Sie heftete ihre Lippen auf die markanten Linien, bis Marlis mit ihren Lippen Láles auffing, und endlich küssten sie sich. Als sie kurz Atem schöpften, zog Marlis Lále im winzigen Innern des Zimmers zur Liege. Sie warfen zwei Hocker und ein Fliegengitter zur Seite und legten sich auf die Tagesdecke, die muffig roch. Kleidungsstück um Kleidungsstück streiften sie voneinander ab und waren bemüht, keinen Quadratzentimeter der fremden Haut auszulassen. Kaum berührten sie einander, als schon die Vorstellung der Berührung ihre Hirne und Körper belohnte.

Lále wusste nicht genau, was sie tat und was mit ihr getan wurde. Als sie müde wurde, legte sie den Kopf auf Marlis' schmale Schulter, und sie pressten sich aneinander. Aber der Hunger ließ nicht nach, je näher Lále ihr war, desto ferner glaubte sie zu rücken.

Ab und zu quietschte die Eingangstür und schlug gegen die Stühle, die Marlis und Lále auf die Schnelle aus der Hand gelegt hatten. Marlis stand auf und öffnete ein Fenster, ließ den Tag herein. Lále richtete sich auf. Sie betrachteten einander im Hellen. Beide waren sie schmächtig, sodass sie zusammen fast nur eine Person ausmachten, wenn sie sich aneinanderschmiegten.

Lále sah ihre miteinander verschmolzenen Gliedmaßen mit den Blicken anderer: Tamama, Pit, ihre Schwiegermutter und die Erzieherinnen ihrer Kinder.

Sie traten mit den Stühlen auf die Terrasse. Es ging schon

auf Mittag zu. Die Sonne prallte auf das Fleckchen, auf dem sie saßen. Marlis holte Käse und Nudelsalat aus einer dunkelblauen Papiertüte. Lále biss abwechselnd ins Brötchen und in den Käse und merkte, dass sie großen Hunger hatte. Pflanzendüfte durchzogen die Luft. Vögel und Insekten flogen vorbei, Laub wurde gegen die Zäune geweht.

Lále hatte plötzlich die heftige Sehnsucht, mit Marlis weit weg von hier sein. Wenn sie daran dachte, dass die Krippe in Luftlinie nur einen Katzensprung entfernt war, stürzte eine Verzweiflung über sie herein. Sie malte sich ihre gemeinsame Flucht aus, wie sie Männer und Kinder zurückließen und mit einem Wagen durch fremde Länder fuhren. Sie wusste in diesem Augenblick genau, dass es keine von ihnen je tun würde. Mit dem sofortigen Verzicht auf etwas gerade Gewonnenes schob sie den Teller von sich. Marlis schwieg ebenso. Láles Hand schickte sich an, Marlis zu berühren. Sie tat es aber nicht.

Der nächste Tag war ein Samstag. Lále hörte, dass Nathan wach wurde, dass Pit sich immer öfter bewegte, irgendwann aufstand und Nathan zu sich ins Bett holte. Sie hörte sie spielen, Pit flüsterte, um sie nicht zu wecken. Sie stellte sich schlafend. Kurz darauf verließ er das Bett, und Nathan musste wieder eingeschlafen sein, weil Lále seinen regelmäßigen Atem hörte. Manchmal quietschte der Bürostuhl, wenn Pit sich vor dem Computer streckte, selten hörte sie, dass er blätterte.

Sie öffnete die Augen, Pit las vertieft in einer Zeitschrift, und Nathan schlief. Wie verrückt, dachte sie, an einem Samstagmorgen im Kreis meiner Familie an eine Frau zu denken, die heute früh auch neben ihrem Mann liegt und an mich denkt.

Nathan wandte sich ihr im Schlaf zu. Das Gesicht drückte

er an Láles Oberarm, mit einer Hand wühlte er in ihrem Haar und hielt sich dort fest. Er schnalzte mit der Zunge, stöhnte ein wenig, dann lag er wieder eine Weile reglos. Aber sie wusste, dass er gleich aufwachen würde. Plötzlich sah er Lále an. Sie streichelte ihn, und er streckte sich, der streichelnden Hand Platz machend, wie eine Katze. Dann kitzelte sie ihn, und er juchzte. Sie betastete seine warme Samthaut.

Dann, abrupt, fror seine Bewegung ein. Den Blick richtete er starr an die Decke. Die Muskeln unterbrachen jegliche Tätigkeit. Aus seinem Gesicht wich alle Farbe, die Augen waren wie Glas.

Lále berührte ihn, aber es gab kein Zeichen, dass er es wahrnahm. Sie sprach zu ihm, er hörte es aber nicht. Ängstlich wandte sie sich um und flüsterte: «Pit», aber Pit las weiter.

Unfähig, etwas zu tun, konstatierte Lále, dass Nathan tot war. Noch bevor die Information ihren Verstand erreicht hätte, begann der vermeintlich Tote in einer Lautstärke und Tonhöhe zu brüllen, die sie nie zuvor gehört hatte. Selbst Pit ließ die Zeitschrift sinken. Nathans Kopf lief rot an.

Lále nahm ihn in den Arm. Sein ganzer kleiner Körper war zu einem Balken versteift. Sie lief mit ihm herum und ließ das Dröhnen in die Ohren und durch ihren ganzen Körper wandern. Sie war sich sicher, dass mit ihm irgendetwas nicht stimmte. Pit meinte, dass er sich sicherlich nur gestreckt oder gerade in die Windel gedrückt hätte.

Die Kinderärztin überwies ihn in die Neurologie. Das EEG ergab einen epileptischen Befund. Um einer möglichen organischen Ursache auf den Grund zu gehen, musste ein MRT gemacht werden. Sein Körper sollte scheibenweise durchleuchtet werden. Die Aufnahmen konnte Lále dann in eine Tüte packen wie geschnittenes Brot im Supermarkt. Auf

Nathans Arm konnten die Krankenschwestern keine Venen ertasten und holten nach etlichen Versuchen den Arzt. Nathan streckte die Arme weinend nach Lále aus, die kalkweiß und kurz vor der Ohnmacht dabeistand. Der Arzt gab die Anweisung, dass sie rausgehen solle. Sie wollten ihn am Kopf stechen. Also ging Lále, und mit jedem Schritt schwoll Nathans Geschrei an. Sie drehte ihm den Rücken zu, während er sie anbettelte, ihn mitzunehmen. Ihm musste es vorkommen, als würden Erwachsene sich die Zeit damit vertreiben, ihn zu drangsalieren. Im Flur sah sie alberne Tiere an den Fliesen. Das Einzige, was die Kinderstation von anderen unterschied. Und hörte Nathans Geschrei.

Der Befund war unauffällig. Stundenlang saß sie, ihren schlafenden Sohn auf dem Arm, im abgedunkelten Krankenzimmer. Sie hatte Angst, sein Vertrauen könnte, noch bevor er verstehen konnte, was passiert war, so sehr erschüttert worden sein, dass zwischen ihnen endgültig etwas zerbrochen war. Ein Kind zu erziehen war wie Warten, dachte Lále. Man erahnte die geliebte Person bereits und harrte aus, dass sie aus dem Koma der Kindheit zu sich käme.

Als er erwachte, schrie Nathan sofort weiter. Er musste starken Durst haben. Er hatte sieben Stunden geschlafen, und davor hatte er auch nichts getrunken. Während Lále seinen Kopf streichelte, ertastete sie die Einbuchtung der Fontanelle. Er war noch vom Schlafmittel geschwächt, seine Augen geschlossen, aber er schrie aus vollem Hals. Lále hielt ihm ein Fläschchen hin. Er haschte gierig danach, aber wieder und wieder glitt der Sauger aus seinem Mund. Immer verzweifelter weinte er und drehte den Kopf heftig weg, wenn seine Lippen den Sauger berührten. Lále dachte, dass etwas am Gummi war, was ihm vielleicht nicht schmeckte.

Sie ließ einen Arzt kommen, der sagte, dass das Kind viel zu geschwächt sei, um am Fläschchen zu ziehen, Nathan müsse an einen Tropf. Lále nahm den plärrenden Nathan auf den Arm, unterschrieb fast im Laufschritt das Formular, auf dem sie bestätigte, dass sie ihn auf eigene Verantwortung aus der Obhut der Ärzte nahm, und fuhr mit ihm nach Hause.

Dort kochte sie Fencheltee, rührte Milchnahrung hinein und schnitt den Nuckel weiter auf. Obwohl Nathan den Kopf auch jetzt wegriss, wenn das Gummi seinen Mund berührte, tropfte wegen des vergrößerten Lochs etwas von der Flüssigkeit in seinen Mund. Lále tat es immer wieder, bis er zumindest den Mund öffnete. Halbstündlich drängte sie ihm die Flasche auf, bis er einschlief. Sie stellte die Uhr und wiederholte diese Prozedur die ganze Nacht über.

Am nächsten Morgen war der Krater in der Fontanelle verschwunden und Nathan lachte.

Pit war mit auf dem Krankenhausflur gewesen. Auch wenn Lále in allem entschied, war er Sammler ihrer Erlebnisse, die er herunterbetete, sobald jemand den richtigen Knopf drückte. Lále und er hatten ein gemeinsames Miteinander entwickelt, das ohne Diskussionen und Zwiste auskam. Manchmal dachte Lále einen Partner zu haben. Durch Nathans Anfall rückte die genetische Zusammengehörigkeit wieder in den Vordergrund. Dass er sie beide brauchte. Sich aus dieser Einheit zu entfernen wäre ein Vergehen gewesen. Ein Angriff auf Nathans natürliche Rechte. Seit es Nathan besserging, dachte Lále oft an Marlis. Aber ganz gleich, wie zwielichtig die Gründe waren, die sie an diesen Mann banden, jetzt hatte sie die Pflicht, bei ihm zu bleiben, um Nathans Glück zu dienen. Lále und Pit taten Nathan gut. Lále hatte Marlis aus dem Weg zu gehen.

Auf Pit zu blicken war, wie Buntwäsche im Magen zu haben.

Es waren Ansätze vorhanden zu Zärtlichkeit, Enttäuschung, Wut, Verachtung, zu Verzeihen, zum Verzicht, zu Mitleid und Hass, ihn anzunehmen und ihn tot sehen zu wollen.

Wäre Pit selbst ein Windrad, dachte Lále, würde er nicht viel Energie herstellen können. In Pit tobten keine Stürme. Egal, ob Hass oder Liebe auf dem Teller lagen, er stückelte alles in identische Häppchen und würgte sie herunter.

Nie richtig mündig geworden, war Pit der Ansicht, alles müsste ohne sein Dazutun zur Verfügung stehen. So hatte er während der Schwangerschaft erzählt, dass sie nichts zu kaufen brauchten. In der Familie hätte es schon so viele Kinder gegeben, dass alles da wäre. Kurz vor der Geburt holte Pits Vater aus dem Keller einen Stubenwagen und begann, die fehlenden Räder zu ersetzen, und obwohl die Mutter den Wagen abgewischt hatte, blieb der muffige Kellergeruch. Lále betrachtete die urinfleckige, durchgelegene Matratze. Sie bestellte eine neue, das Gestell wurde dadurch aber nicht schöner. Die Matratze kostete so viel, als ob sie ein neues Bett gekauft hätten, aber Lále dachte, es sei eine schöne Geste den Eltern gegenüber, sie an den Vorbereitungen teilnehmen zu lassen. Eine Cousine von Pit brachte zwei Säcke Kindersachen vorbei. Die altmodischen Bekleidungsstücke waren abgetragen und zum größten Teil für Fünf- bis Achtjährige. Lále suchte ein paar Stücke aus, den Rest stopfte sie zurück und legte zwanzig Euro in einen Umschlag.

In den letzten zwei Tagen vor der Geburt besorgte Lále den Rest – genauer gesagt: alles –, aber nicht in Pits Sinn. Als sie auch den Heizstrahler für den Wickeltisch hatte, natürlich gegen den Familienwillen, der das für Geldverschwendung hielt, kam Nathan zur Welt.

Nathans Garderobe war ein nie versiegender Gesprächsstoff

für die Familie, die sich darüber empörte, dass Lále, anstatt zu waschen, immer neue Anziehsachen zu besorgen schien.

Die Schwiegermutter griff in ihre Einkaufstüte, als Lále Nathan ins Bett brachte, und zog sechs Bücher heraus, dazu den Bon über etwas mehr als hundert Euro. Schon beim Umzug war ihr die Unmenge an Büchern gegen den Strich gegangen. Warum schleppt man die immer mit wie ein Geschwür? Auf einmal konnte man sowieso immer nur ein Buch lesen, und wenn sie so weitermachte, würde sie auch noch ein neues Bücherregal brauchen. Und das, wo es doch Bibliotheken gab! Und wenn schon diese paar jämmerlichen Bücher hundert Euro kosteten, wie viel Geld hatte sie dann wohl schon verschleudert, und wie viel wird sie noch verschleudern? Pits Mutter sagte, sie wundere sich nicht, dass Menschen wie Lále keine Häuser besaßen, sondern in Plattenbauten dahinvegetierten.

Obwohl Pit nach wie vor nur für zehn Euro tankte, war seine Sparsamkeit nicht absolut. Er hatte die gewisse Lässigkeit der Nesthäkchen – denn er verließ sich darauf, dass im Zweifel seine Eltern einsprangen, Taten und Untaten glätteten. Dass ihn das abhängig machte, schien ihn nicht zu stören. Da ihm stets die Familie aus der Patsche half und ihm dieser Umstand auch immer unter die Nase gerieben wurde, schwebten die familiären Grundsätze, je älter er wurde, umso absolutistischer wie ein Beil über seinem Kopf. Alles war verzeihlich und umkehrbar, solange er loyal blieb. Folgen konnten ausgebügelt werden, keine seiner Taten hatte Gewicht. Denken brauchte er nicht, entschieden wurde in den Familiengremien.

Er überließ sich ihnen gern und ließ sich nicht stören vom Vorurteil, er bekäme allein nichts hin. Dass seine Wäsche gewaschen und gebügelt wurde, dass die Eltern mit einem eigenen Schlüssel in seiner ehemaligen Wohnung ein und aus gegangen waren, hatte ihn nicht gestört, er fand das praktisch. Er zuckte mit den Schultern und fand Schleichwege, ihnen zeitweilig zu entkommen.

Als er jung war, entdeckte er die Flucht durch seine Libido. Wählerisch war er nicht. In seinen Jugendjahren hatte er ein Lodern in den Augen und auf dem Kopf prächtige Locken, die später ausfielen, Lále kannte ihn nur mit kahler Stirn. Locken und Lodern. Die Mädchen lagen ihm zu Füßen. Das passte. Er musste nichts tun. Mädchen kamen und nahmen ihn sich. Er verursachte Tränen, Streit und Trennungen – vermutlich ahnte er nichts davon. Er brachte sie mit nach Hause und tauchte mit ihnen beim Frühstück auf. Die Eltern erfuhren die größte Ohnmacht, mit der sie bei ihrer Erziehung je konfrontiert wurden. Aller Mittel verlustig gegangen, rügten sie, tadelten und ermahnten. Oft ließ er es, um sich Predigten über Schwangerschaften und Aids zu ersparen, lieber sein. Als er älter wurde und lernte, die Geschlechtlichkeit im Rahmen zu halten, wurde die Schlucht zwischen ihm und dem Elternhaus wieder kleiner. Jetzt verlief der Riss in ihm selbst; mal war er Gigolo, mal Moralapostel – je nach Bedarf. Er hatte gelernt, sich Anerkennung zu holen, indem er sich so verhielt, wie es von ihm erwartet wurde – ohne eine tiefere Überzeugung. Man begegnete in ihm einem sehr angenehmen Menschen. Aber wenn man lange genug wartete, konnte er durchaus unangenehm werden.

Pits Undurchdringlichkeit weckte in Lále den Drang, ihn zu erforschen, als aber ernüchternd war, was sie erfuhr, wünschte sich Lále, es wieder vergessen zu können. Pits Inneres musste wie Knete sein. Man konnte Abdrücke in ihm hinterlassen, die jedoch nach einer Zeit wieder vollständig verschwunden waren. Lále wollte aber Spuren hinterlassen und selbst etwas abbekommen. Zuletzt war dies Marlis gelungen. Lále ahnte, wenn Marlis in ihrer Nähe wäre, würde alles, was ihr sonst wichtig war, spurlos versinken. Samt Genen und Sohn und Vernunft. Sie fürchtete, alles zu verraten. Deshalb ließ Lále Nathan von Pit in den Kindergarten bringen.

Jonathan Löwenherz, der blonde Schönling, sprang mit seinem verkrüppelten Bruder im Arm aus dem Fenster, um ihn vor den Flammen zu retten. Der Name Nathan verlieh seinem Träger Eigenschaften wie Schönheit und Kühnheit. Lále fand, er klang weich, verträumt. Wie ein Tanz. Oder wie eine fremdländische Pflanze. Dabei war Nathans Vater keineswegs ein blonder Schönling. Er war zwar im weitesten Sinne blond. Aber sein Haar war keine glänzende Heldenmähne, sondern dünn und fade – ein räudiges Fell, das seinen ganzen Körper bespannte.

Nathan hingegen fand Lále schön. Und blond war er auch. Dennoch: Mit Jonathan Löwenherz wurde es nichts. Bis er zwei Jahre alt war, bedeutete Nathan vor allem eins: nervenzerfetzendes Geschrei. Das Zerschellen mühsam aufgebauter Legohubschrauber an der Wand. Verschüttete Milch auf der Küchenablage und dahinter. Entsetzte Blicke im Supermarkt. Die sechs Buchstaben verloren den Zauber. Wut war, sagte die Kinderärztin, das Entladen seiner Unfähigkeit zu einem ausgefeilteren Ausdruck, welcher dem Entwicklungsstand seines Hirns entsprochen hätte. Als zweiten Namen hatte sie ihm Bors gegeben, was auf Ungarisch Pfeffer bedeutete. Klein, aber stark. Als Nathan heranwuchs, lernte Lále immer mehr Nathans kennen. Er war unbemerkt zu einem Modenamen geworden. Um die Individualität Nathans zu bewahren, versuchte Lále ihn manchmal bei seinem zweiten Namen zu nennen. Er wehrte sich aufs heftigste. So blieb Bors, Pfeffer, nur ein schwarzer Punkt, wie das Satzzeichen zum Schluss.

Jedes Insekt nahm er in die Hand, farbig oder vielgliedrig, und beobachtete, wie schnell und auf welche Weise es seine Hand und seinen Arm entlangkrabbelte. Nahm es nicht die von Nathans Starrsinn festgelegte Richtung, schrie er, zerdrückte es und zertrampelte vor Wut das erstbeste Blumenbeet. Lále schloss mit ihm Geschäfte ab. Ein Eis oder ein Spaziergang zu seinem Lieblingswasserfall, alles war möglich, waren die Blumen am kommenden Nachmittag noch am Leben. Nathan hielt sich akribisch an die Abmachung, und sie verbrachten genussvolle Nachmittage miteinander. Vergaß sie jedoch die Vertragsrituale, lag Nathan wieder mit schäumendem Mund auf dem Bürgersteig. Hatte er Paragraphen, funktionierte er perfekt. Fehlten diese, wurde er unberechenbar.

Instinktiv hatte Nathan Ehrfurcht vor alten Gegenständen und Gebäuden, die Magie und Geschichte verkörperten. Sein größter Schatz war ein rostiger Schlüssel in einer von Holzwürmern zerfressenen Zigarrenschachtel aus dem Jahr 1856. «Sehr, sehr alt» war für ihn die höchste Auszeichnung. Auch Materialien, an denen sich das Licht mehrfach brach, verehrte er und konnte stundenlang auf Lichtflecken starren. Seine ganze Welt war voller Zauber, jedes Detail bedeutungsvoll. Der sonst ungeduldige Nathan fertigte unermüdlich Schmuck – Ketten, Armbänder, Ohrringe, die zum Erstaunen aller ein ausgeprägtes Formgefühl bezeugten. Lále liebte es, diese Schmuckstücke mit der eigenen Nathan-Note zu tragen, Elfenbein, Muscheln, durchscheinende Steinchen, in Glas gegossene winzige Blumen. Nathan zog Lále in Läden, wo kleine Mineralien verkauft wurden. Er blätterte in Katalogen. Láles anerkennender Blick, wenn er auf die darin abgebildeten Brillanten zeigte, ihr Seufzen und die Bemerkung, «wenn ich so einen hätte, hätten wir keine Probleme mehr», weckten seinen unbedingten Willen, Lále einen dieser Steine zu schenken. Er versuchte aus Silberpapier, Plastiktüten oder Glas das größte Glänzen zu fabrizieren.

Nathan schielte auf Láles Portemonnaie, mit dem sie für seine Perlen zahlte, und das danach wieder in der Handtasche versank. Bekam er die mit einem Elefanten geschmückte, dunkelrote Börse ausnahmsweise in die Hand, weil Lále des Verneinens müde wurde, kippte er den ganzen Inhalt vor sich aus, griff in den Haufen und ließ die Münzen durch die Finger rinnen. Früher oder später nahm ihm Lále das Portemonnaie weg. Obwohl ihm streng verboten war, es selbst an sich zu nehmen, übte es eine solche Anziehung auf ihn aus, dass er bei nächster Gelegenheit auf der Suche danach ihre Tasche ausräumte. Er las die eingravierten Motive wie Märchen und tastete die winzigen Reliefs ab, als würde das Metall, durch die Wärme seiner Hände zum Leben erweckt, seine Geschichten hergeben.

Nathan versteckte die Münzen überall, nach dem Einschlafen pulte Lále Kleingeld aus der sich lockernden Faust.

War jemand besonders freundlich zu ihm oder wollte er seine besondere Zuneigung zeigen, zückte er eines seiner schönsten Stücke und legte es auf die Theke. Dass die geschätzten Verkäufer wertlose Münzen aus dem Portemonnaie seiner Mutter bevorzugten, verblüffte Nathan.

Von der Bushaltestelle nach Hause nahmen sie immer eine Abkürzung über den Friedhof, dort fand er Verzierungen nach seinem Geschmack. Anders als in der Stadt verschwand der Schmuck hier nicht, wenn irgendwelche Feiertage vorbei waren. Auf dem Friedhof war immer ein Fest.

Die goldenen Initialen, die eklektisch geschmückten Steine ließen ihn nicht los. Oft blieben sie an besonders reich verzierten Grabsteinen stehen oder pilgerten zu seinen Lieblingsgräbern, die Inschriften der Steine musste Lále ihm vorlesen.

Den Tod hielt er für einen erstrebenswerten Zustand, in dem alle Wunder möglich waren. Tote waren für ihn wie die Puppen, die sich mit Leben füllten, sobald die Mutter ihre Hand in sie schob. Sie sprachen, und er sprach zu ihnen. Genauso wenig bezweifelte er, dass die Toten jederzeit wieder erwachen könnten, sich aus ihren kleinen Häuschen, den schönen Särgen, erhoben und irgendeinen Leichensport trieben, um sich ihrer Porosität zu entledigen. Nathans erstes Wort war auch auf dem Friedhof gefallen, gleich in einen ganzen Satz gebettet: «Wenn meine Mama stirbt, kaufe ich mir eine neue Mama.» Das hatte er ohne eine für Lále erkennbare Gemütsregung gesagt. Lále hingegen konnte ihre Verblüffung und Ergriffenheit kaum schlucken und war gleichzeitig gekränkt. Nathan hatte eine Stimme, die nicht mit seinen Schrei- oder Nörgellauten zu vergleichen war. Er sprach. Und hatte kuriose Gedanken, genau wie Lále vermutet hatte.

Einmal kam Pit vom Einkaufen nach Hause. Lále ging hinaus zur Einfahrt, um die Lebensmittel tragen zu helfen. Nathans Felsenfant lag im Kindersitz. Ein seltsamer Anblick, Felsenfant ohne Nathan, meistens hatte er den Plüschelefanten im Schlepptau, mit seiner harten Spieluhr im Bauch, die allerdings nicht mehr funktionierte, weil er nicht nur zum Kuscheln zur Verfügung stehen musste, sondern manchmal auch zum Schwimmen, wenn Nathan Badetag hatte, oder zum Gegen-die-Wand-Fliegen, hatte Nathan Wut, was viel öfter vorkam als ein Badetag.

Pit saß am Steuer und telefonierte, das freie Ohr hielt er sich zu. Lále schaute zum Tor, wo Nathan sich gern mit beiden Händen festklammerte und dem Straßenverkehr zusah. Er stand nicht dort. Der eine Torflügel schwang zwei Zentimeter vom anderen entfernt. Sie trat zum Tor und schaute auf die Straße. In der Ferne erblickte sie einen winzigen weißen Fleck, der sich allem Anschein nach langsam vorwärtsbewegte. Er verschmolz fast mit der Abschlusslinie des Fahrradweges. Heute hatte Lále Nathan ein weißes Hemdchen angezogen. Noch ferner rollte ein Laster auf den Fleck zu. An dem Tempo, in dem sich die Lkw-Nase vergrößerte, sah sie, dass das Fahrzeug mit einer unerlaubt hohen Geschwindigkeit fuhr. Sie rief Nathans Namen – vergebens. Er war viel zu weit weg. Je näher sich Auto und Kind waren, desto absurder wirkte ihr Größenunterschied. Sie begann zu rennen. Merkte Nathan etwas von der nahenden Gefahr? In ihrem Hals brannte es, vielleicht vom Schreien oder von den Abgasen der anderen Autos. Schließlich sah sie eine Gestalt beim kleinen weißen Fleck auftauchen. Aus der Entfernung wirkte alles langsam und unspektakulär. Dann verschmolzen Laster, Gestalt, Nathan. Der Lkw verschluckte alle, okkupierte das Bild. Sie rannte, wurde blind und taub. Sie spürte, dass ihr ihre Muskeln im Weg standen: wie Knoten an einem schönen geschmeidigen Seil.

An das Gesicht der Frau, die den zweiten Fleck gebildet und Nathan von der Straße gezogen hatte, konnte sie sich nicht erinnern. Nur an die Farbe ihrer Kleidung, während sie ihn überreichte und Lále einzig den eigenen pfeifenden Atem hörte: violett-blau. Nathans dürrer Spinnenkörper hing auf

Láles Arm. Sie vergrub das Gesicht in seinen Haaren mit Kaugummi- und Milchspuren.

Als sie aufblickte, war die Violettfrau längst über alle Berge. Ihr rettender Schatten verpuffte im Nichts. Die Erinnerung an den Lkw hinterließ pochende Spuren in Láles Kreislauf. An dem Tag ließ Lále Nathan nicht mehr vom Arm. Er hing an ihr wie ein Äffchen, betrachtete die Welt von ihren Schultern aus und blieb gleichzeitig teilnahmslos. Wenn sein Vater oder jemand anders zu ihm sprach, drehte er den Kopf weg.

Zwei Monate waren vergangen, und die Sommerferien kamen. Sie fuhren alle drei nach Ungarn. Tamama ging auf allen vieren, Nathan ritt auf ihrem Rücken und lachte so viel wie sonst selten. Pit ließ sich einen Bauch wachsen. Er stöhnte, zunächst vor Wonne über die Intensität der Geschmäcker und danach, weil seine Verdauung ihn im Stich ließ. Lále suchte ihre Schubladen durch, las in alten Tagebüchern, Schulheften und freute sich auf Nathans ungarische Sprechbrocken.

Sie saßen am Küchentisch. Dort hatte sie Hausaufgaben gemacht und Schach gespielt. Wenn Gäste kamen, wurde er ausgeklappt. Jetzt zog sie mit ihren Fingern die breite Spalte entlang. Der Tisch war weiß gestrichen. Früher war er hellgrün gewesen mit einem gräulichen Spritzmuster darauf. Sie konnte die weißen Pinselstriche ertasten. Die Einkerbungen vom Ausklappen hatte Tamama zwar übermalt, sie verschwanden aber nicht. Das erste Mal sah sie ihren Kindheitstisch in einem anderen Licht: Er war hässlich.

Langsam wurde Tamamas Wohnung zur Alte-Frau-Wohnung. Tamama dachte stets alles selbst reparieren zu können, und auf Komfort verzichtete sie gern, wenn sie dadurch Geld für Handwerker sparte. Einweckgummi statt Automatismus,

Muskelkraft bei klemmenden Klinken, lose Steckdosen und in der Badewanne Kalkbahnen, weil der Hahn tropfte.

Lále sah ihrem Teewasser zu, wie es in dem verbeulten Aluminiumtopf kochte, und hörte, dass Tamama in der Speisekammer nach irgendetwas suchte. In einem fort kamen ihr Sachen entgegen, Stoffbeutel, die noch zu etwas gut sein konnten, Plastikbehälter, Schnüre, Drähte, Ölsardinendosen. Sie murmelte vor sich hin, schimpfte und führte Selbstgespräche.

Lále öffnete gar nicht mehr den Küchenschrank, wenn sie etwas benötigte, weil es ein hoffnungsloses Unterfangen gewesen wäre: Streng reihten sich in jeglicher Farbe Tausende Töpfe ähnlicher Größe aneinander. Es grenzte an ein Wunder, welche Unmengen in so einen kleinen Küchenschrank passten. Was Lále jedoch noch mehr bewunderte, war die penible Ordnung in dem Chaos. «Unglaublich, was die Menschen alles wegschmeißen! Nagelneue Sachen!», schüttelte Tamama den Kopf. Die Versuche, Tamama dazu zu bewegen, sich auch nur von ein paar Dingen zu trennen, schlugen fehl.

Nathan war der einzige Mensch, der Tamama für sich haben konnte, solange er wollte. Sie spielten und unterhielten sich mit einer geheimen Mixtur aus beiden Sprachen, die sie voneinander lernten und weiterentwickelten. Wenige Gesten und ein paar Melodien waren für ihre Kommunikation, ihr Amüsement und ihre Begeisterung füreinander vollkommen ausreichend. Schlief Nathan oder war mit etwas anderem beschäftigt, blieb Tamama in sich versunken. Sie schlurfte mit gesenktem Kopf an Lále und Pit vorbei. Oft murmelte sie vor sich hin. Auch wenn sie aufblickte und Lále in die Augen schaute oder sogar mit ihr redete, hatte Lále den Eindruck, nicht erkannt zu werden. Sie verfolgte kurzfristige Ziele, wie das Suchen von verlegten Gegenständen, unterbrach man sie, war sie nicht in der Lage, das gesetzte Ziel für einen Moment auszublenden. Jetzt war Tamama schon eine ganze Weile verschwunden. Sie versuchte den Boiler instand zu setzen, damit Lále baden konnte, sie selber wusch sich aus Sparsamkeitsgründen kalt.

Zwar war ihre Rente klein, aber sie erhielt auch noch Witwenrente. In den letzten Jahren hatte sie zudem ein Erbe ausbezahlt bekommen, für warmes Wasser hätte ihr Geld auf jeden Fall ausgereicht. Aber sobald Lále ihr den Verzicht ausreden wollte, erzählte sie Entbehrungsgeschichten vom Weltkrieg. Lále hörte ihr aufmerksam zu, und wenn Tamama sich an Namen oder Ortschaften nicht erinnern konnte, half sie ihr aus. Dann hob die Großmutter erstaunt den Kopf, sodass Lále die sich mehrenden Leberflecken auf ihrem Gesicht wahrnahm, die dunkelgelbe Haut, die an den Wangen und unter den Augen schlaff herunterhing, die großen Ohren.

Als Kind hatte Lále sich gern vorgestellt, es wäre Krieg. Krieg war für sie eine Kulisse wie in einem Abenteuerfilm. Ein gesegnetes Chaos, in dem Schulpflicht unwichtig wurde, in dem Ausnahmezustand herrschte und in dem Kinder ihr Leben selbst bestimmten, nachdem die Eltern verschollen waren. Jetzt stand Lále neben Tamama, und es dämmerte ihr erstmals, dass diese ihr nicht nur mit irgendwelchen Legenden auf den Geist ging, sondern all das wirklich durchlitten hatte. Aber so schrecklich die Geschichten waren, Lále hatte sie schon zu oft gehört, und außer Augenverdrehen brachte sie keine Reaktion mehr zustande.

Lále stand eine Weile ratlos neben der Großmutter, hätte ihr gern geholfen, ihre technischen Fähigkeiten waren aber nicht sonderlich ausgeprägt, außerdem hielt sie es für gefährlich, an Gaskonvektoren herumzuwerkeln, so zog sie sich in die Küche zurück, nachdem sie beteuert hatte, keineswegs baden zu wollen – was Tamama natürlich nicht von ihrem Vorhaben abbringen konnte –, und kramte in ihrer Erinnerung nach berüchtigten Gasexplosionen.

Es war, als hätte Tamama mit zunehmendem Alter ihren Bezug zur Welt eingebüßt. Immer weniger nahm sie neben sich wahr. Auch wenn Lále mehrfach über Ereignisse berichtet hatte, behauptete sie, noch nie davon gehört zu haben. Immer unbeteiligter wurde sie, fragte gar nicht mehr nach und vergaß das meiste: wer wer war, in welcher Beziehung jemand zu Lále stand und was in welcher Reihenfolge geschehen war. Fragte sie doch einmal etwas, war es meistens unangemessen. Lále sammelte die Symptome und litt.

Auf die Bitte, zum Arzt zu gehen, wurde Tamama unwirsch. Das war auch neu. Sie begann Pfirsichmarmelade in den Pistazienpudding und Leberwurst in die gefüllten Paprikaschoten zu rühren. Früher war sie nicht so sonderbar gewesen. Als Kind hatte Lále ihre Unterhaltungen geliebt. Tamama war nicht wie andere Erwachsene, bei denen es eine deutliche Grenze gab, an der sie vor Kinderphantasien zurückschreckten. Sie glaubte, hoffte, verabscheute und fürchtete Personen und Phänomene in ähnlichem Maße wie Lále.

Zurück in Cottbus, brachte sie Nathan in den Kindergarten. Auch wenn Marlis jetzt aufgetaucht wäre, hätte sie Lále nicht mehr aus der Bahn werfen können. Sie fühlte sich gestärkt. Sie sah sie nicht. Dafür aber Marlis' Mann, Fenja und die Schwiegermutter. Sie fragte nicht nach.

Viele Wochen später stand Marlis auf einmal am Eingang. Sie war weit entfernt, aber Lále hatte sie sofort erkannt. Lále winkte ihr zu. Sie hatte keinen Impuls zu fliehen. Das war schon mal gut.

Sie hatte vor, sie zu begrüßen. Sie versuchte, Nathan auf seinem Laufrad in ihre Richtung zu lenken, aber er machte unter den Kastanienbäumen große Bögen und sammelte seine Taschen voll. Ein Stück waren sie sich jetzt doch näher gekommen. Sie unterhielten sich beide mit anderen und wechselten Blicke. Irgendetwas war anders an Marlis. Lále kniff die Augen zusammen. Ihre Körpersprache wirkte matter. So dünn war sie damals nicht gewesen.

Marlis sprach leise. Lále hob den Kopf. Sie stand vor ihr. In ihr Gesicht blickend, vergaß Lále alle Bedenken. Das war sie, hundertprozentig. Marlis schaute sie ohne Vorwurf an. War sie ein wenig erfreut? Oder schon darüber hinweg? «Hast du gehört, dass ich sehr krank war?» In Marlis' Blick lag Wärme. Entsetzen überfiel Lále. Kommt sie jetzt mit dieser Modekrankheit – Magersucht? Eine erwachsene Frau, Pädagogin, mit Kind? War es nicht narzisstisch, sich so eine Krankheit zu leisten?

«Zwei Tage nachdem wir uns getroffen haben, bekam ich die Diagnose, dass ich Krebszellen in der Leber habe.» Lále wünschte sich, den Handteller vor den eigenen Verstand halten zu können. Ihr Herz zu stoppen. Marlis den Mund zu verbieten. Obwohl Lále sich ihr vor einer Minute nahe gefühlt hatte, näher denn je, fragte sie nur: «Metastasen?»

«Sie haben einige aus der Lunge und aus dem Magen entfernt, aber auf der Bauchspeicheldrüse gab es welche, die man nicht entfernen konnte.»

Lále wartete auf eine Lösung für die Metastasen. Marlis sagte aber nichts mehr. Lále wandte den Blick ab. «Aber diese Metastasen können sich noch einkapseln», sagte sie trotzig.

Marlis nickte nicht. Am liebsten hätte Lále sie geschüttelt. Warum löste sie die Spannung nicht auf? Lále hob fast erbost den Blick. Sie prallte auf Freundlichkeit. Das beschämte sie. «Und wie geht's dir jetzt?»

Lále hätte die Wahrheit nicht gut ertragen. Marlis kam ihr zu Hilfe und sagte nichts.

«Ich ruf dich an», murmelte Lále und beschloss, wenn sie nach Hause käme, zu heulen oder zu sterben. Sie entfernte sich ein paar Schritte. Am liebsten hätte sie gegen die Gartenmauer getreten, lief aber hölzern weiter. Sie spürte, dass Marlis ihr nachsah. Lále hielt an, sah zurück. Für einige Sekunden vergaßen sie den Krebs und was war und was auf sie zukam.

Entlang des stillgelegten Bahndamms erstreckte sich auf der einen Seite ein Sumpf.

Die Gleise führten in einen Wald. Die Rehe nahmen den Damm als Verlängerungspfad ihrer Ernährungsstrecke, nachdem der Verkehr endgültig eingestellt worden war. Wenn Lále auf dem Damm spazieren ging, über die Pflastersteine, mit denen die ganze Strecke bestreut war, erinnerte sie sich an die Abbildungen von Zwangsarbeitern mit Spitzhacken auf den Schultern. Obwohl dort kein Zug fuhr, hatte sie immer ein ungutes Gefühl und schaute nach hinten, ob sich nicht doch ein Lokführer verirrt hatte. Auf der anderen Seite lagen Gärten. Alle ähnlich groß. Und dennoch verschiedene Universen. Einige waren das ganze Jahr über bewohnt. In anderen sah Lále nie Menschen, immer nur ihre Spuren. Solche Gärten studierte sie am liebsten.

Sie lief jetzt schnell und sah nichts. Nur einen einzigen Garten wollte sie sehen. Den von Marlis. Sie hoffte, sich dorthin zu verirren. Sie lief auf dem Bahndamm wie ein verwundetes

Tier, verwirrt, aufgescheucht. Sie glaubte zu sehen, wie Marlis auf ihrer Couch mit der Tochter kuschelte oder sich vor Schmerzen krümmte. Am liebsten hätte sie in ihre Innereien hineingeschaut, von ihren Krebszellen ein Inventar erstellt, um ihre Verbreitungsgeschwindigkeit zu kartographieren, jede Sekunde ihrer Existenz festgehalten. Aber Marlis wohnte in einer ganz anderen Richtung.

Es war, als ob die Intensität, die sie bis jetzt nicht zugelassen hatte, sie nun übermannte. Kein Gedanke, der nicht mit Marlis in Verbindung stand. Sie beschloss, am Abend, wenn Nathan schlief, Pit arbeitete und sie Zeit hatte, die Gedanken zu Ende zu führen, anzurufen, um in aller Ruhe zu reden. Als es so weit war, verließ sie der Mut. Sie dachte, wie müde Marlis sein musste, die krank war und dennoch zur Arbeit ging. Und sie beschloss, es am nächsten Vormittag zu versuchen. Und am nächsten Vormittag: doch lieber am Abend. Nach einiger Zeit hatte sie solche Gewissensbisse, dass sie sich zum Anrufen zwang. Mehrmals wehrte sie den Impuls ab, nicht doch aufzulegen. Marlis hob ab. Die Unterhaltung verlief reibungslos. Sie lachten. Sie stimmten einander in Erziehungsfragen zu. Auf Láles Frage hin gab Marlis zu, dass sie Schmerzen hatte, sich müde fühlte und ab und zu die Geduld verlor und die Hoffnung. Sie einigten sich darauf, dass es ihr bald bessergehen musste. Dann schwiegen sie.

Immer fahler wurde die Klangfarbe, mit der Marlis das Telefon abnahm. Sie ließ sich krankschreiben. Sie nahm eine Langsamkeit an und machte längere Pausen. Oft sagte sie einfach nichts mehr, und Lále musste sich um die Weiterführung des Dialogs bemühen. Immer häufiger kamen sie auf das Thema Schmerzen zu sprechen und auf Fenjas Lautstärke, die Marlis kaum noch ertragen konnte. Während des Gesprächs kam Fenja mehrmals unter einfallsreichen Vorwänden aus ihrem Zimmer und schmiegte sich an ihre Mutter. Ahnte die Kleine etwas? War ihr Anschmiegen der Kampf einer Dürstenden um die letzten Tropfen? Und was tat Marlis, um von ihrer Tochter das tragische Los abzuwenden? In Anbetracht der Wunderheilungen, von denen man immer wieder hörte – bedeutete die Tatsache, dass sich ihr Zustand verschlechterte, dass Marlis nicht alles für ihr Bleiben tat? Hatte sie, falls sie sterben würde, sich das selbst zuzuschreiben? Würde sie sich feige dem Tod hingeben? So feige wie damals dem Mann, der Stadt, den Konventionen? Würde sie den Tod der Faulen und der Unentschlossenen sterben?

Lále musste sich immerhin nicht den Vorwurf machen, dass auch sie ein Grund für die Krebserkrankung sein könnte. Als sie sie geküsst hatte, waren die Krebszellen schon auf dem Vormarsch gewesen. Aber sie konnte sich Vorwürfe machen, eine Liebe nicht angetreten zu haben. Konnte man sie noch in dem Bewusstsein antreten, dass sie ein vermutlich baldiges Ende hatte? Sich in einem Abschied gleichzeitig annähern? Sie war entsetzt über sich, darüber, dass sie Marlis lebendig zu Grabe getragen hatte. Bedeutete Liebe nicht, dass man ein Ende nie in Betracht ziehen konnte?

Abends, wenn Lále im Bett lag, betrat Marlis den Schauplatz. Die ganze Nacht sprach sie zu Lále, sie schliefen miteinander, überall dort, wo Lále sonst mit anderen geschlafen hatte, und sie starb tausend Tode. Sie war Tamama und Nathan und Pit und Pável, und sie blieb dennoch Marlis. Sie war Traum, sie war Gewissen, sie war Unheilverkünderin, und sie war Trost. Die unvollendeten Geschichten lagen tagsüber brach wie offene Wunden, und manchmal setzten sie sich unter anderen Vorzeichen fort. Marlis änderte ihre Gestalt, ihre

Stimme, das Gesicht, ihre Absichten, den Grad ihrer Güte oder Bösartigkeit, sie wurde zu dem Fabelwesen von Láles Innerem. Sie wurde zu Lále selbst.

Nathan wachte mehrmals in der Nacht auf. Manchmal quakte er nur kurz, träumte schlecht oder suchte seinen Felsenfant. Fand er ihn, schlief er wieder ein. Wenn er nicht aufhörte, stand sie auf und taumelte in sein Zimmer. Es dauerte, bis sie sich in der Dunkelheit orientieren konnte. Bis sie begriff, was ihm fehlte, war sie endgültig wach und konnte nicht wieder einschlafen. Wenn er nicht aufwachte, lauerte sie und fuhr auch bei anderen Geräuschen hoch.

Pit störte es nicht, wenn Nathan weinte. Meistens wachte er gar nicht auf. Oder er drehte sich einfach um, legte sich den Arm oder den Deckenzipfel übers Ohr und schlief weiter. Wenn Lále wollte, dass er aufstand, musste sie ihn erst wach kriegen. Es war einfacher, selbst aufzustehen.

Morgens stand sie in der Küche. Ein Gewicht zog ihre Schultern herunter: die eigenen Hände. Durch einen Schleier nahm sie Nathans Laute wahr oder was er mit dem Löffel machte, wo er hinlief oder wo er die Flasche, seinen Schal oder Handschuh fallen ließ. Hatte sie ihn in die Krippe gebracht, hätte sie sich an Tagen, an denen sie nicht arbeitete, ausruhen können. Aber sobald sie sich hinlegte, sprangen ihre Augen auf. Stand sie auf, fehlte bei jeder Gebärde die Deutlichkeit. Öfter trat ein Ziehen in ihrer Brust auf. Sie setzte sich hin und hatte Herzrasen, wie nach einem Wettlauf. Es ließ auch nach längerem Ruhen nicht nach. Als stünde sie kurz vor dem Heulen. Sie setzte sich an den Computer, um einige E-Mails zu schreiben. Ihre Finger bewegten sich kaum, die direkte Verbindung zu ihnen schien unterbrochen. Verzögert und weit weg von ihr stelzten sie träge über die Tastatur, rutschten ab oder trafen daneben. Sie rief beim Arzt an.

Nathan kam krank nach Hause. Er bekam hohes Fieber, prallrote Wangen, sein kleiner Körper hing schlaff auf Láles Schulter. Er legte sich freiwillig ins Bett, rührte sich kaum, sprach flüsternd und nahm große Schlucke vom abgekühlten Kamillentee. Er schloss die Augen und hielt Láles Hand fest. Bald wich die Kraft aus seinen Fingern. Sie horchte in die eigene schneidende Brust und versuchte, hinter den Schmerz zu atmen.

Am Abend wurde Nathan vom Zäpfchen schlagartig müde und schlief früher als sonst tief ein. Der abgekühlte Wind wehte die Hitze des rissigen Asphalts in Láles Gesicht. Sie blieb mit dem Babyphon in der Hand sitzen. Pit holte den Kugelgrill heraus, machte Feuer. Die Wärme, die mit der Sonne schon einmal gegangen war, erwachte erneut. Er stellte den Kunststofftisch hinaus, sie ging in die Küche, holte Teller und Salatschüssel. Sie mochte Porzellanpoltern. Pit legte die erste Scheibe Fleisch auf das Gitter. Die Gabel und sein Arm verschwammen in der aufsteigenden heißen Luft, Öl tropfte auf die glühende Kohle, die aufzischte und weißen Rauch ausstieß. Die ersten Mücken kamen, und in den herumliegenden Gärten wurde es still, Lichter gingen an und Türen zu, die liegengelassenen Gegenstände wirkten im Halbdunkel schwarz und verwaist.

Die Gewürze auf den Fleischfersen zergingen in Láles Mundhöhle. Der Salat in zahllosen frischen Häppchen spülte die Gewürze ab und ließ den Schafskäse zum Zug kommen. Solange sie aß, gingen ihre Ohren zu, die Haut empfand die Kälte nicht, der Blickwinkel beschränkte sich auf den Teller.

Sie aß, bis sie für das letzte Stück Gurke, das noch auf ihrem Teller lag, Hass empfand.

Lále merkte plötzlich, dass sie fror. Es war dunkel, das schmutzige Geschirr ungemütlich. Sie zogen ins Haus. Das Schlafzimmer war stickig. Pit öffnete das Fenster, aber ohne Windstoß blieb es schwül. Sie zog sich aus, legte sich auf den Bauch und spielte mit der Fernbedienung.

Das Bild flimmerte auf. Es summte leise. Flecken und Bewegungen holperten im Bildausschnitt und wurden allmählich zu Figuren. Auf einen kausalen Zusammenhang der Bilder konnte sie nicht schließen. Stattdessen nahm sie ihre Haut wahr, die das Laken abtastete, kalt und warm zugleich, glatt. Einige Fussel spürte sie und Knitterfalten. Lále schaltete weiter, das Bild wurde zu einem schwarzen Loch und entfaltete sich in neuer Farb- und Formvariation. Lále drückte immer wieder, immer schneller. Pit ging raus und rein. Er war im Bad, er war bei Nathan, er holte etwas von unten, er suchte im Schrank, er zog sich aus. Er war ein zusätzliches Flimmern.

Zunächst setzte sich ein dumpfes, leises Geräusch in Láles Kopf fest. Dann wurde es zu einem Druck, als ob sich das Gewicht des Essens vom Bauch in den Kopf verschoben hätte, dann plötzlich erkannte sie die Vorboten des Fiebers. Nathan musste sie angesteckt haben. Aber sie war zu müde, um aufzustehen und sich eine Tablette zu holen. Sie machte eine Spur lauter. Normalerweise mochte sie, wenn der Fernseher so leise blieb, dass sie die Worte gerade entschlüsseln konnte. Ein Komiker gestikulierte übertrieben. Lále schoss mit der Fernbedienung auf ihn, das Bild sprang weiter. Die Kamera irrte zwischen Motor- und Fahrrädern. Sie wackelte, wurde geschubst, gedreht, fallen gelassen. Es wurde gehupt, geschrien, metallisch gebremst, Motoren wurden gestartet. Jemand lachte, diskutierte, predigte und stritt. Menschenmassen strömten an der Linse vorbei. Sie drückte weiter. Statt Massen saßen dort nur fünf Leute in einem fast leeren Studio. Die Stühle mit Metallbeinen standen weit voneinander entfernt. Es wurde einzeln gesprochen, die Stimmen fade und sachlich. Es wurde nach Worten gesucht. Bis eine eiserne Stimme die Fadheit entzweischnitt und ein Gesicht das Bild ausfüllte mit einem Mund, der aus Worten Knäuel formte und sie hintereinander aufreihte. Reich-Ranicki. Sie hob den Kopf und versuchte zu verstehen, wovon er sprach.

Parallel zu Reich-Ranickis Worten begann Pits Hand auf ihrer Haut zu wandern. Es waren keine erlesenen Berührungen. Aber Lále nahm, was kam. Sie versuchte die Zehntelsekunden zu erhaschen, in denen er zufällig angenehme Gegenden streifte. Es war dunkel, und die Hand wurde zu einer anonymen. Sie konnte sich aus ihrer Erinnerung bedienen. Lippen und Haare tauchten an verschiedenen Orten ihres Körpers auf. Sie versuchte das eigene Empfinden zu zwingen: ihm Genuss aufzutragen. Auf einmal leuchtete ihr ein, worüber Reich-Ranicki sprach. Sie trank seine Worte und ihre Haut Pits Finger. Als er seine Rede verlangsamte und die Stimme senkte, um andere zu Wort kommen zu lassen, schaltete Lále aus. Das Schwarz verschluckte sie. Plötzlich wurde das dunkelgraue Fenster zum hellen Fleck. Stimmgewaltig brach ein Zirpen ins Zimmer. Ihr Körper war offen. Der Blick haftete in der Ferne, beflog die Bäume, den Damm. Sie hätte gerne in Luftsprache geschrien, dass jetzt alle herschauen und herkommen sollten, weil sie sich jetzt hingab, allen. Am liebsten wäre sie mit geöffneten Beinen hinausgeflogen, sich dem Abend anbietend: Zweigen, Tieren, Nachtgestalten und dem Wind.

Danach war die Welt aufgefrischt. Wie praktisch, dass die

kleine Ekstase Wohlwollen auf die Person ausgeschüttet hatte, die vor einem lag. Die man instrumentalisiert hatte, einem selbst Wonne zuzufügen. Man gewann sie praktisch lieb mit Hilfe der hervorgelockten Hormone. Alles hatte sich echt angefühlt. Wahrscheinlich war auch alles echt gewesen. Egal, auf welche Weise es entstanden war. Sie betrachtete den viel zu dünnen Arm, die viel zu knochigen Schultern, die vereinzelten Haarherde, sie legte den Kopf auf seine schmale Brust und roch den matten, schaurigen Geruch, und es störte sie nicht. Sie dachte sich, was gegeben ist, damit muss man sich arrangieren. Eine Zärtlichkeit überkam sie bei dem Gedanken, dass er ihr gegeben worden war. Bei ihm lag ihr Schicksal. Ihr Mann, wenn auch nicht perfekt. Sie stand auf, ging ins Bad und schluckte zwei Ibuprofen.

Nach dem Arztbesuch kam sie nach Hause und stellte entmutigt fest, dass es in ihrer Brust immer noch wehtat. Es hatte nicht geholfen, dass der Arzt ihr den Verdacht genommen hatte. Sie parkte behäbig, stieg sacht aus, drahtete das Tor zu und lief ins Haus. Hatte sie vergessen abzuschließen? Sie stellte den Wasserkocher an und zog sich aus. Als sie nach Teefiltern suchte, raschelte es hinter der Tür des Küchenschranks. Sie erschrak. Sie drehte sich um und erschrak erneut. Viel mehr. Ein längst vergessener Albtraum stand in voller Größe vor ihr. Pits Schwester. Die Schabe im Menschenpanzer trat mit unbeholfenen Gelenken aus ihrem Versteck und fragte mit unelegantem Zickzackmund: «Und, hast du schon deinen Herzschrittmacher?» Der Arzt hatte gesagt, mit dem Herzen sei alles in Ordnung. Auch das Fieber war ausgeblieben. Sie hätte Muskelverspannungen im Brustbereich, hatte er gesagt und ihr empfohlen, vor dem Schlafengehen Yoga-Übungen zu machen. Sie wandte der Schwester den Rücken zu, die ganze Zeit hörte sie sie reden, lief die Treppe hoch, während sie ihren Atem im Nacken spürte. Sie drehte sich um, die Sicht war frei, und schloss sich in ihrem Kreuzberg-Zimmer ein.

Lále wusste gar nicht, dass Pit und seine Schwester wieder Kontakt hatten. Heckten sie wieder gemeinsame Geschäftsideen aus? Dass die Schwester sie ansprach, zeigte, dass sie an einer Konfrontation Spaß hatte. Sie fühlte sich stark, zumindest stärker als Lále. Etwas war im Busch, von dem Lále nichts wusste.

Sie starrte auf die Tür und wartete, dass die Schwester an der Klinke zu rütteln begann, horchte nach Schritten auf der Holztreppe, und als sie keine hörte, dachte sie, dass die Schabe unbemerkt hochgeschlichen und vielleicht durch das Schlüsselloch eingedrungen war. Sie horchte lange, mit angespannten Nerven harrte sie auf ein Klopfen, Donnern, Röcheln, eine Drohung, Explosion, einen Angriff, Krieg. Sie sah sich verdursten, verhungern, sie dachte, es sei unmöglich, das Zimmer je wieder zu verlassen. Als weitere Zeit verging, begann sie die Geschehnisse zu summieren und geriet in Wut. Erstens hatte Pit ausgeplaudert, dass sie Herzbeschwerden hatte, zweitens hatte er seine Schwester entgegen ihrer Abmachung ohne Ankündigung ins Haus gelassen. Drittens kam er noch nicht mal hoch, um nach ihr zu schauen, obwohl sie voneinander noch die Schweißpartikel der letzten Nacht trugen. Es war wie ein schlechter Scherz. Aber er zog sich so lange hin, dass die Wirklichkeit darüber stolperte.

Die Waffe der Schwester war die Fassungslosigkeit, die sie in Lále auslöste. Jedes Mal blieb ihr der Mund offen stehen, und jegliche Schlagfertigkeit kam ihr abhanden. Mit der Erkenntnis, dass es keine Zeugen gab, setzte sich Angst fest. Die

Schwester überließ Lále nicht dem Zufall. Sie ging methodisch vor: abfangen und zuschnappen.

Pit war auf seine Schwester nicht ansprechbar. Er tat alles ab, als wären die Zwischenfälle Nichtigkeiten, Launen von Lále. «Hört auf», antwortete Pit nur, und das verletzte Lále: Ihr wurde etwas angetan, und sie wurde dafür auch noch gerügt. Nach einer Zeit begann sie an sich zu zweifeln. Aber die Schwester hatte offensichtlich nicht vor, ihre Aversion gegen Lále zu ersticken.

Als Lále, eigenhändig eingesperrt, in ihrem Arbeitszimmer auf Bewegungen horchte, vernahm sie aus Nathans Zimmer ein leises Wimmern. Jegliche Angst wurde relativ. Sie schloss die Tür auf, trat über den Flur. Von der Schwester keine Spur. Im abgedunkelten Zimmer kauerte seine winzige Gestalt. Lále zog den kleinen glühenden Körper an sich, der sich um sie schlang wie Tang um ein Schiffswrack. In ihrem Körper schoss Glück hoch, sie drückte das kleine Wesen, liebkoste es. Lále suchte in seinem Bett nach der Schnabeltasse und schob sie ihm in den rissigen, schuppigen kleinen Mund. Sie hörte schwere Schritte auf der Holztreppe. Pit kam nach oben gestampft. «Deine Schwester war hier», sagte Lále, aber er tat, als ob er nichts gehört hätte. Sie reichte ihm das Kind, zog den Vorhang auf und öffnete die Fensterflügel. Während die schneidende Luft sie traf, schüttelte sie die verschwitzte Decke auf. «Pack dein Zeug», sagte Lále zu Pit, «und geh.»

Lále dachte darüber nach, was geschehen würde, wenn er das jetzt tatsächlich täte. Öfter hatte er damit gedroht. Aber da hatten sie immer gestritten. Jetzt begannen sie nicht einmal damit. Vielleicht wartete er nur auf die Aufforderung. Was würde sie machen, wenn er plötzlich tatsächlich weg wäre? Sie streckte die Arme aus, um ihm ihr Kind abzunehmen. Nathan streckte den Arm aus, um auf ihren umzusteigen. «Du gehst», sagte Pit und ging mit dem Kind zur Treppe. «Du, nicht ich.»

Nathan umarmte die Leere. Lále lief ihnen nach. «Mama, Mama», hörte sie die fieberfade Stimme aus der Dunkelheit des Korridors, in der sie sich vor ihren Augen auflösten.

Noch bevor sie ihre Schritte hätte beschleunigen können, wurde sie von hinten am Arm gepackt. Sie hatte nicht einmal mehr Zeit, nach hinten zu blicken, da wurde sie schon in die Küche geschleift und gegen die Kommode gedrückt, wo sie sich zwar umdrehen konnte, aber der Griff rutschte an ihren Armen tiefer, wenn auch nur, um sich wieder fest um sie schließen. Es tat weh.

Die Schwester stand ihr gegenüber. Noch nie waren sie sich so nahe gewesen. Der Ausdruck bitter, der Blick matt. Auf dem Kopf der Versuch einer Frisur: mit künstlichen Farbsträhnen und hochtoupiert wie bei einer älteren Dame. Sie wurde schlecht beraten. Lále versuchte erneut, die Arme zu befreien. Die Finger der Schwester pressten sich nur umso stärker in ihr Fleisch. Sie roch sie. Sie roch nicht schlecht und nicht gut. Die Situation kam Lále absurd vor. Wie ein Schulmädchenstreit. Sie begann höhnisch zu lachen. Die Schwester erstarrte.

«Ist das die Methode, mit der du deine Kinder erziehst und deinen Mann halten wolltest?»

«Du kleine … kleine … kleine … kleine …» Der Schwester fiel keine Entgegnung ein. Dass jemand in Zentimetern klein war, kleiner als sie selbst, war für die Schwester ein Zeichen für Schwäche. Wie im Tierreich. Ihre Ratlosigkeit beim Suchen nach Worten erregte Láles Mitleid. Lále kam nicht los, aber sie konnte die Hände bewegen. Mit der Rechten konnte sie den geringelten Ärmel der Schwester ergreifen. «Hast du dir extra so einen billigen Pullover angezogen, damit ich keinen großen Schaden anrichten kann?» Auf solche Frechheiten war die Schwester nicht vorbereitet. Statt etwas zu erwidern, rangen in ihrem Blick Hass und Verdattertsein miteinander. Der Stoff gab nach, Lále griff mit der anderen Hand nach dem anderen Ärmel und zog an beiden gleichzeitig. Es knisterte, der Stoff riss, die Schwester sah ohnmächtig an sich hinunter.

An ihrem Steißbein spürte Lále den Griff der Besteckschublade. Sie könnte Pits Schwester mit dem Knie in den Bauch treten und aus der Schublade ein Messer ziehen. Tamama hatte ihnen ein ganzes Messerset aus Edelstahl geschenkt. Auf den Klingen war ein Piktogramm, ein Schweinekopf.

Durch die offene Küchentür sah Lále einige Male Nathan auf Pits Arm vorbeihuschen. Ihre Blicke hängten sich ineinander, und er wälzte sich in den Armen immer so hin und her, dass er Lále sehen konnte. Die Schwester rief Pit zu, dass er fahren solle. Als die beiden eine Weile nicht mehr zu sehen waren, ließ sie Láles Arm los.

Lále lief auf den Hof, wo Nathan gerade im Auto angeschnallt wurde. Der Motor wurde gestartet, er sprang aber nicht an. Lále öffnete die Tür und schnallte ihn ab. Pit sprang aus dem Auto und versuchte ihr das Kind zu entreißen. Die kleinen Hände hielten sich aber an Lále fest. Dann erreichte sie die aus dem Haus rennende Schwester. Sie kniff Lále in den Arm und in die Taille, und Pit riss Nathan an sich, der nach Lále schrie. Die Schwester zischte ihm zu, dass gleich die Polizei kommen und die Mama mitnehmen würde, weil die Mama eine böse Mama sei, die in einen dunklen Keller eingeschlossen wird. Nathan verstummte und schaute Lále erschrocken an. Pit fuhr mit ihm auf dem Schoß rückwärts vom Hof. Lále rannte ihnen nach und kollidierte beinahe mit Fußgängern, die gerade vor ihrem Haus vorbeiliefen. «Sie nehmen mir mein Kind weg!», rief Lále ihnen aufgelöst zu. Sie hielten verstört an, worauf die Schwester dazwischentrat. «Sie schlägt ihr Kind, gibt ihm kein Essen und lügt, was das Zeug hält», worauf sich die Fußgänger zögernd entfernten. Lále errötete, war vor Scham unfähig, sich zu wehren, als wäre jede Rechtfertigung nur ein Eingeständnis ihrer Schuld gewesen.

Die Schwester ging seelenruhig davon. Lále lief ins Haus zurück und wusste nicht, wohin mit der plötzlich über sie hereinbrechenden Leere. Sie sah Pit vor sich. Seinen abgewandten Blick von vorhin. Sie erinnerte sich an das Ertasten seiner Haut. An gestern.

Er hatte Worte gesagt, die die letzte Theorie über ihre Liebe Lügen gestraft hatten. Worte, die sie von einem Augenblick auf den anderen zu Feinden machten. Ein Feind, mit dem sie gestern geschlafen hatte. Gestern noch hätte sie alles dafür gegeben, ein Kleckschen Liebe in sich erzeugen zu können, und jetzt entdeckte sie sogar mehr als nur ein Kleckschen. Es war aber zu spät. Er hatte ihr gerade den Sohn gestohlen. Ab jetzt würden sie einander nach dem Leben trachten. Wer einen Schritt auf den anderen zuginge, würde ein Leben verlieren. Er zog zuerst. Er hatte Nathan.

Sie rief einen Bekannten an, einen Freund von Pável, den sie seit Jahren nicht mehr gesehen hatte und von dem vor ein paar Tagen eine E-Mail gekommen war. Er lebte in Berlin. Sie kannte ihn nicht gut und schämte sich für ihre Tränen, während sie die letzten Jahre zu skizzieren versuchte. Er hörte geduldig zu, und zweimal startete er vergeblich den Versuch, etwas zu sagen. Schließlich gab er ihr die Nummer einer befreundeten Anwältin. Lále bedankte sich und rief dort an. Die Anwältin riet ihr, bei einer Freundin zu übernachten, damit sie allein nicht durchdrehte, und gab ihr kurzfristig einen Termin.

Lále hatte keine Freundin. Sie nahm die Zeitung, die auf dem Tisch lag, und entschied sich, zur jüdischen Gemeinde zu gehen, wo ein Klezmer-Konzert stattfinden sollte. Sie wusste nicht, was sie dort erwartete, aber sie erhoffte sich viel. Dass jemand von der Berliner Klezmergruppe von der Bühne trat, sie bei der Hand nahm und sie entführte, weit, weit weg, möglichst nach Israel. Dass sich dort eine Regierungskommission bei ihr wegen ihrer jüdischen Vorfahren und noch mehr wegen ihrer nichtjüdischen Vorfahren entschuldigte. Dort würde sie glücklich werden, endlich ihr Zuhause finden. Aber innerhalb der Wände der jüdischen Gemeinde blieb Cottbus auch nur Cottbus. Sie kannte viele im Publikum. Den Frauenarzt mit der Halbglatze, eine Mutter von Nathans Kindergarten und die immer schlechtgelaunte Polizistin, die als Frau von jemandem auf Gartenpartys auftauchte. Von den Personen auf der Bühne schien keiner die Absicht zu haben, nach Israel auszureisen, oder von dort gekommen zu sein. Lediglich der Geigenspieler sah indianisch aus, und plötzlich war es Lále egal, ob es der Wilde Westen oder Israel sein würde. Er spielte mit einer Besessenheit, die Lále gefiel. Der Geiger spielte, und vor ihm atmete breite Dunkelheit, in der auch Lále saß. Sie versuchte sich vorzustellen, was er vom Publikum wahrnahm: Er musste für hohe und flache Stirnen spielen, für ergraute Halbglatzen und volle dunkelbraune Locken, für Hustende, für aufleuchtende Uhren, quietschende Schuhsohlen, knackende Knie. Als er die Geige absetzte, flog eine kurze Helligkeit durch die zweite Reihe, dünnte die Dunkelheit aus. Lále fing seinen Blick auf, der ihre übereinandergeschlagenen Beine zu streifen schien. Das Gesicht stützte sie auf den Handteller und ließ die Ruhe, wärmend wie Fieber, sich in ihr einnisten. Alle zuckten zur Musik. Sie blieb reglos. Nach einer Zeit bemerkte sie, dass er plötzlich mit offenen Augen spielte, auf einen Punkt starrend. Auf sie.

In der Pause verschwand er mit den anderen Musikern hinter dem schwarzen Vorhang und kam wieder heraus, mit einem Glas Wein in der Hand. Er stellte sich an den Rand der Bühne und schwenkte den Blick hin und her. Lále duckte sich, sie hatte ebenfalls ein Glas in der Hand und nickte mechanisch zu den Geburtsberichten des Gynäkologen. Der Geiger huschte an ihr vorbei, und sie schaute ihn aus einem Höflichkeitslacher heraus an. Plötzlich wurde sie ernst, sehr ernst, als ob das Lachen zu ihrem Gesicht in anatomischem Gegensatz stünde. Sein Vorbeigehen kam ihr länger vor als das ganze Konzert.

Nach dem Konzert kaufte Lále eine CD. Der Klarinettist wollte ihr ein Autogramm auf das Cover schreiben, worauf sie heftig den Kopf schüttelte. Er schaute verdutzt. Sie reichte das Cover dem Geiger. Im Auto schaute Lále nach. Seine E-Mail-Adresse stand da in verschmierten Schülerbuchstaben. Sie schmunzelte.

Als Lále nach dem Konzert nach Hause kam, brannte Licht. Sie schob den Schlüssel ins Schloss, in dem von innen auch schon einer steckte. Sie klingelte umsonst, niemand öffnete. Sie hörte, wie sich jemand im Haus bewegte. Sie rief die Polizei. Sie redete laut, aufgebracht. Als sie ihre Adresse diktierte, öffnete sich die Tür. Pit hatte keine Lust auf die Polizei. Sie trat ein, ging an ihm vorbei in Nathans Zimmer. Sein Bett war leer. «Wo ist er?», schrie sie.

«Bei meinen Eltern», erwiderte Pit mit gezwungener Ruhe. «Bis er gesund ist.» Lále ging erneut an ihm vorbei, in sein Büro, nahm die Kassette, in der sie die wichtigen Papiere lagerte, und suchte nach ihrem Pass. Keiner der Pässe war da. Es fehlten noch andere Sachen. Sie wusste nicht auf Anhieb, was, aber die Box wirkte leer. Sie sperrte sich in ihr Kreuzberg-Zimmer ein und schrieb dem Geiger eine E-Mail. Er antwortete noch in derselben Nacht. Er hieß Malek, und Lále hatte seine Nummer.

Dass Marlis gestorben war, erfuhr sie erst Tage später. Sie fühlte sich betrogen, obwohl sie diejenige war, die Marlis betrog. Sie fühlte sich ausgeschlossen, obwohl Marlis sie wohl kaum selbst hätte informieren können, und anderen war die Unerlässlichkeit dieser Benachrichtigung nicht bekannt.

Niemand ahnte, dass Marlis vorgehabt hatte, mit Lále fortzugehen. Niemand ahnte, dass Lále die Besitzerin von Marlis' letzter Wonne war. Dass ihr Beileid zustand. Nicht mal sie selbst konnte sich Beileid zugestehen. Marlis' Tod war schon länger zu einer Zeitfrage geworden. Die Eieruhr war abgelaufen, und statt des Schmerzes, den Lále bis dahin aufgeschoben hatte, war da nur Entsetzen über sich selbst.

Immer rückten Pits Schwester und der Geiger in den Vordergrund, und die waren sehr lebendig. Lále weinte vor Wut, weil sie keine tiefe Trauer in sich erzeugen konnte, aus Selbstmitleid, weil sie sich ausgerechnet jetzt so gern bei ihr ausgeheult hätte. Und schließlich weinte sie aus Verzweiflung, weil sie sich ihrer Niedertracht bewusstgeworden war. Sie hätte gar nicht mehr sterben müssen. Sie, sie, sie, die Tote, war schon zu Lebzeiten in Lále begraben gewesen.

Pit sah sie weinen und setzte sich zu ihr an den Tisch. Obwohl sie schon seit Tagen nicht mehr miteinander redeten, hatte Lále nichts dagegen.

Pit dachte, manchmal müssen gute Freundinnen sterben, damit man sieht, was man hat: Gesundheit, einen lebendigen Mann, Zeit zum Weinen, eine warme Küche mit Küchentisch, um dort weinen zu können, und eine Brust, um den Kopf darauf zu legen, nämlich die seine.

Und Lále dachte, manchmal müssen gute Freundinnen sterben, damit man sieht, was fehlt, nämlich schmale Umrisse neben sich und eine samtene Haut, all das duftend, ein Kopf und darin ein Hirn und Gefühle, die an allem rüttelten. Manchmal sterben gute Freundinnen, um zu zeigen, was man nicht tun darf, nämlich was Marlis getan hat: sich bücken und bleiben, denn dann kommt der Krebs als Strafe für alle unterdrückten «Nein»-Rufe, und man krepiert. Pit dachte sie mit seinem Dabeisitzen zu trösten und sah sie in der gleichen Nacht nackt sich miteinander wälzend, und Lále dachte ans Weggehen, und sie entsann sich Marlis' sanfter Hände auf ihrem Körper. Pit strich ihr über den Arm, sie sah ihm das erste Mal wieder in die Augen und sagte: «Kommt Nathan nicht bald nach Hause, kriegst du Ärger», und ging hoch ins Kreuzberg-Zimmer.

Lále fuhr nach Berlin. Die Welt hätte untergehen müssen. Sie versuchte sich vorzustellen, nicht mehr zu sein, wie Marlis nicht mehr war. Aber immer drängte sich etwas in ihr Bewusstsein, ein Insekt, Kindergeschrei, Pizzaduft. Sie sah, sie roch, sie hörte: sie lebte. Nathan zurückzulassen war für Lále schlimmer. Als ob sie eine Weltreise angetreten hätte. Eine erstickende Angst, Nathan nie wiederzusehen, nistete sich in ihr ein.

Die Anwältin hatte ihr empfohlen, Versöhnung vorzutäuschen. Sie war sich nicht sicher, ob sie Pit gegenüber je wieder ein Lächeln zustande bringen würde.

Sie rief Malek an, fuhr zu seiner Wohnung in die Hochkirchstraße. Lále stieg aus der U-Bahn und lief eine Straße entlang, die bergauf führte. Sie wusste, dass es in Berlin nicht viele Hügel gab, und fühlte sich beschenkt, einen der wenigen gefunden zu haben. Sie sah unweit eine Brücke, unter der Baumkronen leuchteten. Sie lief mit schnellen Schritten, um endlich die grüne Oase zu erreichen. Aber auf der Brücke sah sie nur Schienenpaare statt eines Stadtparks, trostlose Streifen, endlos in beide Richtungen. Im Gebüsch, das sie von weitem für einen Park gehalten hatte, lagen auseinandergebrochene Möbelteile und ausgekippte Mülltüten.

Sie standen in der Tür. Sie trat nicht ein, und er trat nicht zurück. Auf der Bühne hatte er anders ausgesehen. Da stand er mit einem blassen Lächeln und bat sie nach einer Zeit herein. Mit jedem Satz, mit jeder Minute wich die Fremdheit, aber ein spontanes Anfreunden konnte man es auch nicht nennen. Es war eine gewaltsame Nähe. Aber beide wollten sie aushalten.

Das Erste, was Lále auffiel, waren Maleks wenige Haare. Der Kopf groß, das Gesicht narbig, die Wangenknochen breit. Seine Stimme, zunächst brüchig und heiser und von ungewöhnlicher Deutlichkeit, war bald durchmischt von warmen Lauten. Aber was am wichtigsten war, Lále mochte, was er sagte. Wenn Malek schwieg, wirkte er plötzlich grob und plump.

Aber dann begann er zu spielen. Lále saß auf seinem Stuhl, schaute zu, und es war wieder wie beim Konzert.

Und gestern war Marlis noch nicht tot gewesen, zumindest nicht zu Beginn des Konzerts. Wenn er spielte, wurden aus seinen fettigen Haaren verspielte Fransen. Selbst seine Gebärden verwandelten sich, sie wurden flüssig, er wurde grazil, man konnte sich an ihm nicht sattsehen. Lange saß sie reglos, und er spielte für sie.

Schließlich hob er das Kinn vom Holz. Er schaute die Erschöpfte an, legte die an der Wand lehnende Matratze auf den Boden und zog Bettwäsche aus dem Schrank. Lále legte sich hin. In ihrem Tunnel auf dem Weg zu einem tiefen Traum waren alle Elemente vorhanden, träumerische und reale: der Geruch von Bettwäsche, Marlis' abgewandter Blick, Maleks narbige Züge, er spielte, und Nathan tanzte, und es war Weihnachten und Sommer gleichzeitig, und Berlin war um die Straßen von Budapest erweitert worden.

Einmal war sie kurz wach geworden. Malek stand über ihr, mit Engelshaar, frisch gewaschen und schwarz, wie ein Ausschnitt aus Láles schönsten Phantasien. Er sagte, dass er spielen gehen müsse. Sie solle weiterschlafen, und wenn sie Hunger bekäme, könne sie sich gerne bedienen. Er ging, und Lále versank wieder. Seine Worte umfingen sie, als ob er noch da wäre, aber gleichzeitig war sie dankbar, allein sein zu dürfen. Nicht im unsicheren Zuhause, sondern in der Fremde, wo es schön war und sicher. Und sie war allein. In sich, für sich. Niemand prüfte ihre Zeit. Sie befand sich außerhalb der messbaren Dimension.

Langsam drang die Stille zu ihr durch. Die Geigentöne waren Vergangenheit, auch Maleks Blick verklang, es wurde immer dunkler. Immer öfter rissen klare Gedanken sie aus dem Versinken. Als sie richtig wach wurde, war es schon sehr spät. Sie torkelte zu Maleks Toilette. Die Brille war kalt. Unter dem veralteten Wasserhahn lag eine schmal gewordene Seife. Im Duschbecken Haare, auf dem Fußboden Wollmäuse, neben der Toilette stand eine Pyramide aus leeren Papierrollen, in der Toilette war kein Duftstein. In der Küche stand ein kleiner Kühlschrank, darin aufgerissene Käsepackungen, in einem Glas Fischreste, in dünner Soße schwimmend, und aufgeweichte Gemüsestücke. Eine unversehrte Kräuterbutter. Das Regal an der Wand fast leer: eine Brottüte, eine Dose Linsen und ein Flaschenöffner. Sie schaute durch die Tür, die von der Küche abging: Es war ein kleines Zimmer mit Stapeln aus Noten, Zeitungen und Kisten.

Malek zog aus der kleinen Wohnung aus. Mit der Mutter seines Kindes, von der er angeblich längst getrennt war, mietete er sich eine Wohnung in Kreuzberg, mit Dachterrasse und einem dritten Mitbewohner. Der dritte Mitbewohner, hatte Malek erzählt, war auch ein Exfreund der Frau. Die zwei Männer hatten ein gutes Verhältnis. Das Kind war eher auf den Mitbewohner bezogen als auf Malek, hatte auch noch einen dritten Vater, der aber nicht in sein Leben involviert war. Jener Mann war der zweite Geliebte der Frau zu Zeiten der Empfängnis gewesen, aber Malek hatte die Vaterschaft von Beginn an anerkannt und nie in Erfahrung gebracht, ob er tatsächlich der biologische Vater war. Malek hatte keine Ahnung, wie es mit der Kindsmutter, von der er seit sieben Jahren getrennt war, laufen würde, aber er hoffte, dass die beiden Stockwerke, auf denen die Wohnung lag, zum Rückzug ausreichten.

Am nächsten Morgen rief Lále bei Pit an und fragte, ob Nathan schon zu Hause sei. «Er hat noch Fieber», antwortete er. Er fragte nicht, wo sie war. Lále und Malek liefen an einer Friedhofsmauer entlang, bis Malek an einem mit Verstärkern vollgestopften Kleinbus stehen blieb. Sie fuhren nach Norden, ans Meer, wo Malek gemeinsam mit Mitgliedern der Band ein Bauernhaus besaß. Am Wochenende war es immer ausgebucht, aber unter der Woche waren alle in Berlin beschäftigt.

Sie erreichten ein dünnbesiedeltes Dorf mit ungepflasterten Straßen, in dem sie keinerlei Geschäfte oder Ämter sah. Malek bog auf ein Feld ein, und sie fuhren zwischen zugewucherten Bäumen entlang und durch Gras, das beinahe höher als das Auto war. Er parkte unter drei Bäumen, und von Haus und Meer konnte Lále nichts erkennen. Das hier war höchstens ein Meer an Unkraut. Sie stieg aus. Salzige Luft schlug ihr ins Gesicht. Ringsum unbewirtschaftete Äcker und eine alte, verlassene, rostige Schaukel. Sie liefen eine Weile, bis sie das Häuschen erblickte. Darin Kühle und Chaos. Eine Mischung von alten und modernsten Gegenständen.

Später gingen sie zur Promenade, um Fisch zu kaufen. Lále stellte sich auf einen Pfahl und führte den Blick das Wasser entlang, von links nach rechts und zurück. Sie beobachtete alles genau, ein tiefer Eindruck blieb aber aus. Noch nie hatte sie erlebt, dass die endlose Wasseroberfläche sie unberührt ließ. Zurück am Parkplatz, kaufte Malek ihr ein Eis. Sie leckte, die plötzlich aufkommende Sonne stach auf ihren Rücken, Touristen liefen, sich laut unterhaltend, an ihnen vorbei, in Badelatschen, mit Sonnenbrillen und aus Plastiktüten herausstechenden Schnorcheln.

Nachmittags spielte Malek und mähte Rasen, und Lále las und schlief. Als die Dunkelheit hereinbrach, bekam Lále bessere Laune. Malek kochte Fisch.

Schwärmerisch betrachtete sie die Finger, die den Fisch

sachkundig zerlegten, die Möhren flink zerstückelten und so schöne Töne aus einem Brocken Holz zaubern konnten. Nicht dass er sich schneidet, dachte Lále. Sie aßen bei Kerzenschein, dann lagen sie im archaischen Bauernbett unter der voluminösen Daunendecke, und Lále mochte seine Nähe. Sie stellte sich vor, dass er auf der Bühne spielte, die bogenschwingende Bewegung der Arme, die sie jetzt hielten. Sie wusste, dass sie mit ihm schlafen sollte. Dass es jetzt zu erwarten wäre. Dass er es jetzt auch wahrscheinlich erwarten würde. Aber nichts drängte sie, seine Haut bloßzulegen. Sie hatte Angst, dass, sobald der Sex begann, sie mit ihren Gedanken wieder alleine blieb. Mit den Gedanken an Nathan, die Anwältin, den Streit. Wenn man Sex hatte, gehörte es sich nicht zu reden, es gehörte sich zu versinken, und wenn das Versinken nicht ging, musste man so tun als ob. So tun als ob war mühsam, und sie hatte schon genug getan, wozu sie keine Lust hatte. Aber sie wollte Maleks Interesse auch halten. Also bat sie ihn, die am heutigen Nachmittag aufgezeichneten Aufnahmen abzuspielen. Sie schloss die Augen, und die Musik floss überall hin. Die Ästhetik, die Kraft, die darin steckten, erregten Lále, und sie küsste die Haut, die mit dieser Musik eins zu sein schien. Sie schob sich auf Maleks Körper und wollte gleichzeitig überall auf ihm sein. Sie zogen sich aus, ohne dass Lále etwas davon mitbekam, und sie fand den perfekten Punkt, in den sie beide vollkommen hineinkrochen. Lále füllte sich mit Malek und Musik weich und fest aus, sie trafen sich in den Blicken, spürten Glimmen und Eis an gleicher Stelle: Haut, Herz und Haarwurzeln.

Dann plötzlich war es, als ob sie den Blick auf etwas gehoben hätte, das ihr einen Blitz durch den Körper jagte.

Maleks ahnungslose Hände glitten weiter.

Jede Berührung war wie ein Schlag, als würde jeder Kontakt die Haut aufschürfen. Marlis hatte sie vom Tod aus gepeitscht.

Sie heulte unkontrolliert auf, ihre Züge entglitten, ihr Körper verspannte sich, als hätte sie eine plötzliche Lähmung. Entsetzt hielt Malek inne und strich wahrscheinlich in diesem Moment die Möglichkeit, in Zukunft Frauen zur Paarbeschaffung von Konzerten abzuschleppen.

Lále kam nach Hause. Kurz darauf Nathan. Sie trug ihn den ganzen Tag wie ein Känguru. Nur noch wenige Tage, die sie ein Annähern an Pit mimen musste. Bis Samstag. Am Samstag würden sie zum Drachenbasteln gehen. Als sie Nathan zum Kindergarten brachte, hörte Lále, wie zwei Mütter über Marlis sprachen. Nathan schrie, und Lále hörte nichts davon. Sie starrte auf Fenja, die zu ihr kam und mit ihren blonden Locken zu ihr hochschaute, wie immer. Den Tod ihrer Mutter sah man ihr nicht an. Lále kam es unrecht vor, ihr zuzusehen, jetzt, wo ihre Mutter es nicht mehr konnte. Irgendwie machte Lále sich davon und setzte sich auf eine Parkbank. Sie erinnerte sich daran, wie Marlis' Mutter sie gebeten hatte, nicht mehr anzurufen. Vielleicht hatte Marlis gesagt: «Sie soll mich in Ruhe lassen.» Menschen mit Schmerzen werden unausstehlich. Lále war ihr lästig geworden. Gerne hätte sie gewusst, wann Marlis zuletzt an sie gedacht hatte.

Sie erinnerte sich an ein Gespräch mit Marlis' Schwiegermutter. Sie meinte, dass Fenja sich Stück für Stück von ihrer Mutter entfernte, weil Marlis sich immer mehr von der Welt zurückzog. Marlis vereinsamte allmählich. Sie blieb allein zurück mit ihren Geschwüren. Lále hatte es gewusst und nichts dagegen tun können. War es auch ihr Wunsch gewesen, einsam sterben zu können – wie bei Tieren, die ihren Tod ahnten und alleine fortgingen? Oder hatte sie immer noch Erwartungen erfüllt? Selbst beim eigenen Sterben?

Es war offensichtlich die Ordnung der Natur, dass Sterbende fallen gelassen werden. Dass man sie betrügt und verrät. Das eigene Kind, die eigene Geliebte. Vielleicht brauchten die Sterbenden das, um sich endgültig lossagen zu können. Und die Hinterbliebenen, um empört sein zu können, dass sie sich aus dem Staub machten.

Am Samstag bat Lále Pit, Fischstäbchen zuzubereiten, solange sie beim Drachenbasteln wären. Sie hatte sich sogar ein Lächeln abringen können, während sie mit dem Auto rückwärts aus der Einfahrt rollte. Dann trat sie das Gaspedal fast durch. Der Felsenfant drückte unter ihrem Hemd. Nathan saß auf dem Rücksitz.

Die Wahrscheinlichkeit war gleich null, dass Pit vor der Mittagessenszeit merkte, was los war. Lále schaute dennoch die ganze Zeit in den Rückspiegel. Seit Tagen hatte sie Angst. Seitdem sie Kleidungsstücke und die nötigsten Dinge rucksackweise, damit es nicht auffiel, aus dem Haus geschleppt hatte. Jetzt fuhren sie zu der Bekannten, bei der sie die Sachen deponiert hatte. Sie luden alles ins Auto, und Lále fuhr auf die Autobahn Richtung Berlin. Das letzte Mal, dachte sie. Glück drehte sich in ihrem Magen wie die Scheibe auf dem Roulettetisch. Nathan schlief ein. Sie schaltete ihr Handy aus. Bei einem Bäcker kaufte sie ihm eine Brezel und ein Schokocroissant. Sie schaute in ihr Portemonnaie. Kleingeld unter einem Euro. Tamama hatte versprochen, ihr Geld zu schicken. Bis dahin konnte sie sich welches borgen. Nur immer mit der Ruhe.

Zwischenlandung

Nathan erwachte. Mit verquollenen Augen starrte er Lále an, sein Gesicht verzierten Druckspuren vom Felsenfant. Wann sie beim Drachenbasteln ankommen würden, fragte er, mit vom Schlaf heiserer Stimme. Sie sagte, dass sie etwas viel Besseres machen würden. Seine Landung aus den Träumen begann. Mit Weinen. Er wollte nichts anderes als Drachenbasteln. Sie sagte: «Schau mal, wie schön wir es hier haben werden», und zeigte in Maleks leerer Wohnung herum, auf leere Regale und leere Wände. Felsenfant wurde mehrfach gegen die Wand geschleudert. Nathans Stirn war rot verschwitzt, die Augen zusammengekniffen, der Mund aufgerissen zu einem titanischen Rechteck. Sie musste an Mick Jagger denken, der beim Mundöffnen fast sein ganzes Gesicht verdeckte. Aus Nathans Rachen hingegen surrte es, als wenn ein Staubsauger angeworfen wurde. Die hübschen Porzellanzüge wurden zu einer Fratze. Das Fehlen seiner sonst im Übermaß vorhandenen Schönheit ängstigte sie. Sie erwartete von sich, den eigenen Sohn in jedem Augenblick schön finden zu müssen. Andererseits war sein Schmerz anrührend und transparent, in jeder Facette zu verfolgen. Er zwang seine Betrachterin, seine Qualen lindern zu wollen.

Sein Blick beinhaltete Melancholie, obwohl er erst seit einigen Jahren auf diesem Planeten lebte. Sie fragte sich, ob die Melancholie nur eine optische Täuschung war. Oder war er tatsächlich so empfindsam? Den alt wirkenden Blick begleitete das kindliche Verlangen nach einem Gummibärchen oder nach dem nicht angetretenen Ausflug. Ein Grund fand sich leicht, die Augen zu verengen, den Mund zu weiten, zwei rötliche Hügel um die Nase entstehen zu lassen. All das verschmolz zum Symptom seines Unglücks. Und zum Protokoll von Láles Versagen. Sie wurde Zeugin, wie sich der kleine Mensch mit ungewöhnlich starkem Willen quälte. Diese Kraft ungeahnter Herkunft erstaunte sie immer wieder. Sie hätte ihm einen Ausweg zeigen müssen aus der Sackgasse seiner Wut.

Als sie ihn auf den Schoß nahm, drehte er das Gesicht weg und warf sich nach hinten. So hielt sie seinen steifen Körper eine Weile, dann ließ er sich hochziehen, ohne dass er selbst einen Muskel bewegt hätte. Sie fuhr ihm durch die dicken Haare, ummalte die eckige Stirn, die feuchten Augenwinkel. Das Gesicht kühlte ab, die Röte verblasste. Er blieb reglos. Seine Augen standen offen, und er schaute ruhig aus dem Fenster. Er wurde schwer, rutschte ab, umklammerte Láles Hals, schmiegte seine Wange an sie, die ihn trug wie ein Kängurubaby. Sie verloren kein Wort.

Lále lief mit Nathan auf dem Arm zu einem Bankautomaten. Ihr Konto war nicht gedeckt. Das von Tamama überwiesene Geld musste in irgendwelche Rechnungen geflossen sein. Lále schaltete ihr Handy an, ignorierte die von Pit eingegangenen Nachrichten, sie hatte kaum noch Guthaben auf ihrer Karte. Rasch rief sie Tamama an, damit sie noch einmal Geld schickte – mit der Post diesmal, aber sie war nicht sicher, ob Tamama sie verstanden hatte. Obwohl sie schrie. Nathan hob mehrmals den Kopf. Das Gespräch wurde unterbrochen. An der Straße, die steil auf die Langenscheidt-Brücke zulief, war ein blaues Telefon mit einem Plastikdach, als ob es eine Schirmmütze trüge. Auf den Telefonbüchern darunter hatte jemand eine Zigarette abgelegt und einen kleinen Turm aus Münzen. Als die Zigarette herunterbrannte, trat Lále, von einem plötzlichen Mut geleitet, zum Hörer und schob die Metallstücke in den Spalt. Sie hörte die metallische Verdauung des Telefons, Tamamas ärgerliche Sätze, die sie an sich selbst richtete, und je weniger sie Lále verstand, desto lauter wurde sie selbst. Es war, als würde ihre Ohnmacht live übertragen und Lále wäre auch nur eine Zuschauerin unter vielen, was umso grotesker war, weil es sich um eine vertraute Person handelte. Sie hoffte, dass Tamama die Adresse richtig aufgeschrieben hatte und das Geld nicht zufällig nach Cottbus schicken würde.

Geld für Malek blieb keins mehr. Aber er rief ohnehin nicht mehr an. Seit dem verpatzten Rendezvous hatten sie noch einmal telefoniert, er hatte ihr den Schlüssel hinterlegt, die Miete für drei Monate gezahlt und sie dem Vermieter angekündigt. Aber auf die Frage, wann sie sich sehen würden, hatte er plötzlich jede Menge unverrückbarer Konzerte, und sie rief fortan nur noch unpassend an, weil er nie wieder abhob. Irgendwann schämte sie sich für ihre Aufdringlichkeit und hörte auf. Ob er sich mit der Kindsmutter versöhnt hatte?

Die wenigen Möbelstücke, die er ihr überlassen hatte, hielten den einzigen Abend, den sie zusammen in der Wohnung verbracht hatten, seltsam lebendig. Es war schmerzhaft zu erkennen, dass man sich eine wie sie im Moment offenbar besser vom Leib hielt, aber besser so, als wenn er als Gegenleistung Láles Körper verlangt hätte.

Im Weggehen wandte sie sich zu dem Telefon mit der Schirmmütze um und sah davor eine dünne Gestalt mit dem Hörer auf die Telefonbücher einschlagen. Sie beschleunigte ihre Schritte, jetzt kam der Kramladen, in dem sie nie eine lebendige Person entdecken konnte, mit dem davor aufgestellten

Hausrat: Turnschuhe mit vergilbten Sohlen, ausgetretene Damenstiefel, ein Kassettendeck mit Kabelsalat und ein ehemals pink glitzerndes Pferd mit verklebter Mähne, von der Zeit uneben braun gezeichnet. Der immer lächelnde Eigentümer der Bäckerei mit Internetcafé stand mit gewölbtem Bauch in der Ladentür und ließ seinen Schnurrbart leicht hopsen. Das hatte er die ganze Zeit getan, während sie telefonierte. Auf der Brücke fühlte sie sich in Sicherheit. Sie schüttelte die Arme aus, erst den einen, dann den anderen, und küsste die winzige Nase des traumtrunkenen Nathan.

Sie klingelte an der Tür nebenan. Während sie wartete, betrachtete sie die eigene Tür, die Klingel und den verblassten Zettel mit Maleks handschriftlichem Namen, «Rauchfleisch». Es kam ihr vor, als ob er ihnen seinen Namen geschenkt hätte, als ob er sie geheiratet und im Harem nie wieder besucht hätte. Sie riss den Namen nicht ab, und hin und wieder ließ sie einen Anflug falscher Sentimentalität zu und trauerte, dass dieses Schild alles war, was ihr von ihm geblieben war.

Eine schwarze Haarkrone mit einem aufgedunsenen Gesicht darunter erschien in der Tür. «Ich bin die neue Bewohnerin von nebenan», sagte Lále. Sie versuchte, ihre Geschichte knapp zu halten und dennoch anrührend zu wirken. Sie sah in seinem Gesichtsausdruck, dass der Auftritt mit dem schlafenden Kind zog. Er sagte mit Akzent: «Warte mal», verschwand und brachte ihr einen Zehneuroschein. Sie wurde rot, bedankte sich und balancierte in ihre Wohnung zurück. Der Mann entfernte sich nicht aus dem Türrahmen, bis Lále verschwunden war. Sie schloss die Tür, rutschte mit dem schwer gewordenen Nathan zu Boden und horchte erleichtert. Einige Zeit darauf hörte sie, dass auch seine Tür zufiel.

Er klingelte am nächsten Tag. Lále wartete, dass er etwas sagte, aber er lächelte nur und schien nichts sagen zu wollen. «Noch kann ich das Geld nicht zurückgeben», versuchte sie es. «Ich habe es noch nicht einmal ausgegeben.»

«Ich suche eine Frau», lächelte er weiter. «Für meinen Sohn und für mich.»

«Okay», sagte Lále. «Ich sag Bescheid, wenn ich was höre.»

Er machte keine Anstalten zu gehen. Sein Lächeln hatte etwas nachgelassen. Lále legte eine Hand auf die Türklinke, mit der anderen winkte sie wie am Flughafen und hoffte, seinen Pullover nicht im Türspalt einzuklemmen. Im letzten Augenblick machte er zwei Schritte zurück.

Die Fragen über das Drachenbasteln kehrten zurück, wurden zum Ritual, zum Gebet. Nathan hatte immer wieder etliche dieser periodisch auftretenden Fragen, über die er nachdachte, über die er zeitweilig fast ausschließlich sprach, und wenn die Phantasien ausgeträumt waren, fand er neue. Irgendwann fragte er nicht mehr nach dem Drachen, der den Himmel tausendfach entzweischnitt und bunt färbte.

Anstatt in großelterlicher Erde zu buddeln, buddelte er in Schöneberger Sandkästen, anstatt mit seinem Vater flirtete er mit dem Brötchenverkäufer, der ihm Gummischlangen in die Brottüte schob, er tollte mit großen Jungs herum und kroch auf den Schoß von auf den Spielplätzen sitzenden Vätern, die es zuließen. Zunächst stellte Lále fest, dass Nathan offener wurde. Er ging nun auf alle zu, nicht wie früher, als er den Kopf wegdrehte, wenn ein Unbekannter ihn ansprach. Aber bald merkte sie, dass es gar nicht Aufgeschlossenheit war, was er neuerdings an den Tag legte, sondern dass er ein Bettler geworden war. Ein Bettler um Liebe und maskuline Impulse.

Das tat weh. Nathan würde es nicht vergönnt sein, unter ständiger Fürsorge beider Elternteile aufzuwachsen. Lále hatte ihm diese Möglichkeit verspielt. Nicht durch ihr Weggehen. Noch vor seiner Geburt hatte sie den Fehler begangen, dachte sie. Sie hatte sich den falschen Vater für ihr Kind ausgesucht. Nathans Existenz selbst war der Fehler, der verhinderte, dass er je würde glücklich sein können. Vielleicht war ihm das mit seiner Melancholie ins Gesicht geschrieben. Sie forschte in seinen Zügen. Manchmal aber fand sie, dass er glücklich aussah. Wenn er versunken spielte oder sich sein Gesicht aufhellte, weil er sie erblickte. Für sie war es ein perfekter Augenblick, wenn er auf ihrem Arm saß, und er schien auf seine Art genau dasselbe zu denken.

Obwohl Lále ihn verlassen hatte, hatte sie Pit doch immer um sich. In Nathan. Seine Hände, die seine Abstammung von Pit unzweifelhaft bezeugten, spielten mit Láles Haar. Sie mochte diese Hände, aber schön waren sie beim besten Willen nicht. Er hatte bucklige, kurze Finger, der Daumennagel war breit und flach. Fahrig und schnell, passten seine Hände gar nicht zu ihm. Nie konnten sie die Pläne verwirklichen, die er in seinem Kopf haargenau zurechtlegte. Er war eine Elfe mit Yeti-Pranken.

Zu ihrer größten Überraschung verschwand die Vergangenheit sehr bald aus Nathans Alltag. Sie ahnte, dass er später einmal fragen würde, aber momentan tat er es nicht. Lále bewunderte seine Fähigkeit, sich auf die Gegenwart fokussieren zu können. Einen Erwachsenen machte aus, dass er die Fähigkeit verlor, vergessen zu können, dachte sie. Jedes Ereignis musste zu Vergangenem in Relation gesetzt werden, ehe man darauf reagieren konnte. Alles, was geschah, war nichts, eine Seifenblase. Nur die Erinnerung färbte die durchsichtige

Gegenwart zum Tatsächlichen. Nur zurückblickend füllte sich der gegenwärtige Moment, der auch schon zum Vergangenen wurde, mit Leben.

Die Bewohnerin der dritten Wohnung schielte durchs Guckloch. Láles Herz sprang auf seinen Platz zurück. Nicht Pit und nicht die Polizei. Ihren orangen Schopf hatte Lále vor ein paar Tagen schon mal gesehen, als sie aus ihrem Appartement geschossen kam. Erschrocken war Lále, an der einen Hand Nathan, in der anderen eine Einkaufstüte, auf halber Treppe stehen geblieben. Die Frau stürzte zur Tür des ägyptischen Nachbarn, der eine Frau suchte, donnerte mit den Fäusten dagegen und brüllte «Ruhe!». Hinter der Tür blieb es still. Die Fäuste schlafften ab. Auf dem Rückweg gab die Feuerrote der verblüfften Lále überraschend gefasst Auskunft, da würden unausstehlich laute Menschen wohnen, die es darauf anlegen würden, ihre Nervenzellen zu zerstören. Der Begriff sozialer Wohnungsbau wäre hier falsch interpretiert worden. Die Wände wären in diesem Haus dünner als Papier. Sozial würde nicht bedeuten, dass man die nackten Ärsche zusammenkleben müsste. Toleranz hieße nicht, an Baumaterial sparen. Das hieße immer noch klauen. Auf Kosten der Intimität der ausgebeuteten Bewohner. Die horrende Mieten für ein Kartenhaus zahlten!

Diesmal hatte sie leise, aber entschlossen geklopft. Lále öffnete. Die Frau hielt einen Stapel Briefe vor Láles Nase und fragte mit zweideutigem Blick, die Worte spöttisch betont, ob sie wüsste, wer die Briefe aufgemacht haben könnte. Es handele sich nämlich um Rechnungen mit vertraulichen Kontoinformationen, die geöffnet in ihrem Briefkasten gelegen hätten. Mit stummem Kopfschütteln gab ihr Lále zu verstehen, dass sie keinerlei Kenntnisse über den Verlauf ihres Postverkehrs hätte, aber unter ihrem Blick kam sie sich beinahe selbst verdächtig vor.

Die selbstgenerierte Wucht der Nachbarin beeindruckte Lále. Auch wenn die Frau die Umgangsformen verletzte und vermutlich eher Beschimpfungen als gute Gespräche erntete, gefiel Lále diese offene Konfliktbereitschaft. Lále beschloss, ihr aus dem Weg zu gehen, aber heimlich ergriff sie Partei für sie, wenn sie ihre Zettel sah, die sie überall im Haus aufhängte: wer in die Pflanzentöpfe geascht, die Zeitung gestohlen hätte. Sie beschwerte sich mit handschriftlichen Flugblättern, wenn die Mieten oder die Heizkosten erhöht wurden. Sie bewachte, wer das Tor abschloss und wer nicht, und kontrollierte den Inhalt der Müllbeutel, wenn sie vor den Wohnungstüren abgestellt wurden. Sie beklebte sie mit Belehrungen, falls ihr Inhalt falsch sortiert war. Egal, wann Lále ihr begegnete, ihre Miene war angespannt, als stünde sie kurz davor, eine Verschwörung auffliegen zu lassen. Lále mochte ihren einsamen Antrieb.

Lále ging mit Nathan öfter auf den Spielplatz. Obwohl er kaum Buddelzeug hatte, ließen die Eltern gern zu, dass er auch mitspielte. Sie fühlten sich in ihrem Spielzeugkauf bestätigt, wenn sich noch jemand aus der Zielgruppe begeistert zeigte. Außerdem war jede Situation nützlich, in der das Sozialverhalten ihrer Sprösslinge trainiert wurde. Sie konnten ihre Weltoffenheit zelebrieren und andere Zeuge werden lassen, wie sie spielerisch auf ihre Kinder einwirkten. Lále bestätigte sie gern. Sie waren nachvollziehbare Menschen im Gegensatz zu jenen, mit denen sie ihre letzten Jahre verbracht hatte. Außerdem war sie nur hier nicht allein.

Als es wärmer wurde, hatte man die Wasserpumpe aktiviert.

Die kleinen Kinderkörper zogen Láles Blick immer wieder auf sich. Sie beobachtete die Elternteile und versuchte die entsprechenden Paare zusammenzubringen. Nationalitäten und Sprachen vermischten sich. Wenn die Hautfarbe des Kindes abwich, drängte es sie, mehr über ihre Familie zu erfahren.

Die Mütter – noch waren sie jung und mädchenhaft, wären sie nicht Windelkindern nachgerannt, man hätte sie für Schülerinnen halten können. Aber das Vorhandensein der Windelkinder zwang den Betrachter, zwang Lále, an die Zukunft zu denken, sich die Kleinen als Herangewachsene vorzustellen und ihre Mädchenmütter als Greisinnen. Lále hatte den Impuls, sie in ihrer Vergänglichkeit zu bedauern, milde ihre Mühe zu bemerken, sich hübsch zu halten, ihre ausgesuchten Kleidungsstücke zu bewundern, die mit Rotz, Blut und feuchtem Sand im Waschmaschinenbauch enden würden. Ihre Körper waren gezeichnet von Befruchtung, Schwangerschaft und Gebären. Hinter ihren zarten Zügen das Spähen nach der Psyche ihrer Männer, die aufreibende Vision der Zukunft, auf die Einfluss zu nehmen sie sich bis zum Umfallen verpflichtet fühlten. Lále wollte den Mädchen Vergangenheit und Zukunft von ihren Nasen, Stirnen, Händen ablesen, während sie sich nach den Buddelsachen bückten. Sie waren schön, sterblich, maßgeblich für die Nachwelt, Quelle übermenschlicher Kräfte, Heldinnen.

Malek wurde zu einem Phantom, sein Küchenregal und seine Matratze wurden vertrauter, als er je gewesen war. Oft war Lále dankbar, dass er sich ihnen als eine weitere Komplikation ersparte.

Ab und an brach zwar Neugier auf, aber nicht zu fragen war klüger. Sein Name klebte an der Klingel. Sie lag mit Nathan im Arm auf seiner Matratze. Das musste reichen. Männer waren Trainingsobjekte zum Schmerzertragen, dachte sie, um zäh zu werden, um ohne sie zurechtzukommen. Sie hatte sich damit abgefunden, dass sie von Männern keine befriedigenden Antworten erhielt. Später stellte sich in der Regel heraus, dass sie gelogen, etwas verschwiegen oder verschönert hatten. Sie erzählten, wovon sie glaubten, dass sie es gern hören wollte. Aber sie irrten sich.

Statt Schläfrigkeit war da ein Brennen – als ob sie sich mit Chinaöl eingerieben hätte. Sie hörte Nathans Atem, spürte seine kleinen spitzen Knochen, sah seine vom Schlaf geglättete Silhouette. Sie horchte in seine Wärme hinein und freute sich auf ungestörte Gedanken über ihn. Aber die Gedanken schweiften immer wieder ab. Das Cottbusser Bett fiel ihr ein, Pits Rücken, der Geruch seines Atems, das Licht, das im Morgengrauen durch den Vorhang sickerte. Sie dachte an all die Zimmer, sie dachte an die Küche, den Kühlschrank, an den Garten, an ihren Schreibtisch. Sie wollte nach Hause. Sie wollte nicht nachdenken müssen, was wird. Aber dann fielen ihr die unheimlichen Geschehnisse ein, die Ahnung, dass etwas nicht in Ordnung war. Und sie landete wieder in der Sackgasse ihrer dortigen Existenz. Alles beschleunigte sich, die Gedanken, der Herzschlag, die Magensäure, als ob man die Geschwindigkeit ihres Organismus hochgedreht hätte.

Sie stieg aus dem Bett, umsichtig, um Nathan nicht zu stören. Dennoch war sie ungelenk, als ob sie nachts eine andere Körperwahrnehmung hätte. Sie stolperte in die Küche und brach die Folie einer Billigschokolade auf – Orangenschalen, gefärbte Butter, Wachs –, aber immerhin schmolz sie, rutschte die Speiseröhre hinunter, und in Lále machte sich Ruhe breit.

Taumelig begann sie vor sich hin zu brabbeln: bedankte sich, in dieser Sekunde am Leben zu sein. Sie bedankte sich für Nathan, den Ausblick auf die dunkel schwebenden Zweige, die Ungestörtheit, Maleks Regale, die Bekanntschaft mit ihm, den Unterschlupf, die Wegweisung; wie hätte sie sonst einen Ort für Nathan und sich gefunden. Es kam die Welle der beglückenden Mattigkeit. Sie lag reglos und genoss, dass sie nicht handeln und nicht sprechen musste.

Wenn sie es aufgegeben hatte, schlief sie meistens doch noch ein. Es war hell und der Schlaf unspektakulär. Er kündigte sich durch keine Müdigkeit an. Sie verschwand einfach, wie beim Ausatmen, wenn sekundenlang alles gewichtslos wird. Meistens wurde sie kurz darauf von Nathan geweckt und hatte das Gefühl, aus einem Klebstofftopf aufzutauchen. Der Klebstoff verklebte ihr Hirn, die Augenlider, Hände und Beine.

An das nächtliche Schokoladeessen gewöhnte sie sich wie an die Schlaflosigkeit selbst. Das Brennen auf der Haut hörte nicht auf. Sie blickte mit roten Augen um sich. Alles erschien ihr unerreichbar und suspekt. Sie nahm einen schlurfenden Gang an, kam sich in den eigenen Kleidern vor wie in fremden Kostümen. Sie hatte nur einige Stücke mitgenommen und meinte, durch unablässigen Gebrauch hätten sie vielleicht ihre Form verloren.

Nathan hüpfte in den U-Bahn-Haltestellen auf elektrische Waagen. Lále schüttelte immer den Kopf, weil so ein Wiegen eine halbe Linsendose kostete. Einmal, als sie den passenden Betrag hatte, warf sie ihn doch für ihn ein. Sie las Nathan den ausgespuckten Zettel mit den Gesundheitsratschlägen vor, den er von nun an überall mit hin nahm und noch lange aufbewahrte. Sie stieg selbst auf die Waage und erfuhr, dass sie unter fünfzig Kilo lag. Sie hielt den Zettel verwirrt in der

Hand, schon lange war nicht mehr etwas so Persönliches an sie gerichtet worden. Fast fünfzehn Kilo hatte sie verloren, nächtlichen Billigschokoladesitzungen zum Trotz.

Während der Zeit in Cottbus hatte sie erfahren, wie es war, keinerlei Einfluss auf die eigene Umwelt zu haben. Die Ignoranz des gesamten Umfeldes ließ sie zweifeln, ob sie überhaupt existierte. Im Badezimmer begegnete sie manchmal der Antwort, dass doch. Dort fand sie täglich Objekte, die sie befremdeten. Aber selbst Ekel war in Begehren verwandelbar. Der Mensch war ohne Eigenschaften und Eigenheiten ein roher Stoff und wartete fröhlich auf das Bearbeiten. Oder vielleicht fehlte es nur ihr an etwas: Festigkeit, Skelett, Rückgrat.

Vielleicht war auch etwas geschehen, das ihr entgangen war und sie entgleisen ließ. Dass sie sich plötzlich oder allmählich in einem schwarzen Loch befand. Oder in einem Bermudadreieck, wo sie selbst zwar sehen, von anderen aber nicht gesehen werden konnte. Immer mehr beunruhigte sie die anschwellende Ahnung, dass sie aus der Welt verschwunden war. Alle, die nicht in Cottbus waren, dachten, sie wäre in Cottbus. In Cottbus aber schauten alle durch sie hindurch.

Lále dachte zurück, wie es mit Pits Stummheit begonnen hatte. Zunächst schwieg er aus Ratlosigkeit, weil er mit Worten gegen sie nicht ankam, und als Lále nicht abließ, von ihm Antworten hören zu wollen, verstummte er gänzlich. Sein Schweigen wurde zum Folterinstrument. Den Ehrgeiz, sie glücklich zu sehen, hatte er verloren. Und Lále hörte auf, ihn als harmlos einzustufen.

Obwohl sie ihn anfangs zu Haus und Selbständigkeit gedrängt hatte, verlor sie bald das Interesse an Materiellem. Für

Pit hingegen wurde es zum Wichtigsten. Unablässig baute er genau daran, wogegen sich Láles Instinkte wehrten, die ihr zuflüsterten, es unbedingt zu verlassen: das Haus. Lále schüttelte ungläubig den Kopf darüber, wie sich Pit, der Kokon, den sie für eine hohle Hülle zum Hineinträumen gehalten hatte, mit Bosheit füllte. Er war durchsichtiger Klebstoff, der zunächst die Form der Spalten übernimmt, die er ausfüllen soll, aber nach einer gewissen Zeit hart wird und zu drücken beginnt.

Es war nur ein einziges Rendezvous, aber sie wusste ja nicht, dass es dabei bleiben sollte. Malek hatte sie beschäftigt und in ihr die Erinnerung geweckt, dass es auch eine Kommunikation der anderen Art gab, eine, die amüsierte. Nicht nur tapsiges Umsichtasten, Anschweigen und mit rohen Sätzen um sich schmeißen. Malek hatte sich kleine Details aus ihrer Vergangenheit herausgepickt. Seine Fragen regten ihre Erzähllust an. Und aus seinen wenigen Bemerkungen und dem Glanz in seinen Augen – dazu die Melodien, seine Geige – entwarf sie ein Mosaik über sein Leben. Pit mit seinem Windkraftrattern und der hämmernden Verwandtschaft hatte daneben keine Chance. Mit Malek hatte sie gelacht und glaubte nun, inmitten eines großen Zaubers angekommen zu sein. Keine einzige Minute in ihrem Cottbusser Leben wäre mehr ohne heftigen inneren Widerstand aushaltbar gewesen.

Immer mehr grub sie die eigene Vergangenheit aus. Um der Gegenwart zu entkommen. Selbst Momente, die sie als schrecklich abgespeichert hatte, kamen ihr jetzt begehrenswert vor. Alles hätte sie jetzt für ihr früheres Unglück gegeben. Über ihr gegenwärtiges Unglück begann sie zu lächeln und dachte, es später umdeuten zu können. Sie nahm das eigene

Elend nicht mehr für voll, obwohl sie ahnte, dass sie diesmal wahrhaft unglücklich war.

Sie zählte die Stunden und war überpünktlich, wenn sie zur Anwältin ging. Diese wurde Zeugin, wie Lále während des Erzählens immer weniger verstand, wie sie sich in eine so unmögliche Situation hatte begeben können. Die Intimität der gemeinsamen Aufdeckung von Láles Verwerfungen erschuf eine Nähe zwischen ihnen. Dass sich jemand ernsthaft Gedanken über sie machte und nicht gleich darauf, wie Malek, spurlos verschwand, war für sie eine neue Erfahrung.

Die Anwältin hatte Lále auf den Gedanken gebracht, dass es von Pit und Cottbus ein Entkommen gab. Kurz darauf hatte sie tatsächlich die Flucht angetreten. Das Adrenalin ließ keine Zweifel zu. Aber danach, danach kam, was die Anwältin nie erwähnt hatte: das Vakuum. Die mangelnde Alltagstauglichkeit der Visionen, ein Warten auf die Zukunft, ohne dass es je eine Rückmeldung gäbe. Sie stand mit der Fußspitze über einem Abgrund, aus dem eisiger Wind wehte. Da stand sie nun und wusste, dass sie die Erlösung, das Aufpäppeln zum eigenständigen Großstadtwesen von der Anwältin nicht erwarten durfte. Ohnehin schon fürchtete sie, dass die Anwältin sie durchschaute. Dass sie hinter jedem von Lále geäußerten Wort die Absicht entdeckte, sie an sich zu fesseln. Sie nahm die eigene Jämmerlichkeit wahr. Sie bemerkte den Blick der Anwältin auf ihre Uhr, als der Schattenfleck an der Wand mit der vergehenden Zeit wuchs.

Die Anwältin war die einzige Informationsquelle, die sie mit Cottbus verband. Lále hatte Angst vor den Anwaltsbriefen der Gegenseite. Die Anschuldigungen gossen ihr Röte ins Gesicht, Glut in den Brustkorb. Empörung, Scham, Angst durchliefen sie, dass die Anwältin den Lügen Glauben schenken könnte. Wie eine eingefleischte Kinogängerin wartete sie mit blinder Hoffnung darauf, dass die Lügen aufflogen. Dass die Anwältin das obligate Happy End verkündete und den Cottbussern eine Lektion erteilte, während sie von nun an dauerhaft unter ihrem Schutz stand.

Mangels Lebenserfahrung wusste Lále nicht, dass Gerichte mit Gerechtigkeit so wenig zu tun haben wie ein Glas Marmelade mit der Atomspaltung. Dass Richter nur eine Position haben und nicht etwa einen kompetenteren Blick als jeder Beliebige. Dass sie auch bessere und schlechtere Tage haben, Vorlieben, Vorurteile und Sympathien. Dass das Herumtrampeln in anderer Leute Leben für sie zur Routine geworden ist, was eher ihre Achtung für die Menschen schmälert, denen sie eigentlich zu dienen haben. Dass sie geübt darin sind, Gewissensbisse auszublenden, weil sie es ohnehin nicht beiden Parteien recht machen können. Dass sie Menschen sind wie alle anderen, aber inzwischen glauben, die Wahrheit selbst zu sein. Je klarer Lále das fehlende Allwissen wurde, desto mehr begriff sie, wie ausgeliefert sie den Unwissenden war. Und auch wie das Spiel ablief: eine Münze hochwerfen und abwarten, auf welche Seite sie fiel: Triumph oder Demütigung. So demokratisch die Einrichtung auch vorgab zu sein, hatte sie doch nur die Möglichkeit, zwischen zwei schlechten Entscheidungen eine zu wählen. Eine der Parteien ging daran immer zugrunde.

Und wenn Lále eine gute Bürgerin bleiben wollte, musste sie bereit sein, sich in der Arena des Familiengerichts durch den Zirkusstaub zerren zu lassen und, ohne mit der Wimper zu zucken, allem zuzustimmen, was entschieden wird. Es besser wissen, aber schweigen, erleiden und draufgehen.

Sie bangte vor neuen Schriftstücken, wartete auf lindernde Worte von den Lippen der Anwältin und war in einer schnellen Folge verzweifelt, verängstigt, rasend hoffend und siegesgewiss – und sie gab die Hoffnung auf, jemals wieder schlafen zu können.

Die Anwältin stellte einen Eilantrag auf alleiniges Sorgerecht – sie erklärte, dass dies nötig sei, um ihre Flucht rechtlich abzusichern. Ihr wurde vom Gericht mitgeteilt, dass ein Antrag schon vorhanden wäre, in dem der Vater das alleinige Sorgerecht beantragt hatte, mit der Begründung, die Mutter wolle das Kind nach Ungarn entführen. So wurde der Antrag nur dem Aktenzeichen angeheftet. Pits Eilantrag belief sich auf ein Datum vor ihrer Flucht. Er hatte sie angezeigt, während sie noch in Cottbus gewohnt und sich verheiratet geglaubt hatte – an dem Tag ihrer letzten gemeinsamen Nacht. Nach Lále wurde gefahndet, als Kindesentführerin.

Die Aktion war sorgsam vorbereitet worden. In den Unterlagen befanden sich Zeugenaussagen von Freunden, mit denen Lále zusammen gegrillt hatte, über ihre vermeintliche depressive Verstimmung und darüber, was für ein vorbildlicher Vater Pit war. Die kurze Stellungnahme einer Sozialarbeiterin, die Lále einmal aufgesucht und mit der sie über Nathan gesprochen hatte, der so oft gleichgültig blieb und auf Ansprache nicht reagierte. In der Stellungnahme war nun zu lesen, dass Lále ein gestörtes Verhältnis zu ihrem Sohn habe. Sie konnte sich an die Sozialarbeiterin erinnern. Lále hatte sie auf Anhieb gemocht, und es war ein gutes Gespräch gewesen. Sie schien ganz genau verstanden zu haben, was für Schwierigkeiten Lále mit der Familie hatte. Die Probleme mit Nathan beurteilte sie als keineswegs schwerwiegend, sie munterte Lále auf und meinte, sie solle sich nicht zu viele Gedanken machen. Was hatten sie dieser Frau erzählt, das sie nun bewog, so etwas über Lále zu behaupten? Der Träger dieser Beratungsstelle war die evangelische Kirche, und im Büro, das die Termine vergab und die Leute empfing, waren sie damals auf eine alte Freundin von Pits Schwester gestoßen. Waren sie denn alle involviert? Es ist doch gar nicht möglich, alle restlos zu korrumpieren. Oder doch? Pits Familie musste etwas Entsetzliches über sie erzählt haben, was die Leute dazu bewog, ihnen, den «Hintergangenen», helfen zu wollen und Nathan aus Láles Krallen zu befreien.

Wäre sie in Cottbus geblieben, hätte sie irgendwann einen Beschluss per Post erhalten. Eilanträge waren für Situationen da, in denen Kinder bedroht waren. Diese Entscheidung hätte durchaus ohne Gerichtsverhandlung getroffen werden können. Sie hätte Nathan für lange Zeit verlieren können, ohne dass sich jemand die Sache genau angeschaut hätte. Sie war geschockt und erinnerte sich an dieses ungute Gefühl, das sie seit dem großen Streit in sich getragen hatte. Die Panik, Nathan nie wiederzusehen. Die Ahnung, dass die Familie etwas gegen sie plante, dass etwas vor sich ging, etwas Schwerwiegendes, von dem sie keine Vorstellung hatte und das sie deshalb nur noch mehr ängstigte.

Ihr fiel jetzt der Feldzug gegen den Exmann der Schwester ein, bei dem es darum gegangen war, alle Steine ins Rollen zu bringen, um sein Leben zu zerstören. Lále entsann sich, wie die Schwester Gelder von Konten hin und her geschoben und neue angelegt hatte, nur damit er nicht an sein Geld kam. Wie sie Anrufe getätigt hatte, damit er seinen Job verlor. Er war Kantor, und mit verstellter Stimme hatte die Schwester sich mehrfach telefonisch über die zweifelhafte Lebensführung des Organisten beschwert. Er wurde tatsächlich versetzt, und das verbuchte die Schwester als ihren persönlichen Sieg. Es konnte aber auch sein, dass er selbst um die Versetzung gebeten hatte, um seiner liebreizenden Exgattin zu entkommen.

Lále erinnerte sich kopfschüttelnd an Gespräche am Mittagstisch, bei denen er als Geistesgestörter hingestellt wurde, auch Lále war fassungslos gewesen über seine Niedertracht. Erst jetzt, wo sie selbst als Zielscheibe diente, fiel ihr ein, dass alles Verleumdung gewesen sein könnte.

Sie hatten in Láles persönlichen Unterlagen gewühlt, um belastendes Material zu finden. Der gegen sie als ihr eigenes Kind gefährdende Mutter gerichtete Eilantrag enthielt alte Apothekenrechnungen, die eine angebliche Medikamentenabhängigkeit nachweisen sollten. Wie sich später herausstellte, ging es bei den Rechnungen um ein Warzenmittel und eine Tinktur gegen Hornhaut.

Was hatte sie getan? Womit war sie ihnen so lästig geworden, dass man sie mit einer solchen Vehemenz eliminieren musste? Lag der einzige Grund tatsächlich darin, dass sie sich nicht gänzlich angepasst hatte?

Pits Zuneigung zweifelte Lále nicht an. Aber sie war anscheinend nicht ausreichend, um Lále gegen die Familie zu verteidigen. Er war nicht trainiert für diese Art von Herausforderungen. Letztlich war es für Pit einfacher, die Dinge so zu sehen, wie seine Familie sie sah. Lále wurde zu einer zugezogenen Gebärmaschine, die den Nachkommen ablieferte und sich nachher vom Acker zu machen hatte.

Die Anwältin nahm sie mit in ein Café und bestellte Wein. Damit sich Lále beruhigte. Lále beruhigte sich nicht. Sie goss nach. Die Anwältin berührte ihren Arm. Mit dem unberührten Arm trank sie. Die Anwältin trank auch. Ihr war unbehaglich, weil Láles Schluchzen nicht nachließ. Sie bestellten eine zweite Karaffe. Beide starrten sie auf den Bauch des Kruges. Die dunkle Farbe sog ihre Blicke auf. Der Wein war bläulich schwarz, oben am Rand ins Rötliche verdünnt. Lále hatte das Gefühl, Schmerz zu trinken. Láles tränenverschleierter Blick traf auf die Unrast im Blick der Anwältin. Das Weinglas stand in der Luft. Das Weinen erstarb in Láles Kehle. Die Anwältin nahm ihr das Glas ab und stellte es auf den Tisch. Ihre Absicht zu trösten verstrich. Ihre Schläfen brannten verdammt angenehm.

Ihre beiden Münder gerieten ineinander, den Wein schmeckten sie jetzt auf ihren Zungen weiter. Das hier gehörte zum Weintrinken dazu. Wenn sie aufgehört hätten, hätte man etwas erklären müssen. So küssten sie sich weiter, um zu verdrängen, dass sie küssten. Etwas später schloss die Kneipe, und sie standen auf der Straße. Sie trennten sich wortlos und entfernten sich voneinander mit langsamen Schritten. Die Anwältin war jetzt gänzlich auf ihrer Seite. Jetzt war sie in sie geschlüpft und hatte auch ihre allerletzte Regung verstanden, ohne dass Lále etwas erklären musste.

Das Problem läge darin, erklärte die Anwältin, nachdem sie verlegen gehüstelt und gesagt hatte, dass ihr der Wein, die Müdigkeit und ihr unprofessionelles Verhalten furchtbar leidtäten, dass Lále keine Langzeitfreunde hatte, die irgendetwas über sie und Nathan aussagen könnten. Die aus Berlin, die sie in ihrem neuen Alltag erlebten, das wären viel zu kurzfristige Kontakte. Um rechtlich geschützt zu sein, empfahl sie Lále, in ein Frauenhaus zu gehen. Lále fand es aber sehr unwahrscheinlich, dass Polizisten sie ohne Grund anhalten und nach ihren Personalien fragen würden. Und solange Pit nicht wusste, wo sie wohnten, war es fast unmöglich, ihr in ganz Berlin ausgerechnet in Schöneberg auf die Spur zu kommen. Sie nahm sich vor, zunächst nur die Sozialberatung bei der Caritas aufzusuchen.

Als die Anwältin Lále die Aufkündigung ihrer Vertretung in Aussicht stellte, sollte sich so eine Ausschweifung wie an jenem Abend wiederholen, erschrak Lále, weil sie den unerklärlichen Glauben in sich trug, dass nur diese Frau sie würde retten können. So schwieg sie und nickte und nahm sich vor, jegliche Regung ihr gegenüber einzuschweißen. Gleichzeitig kaufte sie der Anwältin nicht ab, diesen Abend konsequent aus ihren Gedanken fernhalten zu können. Aber sie blieb im weiteren Verlauf tatsächlich lückenlos konzentriert bei der Sache. Lále vergaß, dass sie sich nichts anmerken lassen wollte, und starrte sie, ihre kühle Sachlichkeit bewundernd, an. Die trockenen Reaktionen der Anwältin ließen Lále langsam vergessen, dass sie auch anders sein konnte. Der im Wein gegebene Kuss hatte ihr nichts bedeutet, oder es gab eine andere Sorte von Selbstdisziplin, eine, über die Lále nicht verfügte.

Wenn Nathan abends schlief, schlich Lále hinaus auf die Straße und lief die Spielplätze in der Gegend ab. In der Dunkelheit suchte sie nach dort vergessenem Spielzeug. So hatte sie für Nathan eine Tüte voll Buddelzeug gesammelt, zwar nicht den Bagger und die Riesenschaufel, die er sich erträumte, aber etwas zum Losspielen. Nathan wuchs aus seinen Schuhen heraus, und da es zum Glück wärmer wurde, konnte Lále die Spitzen und die Hacken abschneiden.

Kam sie an Kleidercontainern vorbei, merkte sie sich, wann sie geleert wurden. Am Tag vorher ging sie hin, und wenn sie Glück hatte, war der Container so voll, dass ein paar Tüten daneben abgelegt worden waren. Sie durchsuchte sie und fand immer einige Stücke für Nathan oder sich.

Nathan selbst fand oft Geld auf dem Spielplatz. Lále nannte ihn ihren kleinen Gelddetektor, da er fast jedes Mal mit einem Ein- oder Zweieurostück zurückkehrte. Dann kauften sie sich ein halbes Grillhähnchen. Sie besaßen einen Grillhähnchen-Ausweis, in dem sie Stempel sammelten und nach fünf Malen eins umsonst bekamen. Nathan war stolz auf das feierliche Abendbrot, das er ihnen ermöglichte. Wie ein kleiner Hausmann fragte er Lále tausendmal, wie es ihr schmeckte, und sie konnte nicht oft genug stöhnen vor Wonne.

Sie bekam bei der Sozialberatung Formulare, damit sie Hartz IV beantragen konnte. Mit vollständigen Unterlagen konnte sie nicht dienen, weil Pit ihr nichts aushändigte. Auf die Aufforderung der Anwältin kam die Antwort, dass er die Dokumente leider nicht besäße. Es war eine offensichtliche Lüge, vor allem in Anbetracht dessen, dass sie sie für ihre Beweisführung verwendeten. Mehrere Wochen verstrichen, und es kam keine Antwort. In der Beratung wurde ihr nahegelegt, dass sie persönlich hingehen und einen Vorschuss verlangen sollte. Sieben Stunden verbrachte sie in den verschiedenen Fluren des Jobcenters, aber immerhin verließ sie es mit zweihundert Euro in bar. Sie fühlte sich wie berauscht. Das Geld würde reichen, bis Tamama ankam.

Die Großmutter gab ihren Schwur zum zweiten Mal auf, Deutschland nie wieder betreten zu wollen. Jetzt musste sie ihre Enkelin ein wenig aufpäppeln, nicht dass sie das Kind aus lauter Verzweiflung an irgendeiner Straßenecke aussetzte! Sie musste ihre Nachkommen durchbringen. Es war ihr Blut und nicht das der Germanen, von denen es sowieso schon genug gab, fast hundert Millionen.

Lále kaufte Nathan Salzbrezeln und Fischstäbchen und Fußballeis und im Trödelladen die knarrende Schatztruhe, mit der er schon lange liebäugelte.

Täglich gingen sie in einen kleinen Buchladen, der ein Hinterzimmer mit Kinderbüchern hatte. Nathan fasste alles an, streichelte innig die Playmobilritter, die an ein Ritter-Handbuch geheftet waren, um Kinder anzulocken, die kleinen Pippi-Langstrumpf-Stoffpüppchen, die Ausmalbücher mit Findus, den Nathan besonders gerne mochte. Das alles war zu teuer, aber sie erlaubte Nathan manchmal, sich aus einer Plastikschale ein Neunzig-Cent-Buch auszusuchen. Dort im Hinterzimmer war auch ein Sessel, in den man sich hineinkuscheln und Bücher anlesen durfte, selbst wenn man sie nicht mitnahm. Unterwegs entdeckte Nathan auch oft ausgesetzte Bücher für Erwachsene, nahm sie mit und wollte sie vorgelesen bekommen. Sogar bei veralteten soziologischen Abhandlungen hörte er gefesselt zu. Nach wie vor liebte er Gräber und wollte immer auf dem Friedhof spazieren gehen, der direkt in der Nachbarschaft lag. Er hielt bei jedem Grabstein an, wollte wissen, wie die Toten hießen, was die Skulpturen bedeuteten und was auf ihnen geschrieben stand. Er hatte Lieblingsrouten und Lieblingsgrabstätten und wollte für sich und seine Familie eine große Gruft erwerben.

Lále genoss es, Hand in Hand mit ihm zu gehen. Er war anmutig und anhänglich, und oft nahm sie ihn hoch und trug ihn lange Strecken. Nur zu gern ließ sie sich von Mutterinstinkten überwältigen. Sie mochte diese Kraft, die sie barbarisch und aggressiv machte. Näherte sich jemand drohend ihrem Kind, weckte das in ihr Killerinstinkte, unabhängig davon, welcher Altersgruppe der Angreifer angehörte. Sie sah auch die fremden Merkmale an ihrem Sohn. Pits Hände. Doch das war ihr egal. Er blieb er.

Lále kaufte Brot vom Vortag für den halben Preis. Beim Anstehen sah sie immer wieder dieselben Menschen, die sie allmählich zu grüßen begannen. Nach kurzer Zeit gehörten sie zum Straßenbild. Auch den Typen mit der dicken schwarzen Woody-Allen-Brille traf sie beim Bäcker. Sie hatten sich zugelacht, weil sie sich dort zu den unmöglichsten Zeiten wiedersahen. Der Mann rief ihr auf der Straße etwas nach. Nathan wollte in die andere Richtung und schmiss sich aus Protest auf den Boden. Sie erfuhr, dass er Henning hieß, im Erziehungsjahr zu Hause mit der Tochter war und dass seine Frau viel verreiste. Er erzählte vom Kinderladen seiner Tochter, über Aktivitäten, Ausflüge und Kleinkrieg zwischen den Eltern, den Lále überhörte, sie sah nur Nathan mit andern Kindern spielen, vieles erleben, und sie sagte, wie gerne sie dies auch ihrem Sohn bieten würde, bloß hätte sie leider keine Papiere.

Als Láles erste Verzweiflung über die verleumderischen Anwaltsbriefe abgeklungen war, als sie gerade gelernt hatte, durchzuatmen und zu glauben, dass sie durchaus in der Lage war, all den Schmutz von ihrer Schöneberger Existenz fernzuhalten, rief die Anwältin sie erneut an. Sie übergab ihr einen Brief, in dem Pit den Wagen zurückverlangte, der auf dem Papier sein Eigentum war. Den Wagen, den Tamama Lále zu Nathans Geburt geschenkt hatte. Sie schnappte nach Luft, während die Anwältin ihr erklärte, in diesem Fall nichts tun zu können. Es wurde eine Zeit vereinbart. Lále räumte das Handschuhfach aus und stellte ihren Wagen an der genannten Kreuzung ab. In machtloser Trauer beschloss sie Rache zu üben, aber da ihr nichts Kluges einfiel, vertröstete sie sich auf die Zukunft und schärfte sich ein, ihm keineswegs zu verzeihen. Zwei Straßen weiter merkte sie, wie schnell das Fehlen einer anderen Wahl ihren Zorn versiegen ließ.

Dann erreichte sie Tamamas Geld. Lále hielt den Briefumschlag in der Hand und wunderte sich, dass er nicht verloren gegangen war, dass keiner den Geldschein im Umschlag ertastet, ihn mit kundigen Händen aufgerissen und wieder zugeklebt hatte. Unglück und dass die Sachen schiefliefen, fand sie alltäglicher, als dass alles gutging. Sie kam sich wie ein Glückspilz vor, eine Begnadete des Schicksals, die von der Post so verehrt wurde, dass man ihr dort einen unversehrten Brief aushändigte.

Die Erzieherin hatte hellrote Haare, zwei Zöpfe und trug eine Kniebundhose, die in schwarz-weiß gestreiften Strümpfen endete. Wo ihr T-Shirt nicht die Haut bedeckte, waren bunte Tätowierungen zu sehen. Nathan vergaß kurz das Schüchternsein und bestaunte schamlos die in ihre Haut gebrannten Figuren. Sie strahlte Autorität aus und war dennoch herzlich. Geduldig erklärte sie, ohne in Babysprache zu verfallen. Lále hatte ein gutes Gefühl. Sie sah, dass sie hier musizierten, bastelten, sich verkleideten, im Stuhlkreis über ihren Tag erzählten, den Zoo und Abenteuerspielplätze besuchten, und obwohl Nathan sich an ihrem Bein festklammerte, wusste sie, dass er es dort gut haben würde.

Er wurde aufgenommen, unabhängig davon, dass sie momentan keine Papiere besaßen. Henning hatte das Ganze in die Wege geleitet. Nathan war unter Kindern. Er aß gut. Er wurde gefördert. Er hörte sich Märchen an, und er lernte Lieder. Auf den Ämtern würde sie ihn nicht mehr zum Stillsein ermahnen müssen, wenn er Hubschraubergeräusche brummte. Er würde auch nicht mehr Láles Verzweiflung mitbekommen, ihre Ungeduld, wenn sie sich gerade den Kopf zerbrach und er zum tausendsten Mal wissen wollte, warum die Toten unter der Erde liegen mussten.

Die Eltern im Kinderladen waren ihr gegenüber zuerst vorsichtig. Aus ihrer Distanziertheit schloss Lále, dass ihnen über ihre Flucht berichtet worden war. Aber das Misstrauen legte sich schnell – kaum vergingen ein paar Wochen, schwoll ihr Bekanntenkreis an.

Dann kam der Brief, dass sie Nathan dem Vater zweiwöchentlich fürs Wochenende übergeben musste. Dem Eilantrag hatte die Anwältin mit dem Gegenantrag Einhalt geboten, aber bis zum Prozess musste eine Umgangsregelung gefunden werden. Daher der Beschluss. Damit Pit nicht dahinterkam, wo sie wohnten, fand die «Kindsübergabe» im Büro der Anwältin statt. Als Lále das erste Mal alleine in der Wohnung saß, war sie überzeugt, ihn nie wiederzusehen.

Sie traf Henning im Viktoriapark und stieg mit ihm die Treppen hoch bis zum Denkmal. Es stank, sie gingen über einen Kippenteppich, verziert mit zerdrückten Pappbechern und Glasscherben. Ein Stück Natur. Und doch keine Aufforderung, tief durchzuatmen. Von oben schauten sie auf den Wasserfall hinunter. Das Wasser plätscherte trüb – nur aus der Entfernung war es klar und verlockend gewesen. Sie dachte darüber nach, wie scheinbar günstige Eigenschaften durch Nähe zergingen.

Henning redete über seine Familie und Ausflüge nach Ungarn. Lále war nur mit halbem Ohr dabei. Sie zählte die Stunden, die sie jetzt von Nathan getrennt war, versuchte sich vorzustellen, wo er sein konnte, was ihm gerade geschah. Sie versuchte nicht, Henning zu unterhalten. Die eigenen Gebärden kamen ihr linkisch und verlangsamt vor. Sie verstand gar nicht, warum Henning ausgerechnet mit ihr Zeit verbrachte, es gab sicherlich amüsantere Gesellschaft als die ihre.

Nach einer Zeit sagte sie gar nichts mehr. Schüttelte nur leicht den Kopf und entfernte sich von ihm, erst langsam, dann im Laufschritt. Sie schaute über die Schulter zurück, sah, wie er zum kleinen Punkt schrumpfte. Schon beim fünften Schritt hatte sie bereut, ihn stehengelassen zu haben, aber sie musste weiterlaufen. Sie hoffte, dass er ihr nachrennen würde, schaute immer wieder verstohlen zurück, aber da war niemand, der ihm ähnlich sah. Vielleicht würde er sie an einem Punkt einholen, an dem sie nicht mehr damit rechnete. In der Wohnung hoffte sie, dass er gleich klingeln würde, wenn Nathan es schon nicht tat, aber Dunkelheit und Stille waren schneller als Henning, und sie lag reglos wach, in ihr klemmte der Schmerz über das Fortbleiben aller, und sie wusste, dass sie sich ihr Elend selbst zuzuschreiben hatte.

An dem Samstag, an dem Lále das erste Mal ohne Nathan erwachte, klingelte es. Sie drückte den Türöffner, hörte Schritte und Stöhnen. Henning stand in Jogginghose und Sportschuhen vor der Tür. Anstatt sportiv wirkte er wie ein vernachlässigter, übergewichtiger Clown. In seinem Gesicht saß Tragik. Lále dachte, irgendetwas wäre passiert. Er flüsterte: «Das darf ich nicht», und hob Lále hoch auf seine Augenhöhe, als sei sie eine hohle Spielzeugpuppe. Er haftete seine großen Lippen auf ihre.

Er setzte sich auf die Matratze, und Lále brachte aus der Küche zwei Schokopinguis auf Frühstückstellern und ein Stück Wurst, auf der ein verschwommener Piratenkopf abgebildet war. Sie amüsierten sich über das Menü, sie zeigte ihm ein altes Tagebuch mit Schwarz-Weiß-Fotos von einer trostlosen Plattenbausiedlung im Budapest der achtziger Jahre. Henning schwärmte vom ungarischen Temperament. Lále fühlte sich davon nicht betroffen. Aber sie wollte ihn nicht enttäuschen und ließ das Gesagte unkommentiert.

Sie ließ sich nach hinten fallen. Das Kissen umhüllte ihren Kopf. Plötzlich hatte sie Lust einzuschlafen. Es war kurz vollkommen still, als ob sie allein wäre. Die Augenlider drückten wie eine Bandage. Vielleicht war Henning schon gegangen. Vielleicht war er gar nicht da gewesen. Sie spürte einen festen Griff an der linken Brust. Sie öffnete die Augen nicht gleich, nutzte den halbschläfrigen Bewusstseinszustand, um die sexuelle Handlung aufzunehmen. Jemanden verlangte es nach ihr, und wenn er vorsichtig genug war und sie weiterschlafen ließ, konnte er sich bedienen.

Henning hielt die Augen ebenfalls geschlossen und atmete hörbar. Sie war zwar nicht erregt, aber die Intimität fand sie angenehm. Zu wissen, dass er sie mit seiner Lust auszeichnete. Sie öffnete die Augen doch, um ihn sich in der ungewöhnlichen Situation anzuschauen. Er war weiß und fett und groß, seine Unterhose riesig. Lále mochte solche kleinen Hässlichkeiten. Die Gewissheit, dass andere etwas hässlich fänden, gab ihr das Gefühl, etwas Einzigartiges würde nur ihr zuteil, würde nur von ihr geschätzt. Manchmal wehte sie ein unangenehmer Geruch an. Es war nur ein kleiner Nebengeschmack, nicht schlimm, den man beim Sex aushalten musste. Sex war nicht zugegebener Ekel, überstandene Langeweile, der, endlich abgeklungen, dennoch süchtig machte.

Unter seinem Gewicht dachte sie zu ersticken, aber selbst das wollte sie erfahren, zulassen, sie beschwerte sich nicht.

Trotzdem atmete sie auf, als er sich aufstützte, um die gigantische Unterhose auszuziehen. Sie tat nichts, sagte auch kein Nein. Dann schmunzelte sie, weil Henning schrecklich mit sich kämpfte. Er führte Selbstgespräche, während er sie verschlingen zu wollen schien, fragte sich, was er da tue, und versicherte, dass er es keineswegs tun dürfe. Ausgerechnet das ausgesprochene Verbot schien ihm die Vernunft zu nehmen, er wurde hastig und drängend, als ob er alles hinter sich bringen müsste, noch bevor sein Verstand wieder restlos hergestellt war. Lále sah seine feuchten Haarsträhnen und die beschlagene Brille. In ihr flackerte blitzartig Angst auf, Nathan nicht wiederzusehen. Es tat weh. Henning tat ihr weh. Ihr fiel ein, während ihr Unterleib zerfleischt wurde, dass dies ihr erstes Schöneberger Rendezvous war: auf Maleks Matratze. Henning wurde ruhig, nur sein Brustkorb fuhr hoch und runter.

Am Sonntag war sie erleichtert über das sich aufhellende Gesicht ihres Kindes. Aber als es zum Abschied kam, merkte sie, dass Nathan Schwierigkeiten hatte, sich von Pit zu lösen. Bisher hatte er ihn nie erwähnt. Er hatte ihn einfach ablegen können. Aber durch den Besuch in Cottbus kamen in ihm die Zeiten und die verschiedenen Zuhause durcheinander.

Lále musste sich eingestehen, dass sie im ersten Augenblick am liebsten auch mitgegangen wäre, als er gekommen war, um Nathan abzuholen. Pit hatte gut ausgesehen in seinem dunkelblau-weiß karierten Hemd, das sie ihm geschenkt hatte, und wie er Nathan anfasste und sie verhalten ansah, eher forschend als feindlich, das zitierte in ihr vertraute Familienmomente. Am liebsten hätte sie die beiden begleitet, mit ihnen etwas gegessen, ihnen beim Spielen zugesehen, und sie hätten sich über Nathans Zukunft unterhalten, wie er werden sollte und wie er als Baby gewesen war.

Aber als sie wieder aufschaute, sah sie ihn von hinten, seine angehende Glatze und Nathans flehenden Blick. Jetzt wirkte er nicht mehr attraktiv, war auch plötzlich gereizt, weil Nathan von seinem Arm wollte, schnell drückte er auf den Aufzugknopf, und die Tür ging zu, obwohl Nathan die Arme in Richtung Lále streckte.

So wurde das Bild abgeschnitten, Nathan nörgelnd, Lále sehnsüchtig, Pit ärgerlich, mit einer Kippa aus Haut, sich nicht wieder umdrehend.

Sie hätte vielleicht wirklich fliehen sollen, nach Ungarn, nach Übersee, dachte sie, noch eine Weile dort stehend, als nichts mehr geschah. Doch vielleicht wollten die Cottbusser Verwandten genau das, sie so weit jagen, wie es nur ging.

Und nur wer rannte, konnte auch gejagt werden. Wenn sie stehen blieb, traten die Jäger nur auf der Stelle. So blieb sie und gab ein Stück nach, um im Wesentlichen widerstehen zu können. Sie gab Nathan für zwei Tage hin, um ihn ganz behalten zu können. Aber würde diese Logik ihr Kind vor bleibenden Schäden bewahren?

Tamama war mit einem Reisebus über Nacht gefahren, die Flüssigkeit der Klimaanlage hatte die ganze Zeit auf ihren Kopf getropft. Als sie es erzählte, musste Lále lachen, obwohl es gar nicht zum Lachen war. Lachte sie, stimmte Tamama nicht mit ein, ihre Züge blieben ernst. Hätte Lále sie nicht gekannt, wäre sie eingeschüchtert gewesen. Dennoch gefiel der Großmutter, wenn ihre Enkelin lachte, das bemerkte Lále sehr wohl, weil ihre Beschreibungen noch ausgefeilter wurden. So lachte sie unbeschwert mit leichtem Herzen.

Der Bus war überfüllt gewesen. Sie hatte eine kleine Reisetasche und Proviant zwischen den Füßen gehabt, auf dem Schoß ihre Handtasche, die sie umklammerte, und unter dem Kopf den kratzigen Wintermantel, der nach Mottenmittel roch. Als sie den Sitz nach hinten klappen wollte, klopfte der hinter ihr Sitzende an die Rücklehne. Eine lautstarke slawische Unterhaltung hielt sie die ganze Nacht wach. Sie war zu alt für solche Abenteuer. Tagelang konnte sie sich nicht erholen. Dennoch hörte sie nicht auf, ständig etwas zu tun. Aus fast nichts zauberte sie eine heimische Bleibe, in Billigketten besorgte sie die nötigsten Sachen. In einer Zweieuropfanne bereitete sie Fleisch zu, sie saßen am winzigen Campingtisch auf ungleichen Stühlen, aßen von Plastiktellern und wischten sich den Mund mit hässlichen Motiven billiger Servietten ab. Maleks Wohnung wurde durch Tamama zu einem Stück Ungarn, und alles Tamamaische rief in Lále die Kindheit wach. Mit der Zeit begannen sie zur Hochkirchstraße «zu Hause» zu sagen. Zuhause war ein Ort, an dem man sich mit einer Selbstverständlichkeit bewegte, ohne dass jemand sich fragte, was man hier zu suchen hatte. Bei dem Gedanken, dass Tamama wieder abreisen würde, erfasste Lále Panik. Es gab keinen ersichtlichen Grund, weshalb sie nicht bleiben konnte. Aber je länger die Anrufe von Tamamas Freundinnen ausblieben, desto öfter missdeutete sie harmlose Szenen, wie sie sich ständig auf der Straße abspielten. Sie verstand kein Wort, fühlte sich aber angegriffen. Sie war in ihrer Sprachlosigkeit isoliert, und die Worte der Fremden blieben in ihrem Gedächtnis nicht haften.

Treue und Freundschaftspflege waren für sie etwas Wichtiges und streng reglementiert. So hatte sie Zettel, auf denen die Gebrechen der Freundinnen standen, Familienstreitigkeiten oder Krankheiten. Sie machte diese Notizen während der Telefonate und legte sie vor sich auf den Tisch, wenn es Zeit war für den nächsten Anruf.

Einmal hatte sie sich die falschen Zettel zurechtgelegt und fragte die Angerufene, wie es ihrem Sohn gehe, obwohl der vor kurzem verstorben war. Die Freundin schwieg verdutzt. Daraufhin simulierte Tamama eine Störung in der Leitung, schrie in den Hörer, täuschte mit zwei heftigen Flüchen Empörung vor und legte auf. Sie ordnete ihre Zettel neu und rief wieder an.

Sie erwartete, auch gefragt zu werden. Wäre sie aber von sich ausgegangen, hätte sie wissen müssen, dass ihr tägliches Einerlei die Gegenseite nicht ernsthaft fesseln konnte.

Ehrliches Interesse hatten Tamama und ihre Freundinnen an Sonderangeboten und an Sensationsgeflüster. Nicht mal von den sogenannten Freundinnen hatte sie eine gute Meinung. Sie gab sich am Telefon einverstanden, um ihnen mehr schmutzige Einzelheiten zu entlocken, legte sie aber auf, kartographierte sie detailliert die schlechten Eigenschaften der aktuellen Gesprächspartnerin. Weniger Zuneigung war Grundlage dieser Freundschaften als vielmehr eine ungeschriebene Liturgie gemeinsam durchlebter Jahrzehnte.

Jetzt hatte sie Angst, vergessen zu werden. Oder zurückzukehren und keine Einzige mehr am Leben zu finden, wie schon einmal, nach dem Krieg. Je länger sie blieb, desto unruhiger wurde sie. Die Heimat hing wie Disteln an ihr.

Als Tamama noch jung war, hatte sie täglich in der Donau schwimmen müssen, auch im Winter. Der jüdische Urgroßvater war in der Familienchronik keine beliebte Person. Von seinem Jüdischsein allerdings hatte Lále erst nach dem Verschwinden der Mutter erfahren. Auf das Verbot der Mutter hin hatte Tamama ihre Kindheitsgeschichten erzählt, ohne das Wort «jüdisch» je gebraucht zu haben. Bis dahin war der Urgroßvater einfach nur seltsam, grausam und verhasst. Er war ausgebildeter Metzger und alles andere als ein zimperlicher Mensch. In der Absicht, Tamama abzuhärten, befahl er ihr im Winter, mit den Eisschollen zu schwimmen. Für ihre rheumatischen Beschwerden machte Tamama ihn verantwortlich und beschimpfte ihn, selbst jetzt noch, sechzig Jahre nach seinem Tod.

Tamama konnte sich den Vater nicht aus dem Gesicht kratzen. Sie sah ihm ähnlich. Sie hatte schmalgeschnittene, tieffinstere Augen, dunkle Haut, dickes Haar, breite Wangenknochen. In ihrem Blick kein Lächeln. Sie wirkte wild. Obwohl sie mild war. Unnahbar, obwohl sie leicht umgänglich war. Sie wirkte klug, obwohl sie immer nur das sagte, wovon sie dachte, dass die anderen es hören wollten, und sie wirkte unbeholfen und tollpatschig, obwohl sie vieles reparieren, gut nähen, wunderbar kochen und mit siebzig noch Spagat konnte. Sie hasste ihren Vater, der ihr im Krieg das Leben rettete, indem er sie gegen einen Sack Waffelbruch in einem Kloster unterbrachte. Sie hasste seinen Wilder-Räuber-Blick, und um die Erinnerung an ihn auszulöschen, nahm sie sich ein Milchgesicht zum Mann. Láles Großvater. Er redete viel und tat nichts. «Der Unfähige» nannte sie ihn knapp in ihren Erzählungen. Ihm blieb nur wenig Zeit, nachdem er Láles Mutter gezeugt und von Tamama in diversen Lebenslagen sein Unvermögen erklärt bekommen hatte, sich eine Geliebte zu nehmen und Magenkrebs zu bekommen. Danach starb er.

Tamama liebte Geld. Hatte aber nie welches. Sie verehrte ihre Großeltern, die viel davon hatten, und die legendären Betrüger, für die sie schwärmte wie andere für Popstars. Wenn sie in Handschellen ihre Geständnisse ablegten, glaubte Tamama hinter ihrem spöttischen Grinsen lesen zu können, dass sie von den erbeuteten Millionen etliches hatten retten können.

Sie liebte Geld so sehr, dass sogar wenig davon sie in Ekstase versetzte. Lud man sie zum Kaffee ein, fiel sie fast auf die Knie. Sie wurde servil, wofür sich Lále schämte. Ihre übertriebene Dankbarkeit animierte offensichtlich viele, sie immer wieder einzuladen. Sie bereiste die ganze Welt, ohne einen Cent ausgegeben zu haben. Ihre einsamen Freundinnen luden sie ein, sie zu begleiten. Und Kavaliere, denen die Frauen gestorben waren.

Sie erhielt Unterhalt von zwei Exmännern, Höhere-Führungskraft-Rente, obwohl sie nie Direktorin gewesen war, nur für drei Monate hatte sie krankheitsbedingt einmal eine vertreten, zudem Opferrente für Kriegsgeschädigte – regelmäßige materielle Zuwendungen aus Deutschland, den Niederlanden und den USA –, und sie aß für ein paar Forints in der Synagoge, die sie außer zum Essen nie betrat. Das alles zu organisieren war aufwendig, es hatte sie jung erhalten.

In den Zügen von Láles Mutter lebten der Urgroßvater und Tamamas Widerspenstigkeit weiter – in den Farben ihres Vaters, des Unfähigen. Sie war blond und glatthaarig und hatte hellblaue Augen, aber Tamamas Kartoffelnase und den östlich verschlafenen Blick. Solange Láles Mutter klein war, war sie warm, zärtlich, aufgeschlossen und klug. Dann schlug die genetische Uhr: Von nun an war sie schlecht gelaunt und widerspenstig. Tamamas ungeheure Liebe riss nie ab. Und die Liebeswürdigkeit ihrer Tochter kehrte nie wieder zurück. Den Jungen, den sie nach Hause brachte, mochte Tamama auch.

Er war kraushaarig und freundlich, wie es ihre Tochter nie war. Er trug Schals und Jacketts und fuhr einen alten Opel Kadett, von denen nicht viele auf Budapests Straßen unterwegs waren. Er hatte immer viel Bares dabei. Tamama hörte sie lachen und schloss daraus, dass die beiden sich mochten.

Einmal erschienen sie nicht pünktlich zum Abendbrot. Tamama klopfte an, es kam aber keine Antwort. Sie öffnete behutsam die Tür. Sie lagen auf dem Bett, die Tochter war wach, Tamama sah, dass sie weinte. Dann sah sie zum anderen ruhenden Kopf hinüber, sah einen Fleck im Mundwinkel. Dunkelbraun zog sich ein Rinnsal bis in seinen Nacken. Tamama schälte die kleine silberne Schachtel aus der heißen Hand der Tochter. Sie war leer.

Die Tochter vermutete, dass der Freund ihr eine falsche Tablette untergeschoben hatte. Ihre Absicht, ihm in den Tod zu folgen, hatte er anscheinend nicht ernst genommen. Er war ein Selbstmörder, aber kein Mörder, erklärte Tamama, und dass sie ihm dafür dankbar war. Die Mutter hingegen fühlte sich verraten, dass er sie alleine ließ – mit einem Kind im Bauch.

Ihre Trauer wandelte sich in Wut, und sie lehnte fortan alles ab, was nur annähernd mit ihm in Verbindung stand. Ihr Hass, erklärte Tamama der bedrückt schweigenden Lále, war das Zeugnis ihrer Liebe.

Das Kind im Bauch, Lále, hatte dunkle Haare, aber ein paar verstreute Strähnen auf ihrem Kopf waren weißblond. Sie hatte blaue Augen mit einem schwarzen, dicken Wimpernteppich darüber und immer fingerbreite Augenringe, dass ihr Blick trotz Bläue sehr dunkel wirkte. Sie hatte weiße Haut, aber wenn sie Sonne abbekam, bekam sie nie Sonnenbrand, sondern wurde erst gelblich, dann braun mit schwarzen Pigmentpunkten an den dunkelsten Stellen. Sie war dunkel und hell und keines von beidem.

Die Mutter überließ sie nach der Geburt Tamama, und Tamama roch an Lále den Reichtum des kraushaarigen Jungen, der starb, während sie zum Abendmahl gedeckt hatte. Vierzehn war Lále, als ihre Mutter nicht nach Hause kam. Zunächst änderte das nichts an ihrem Leben. Erst als Tamama begann, sich immer merkwürdiger zu benehmen, merkte sie, dass etwas Dauerhaftes geschehen war, etwas Unverrückbares, etwas Schreckliches.

Zunächst hatte sie sich sogar heimlich gefreut, dass die schlechtgelaunte, übernächtigte Frau, die nie mit ihr redete, Tamama nicht mehr mit Beschlag belegte. Wenn sie nicht zu Hause war, hatten sie es schön gehabt. Kam sie, wurde sie bedient. Dann waren es plötzlich zwei, die Lále übersahen, denn die Großmutter hatte nur noch Augen für ihre Tochter. Und irgendwann, ganz plötzlich, ohne dass Lále je den Grund verstanden hätte, fingen sie an zu schreien. Lále hatte immer den Eindruck, es ginge um Leben und Tod, dann schwiegen sie plötzlich, sie schwiegen Tage und Wochen, und ihr Schweigen hatte ein Gewicht, dass Lále bald den Wunsch hatte, durch Geschrei von dieser Last befreit zu werden. Tamama redete dann nur mit ihrer Enkelin, dennoch hatte Lále das Gefühl, dass alles, jedes Wort und jeder Blick, ihrer Mutter galt.

War die Mutter unterwegs, begann Tamamas Warterei. Sie war lustlos, der Blick glasig, die Antworten waren nuschelig. Nie ließ sie die Uhr aus den Augen und plante die Zeit, bis sie wieder da sein würde. Ganz gleich, wie eifrig Lále alles tat, um es Tamama recht zu machen, nie konnte sie ihre Aufmerksamkeit ganz für sich gewinnen. Manchmal vergaß die

Großmutter für kurze Augenblicke die Warterei. Dann waren sie glücklich. Als ihre Mutter verschwand, dachte Lále, dass nun endlich nichts mehr zwischen ihnen stünde. Stattdessen musste sie mit ansehen, wie ihre tatkräftige, lautstarke Großmutter zerfiel.

Tamama sagte, dass alles, was in der Familie jüdisch begann, schlecht endete.

Nachdem Lále mit einigen Anläufen die Reifeprüfung tatsächlich bestanden hatte, ging sie mit Mitte zwanzig nach Deutschland, nach Berlin, auf eine Postkarte ihrer Mutter hin. Sie gelangte mit der Hilfe des Mitbewohners in ihre Wilmersdorfer Wohnung. Als sie es satthatte, im Halbdunkel zu sitzen, in dem sie sich nicht beruhigen konnte, weil sie sekündlich ihr Kommen vermutete, sprang sie auf und flüchtete. Nach dem Zustand der Wohnung zu urteilen, die eine Baustelle war, wobei der Baubeginn schon Jahrzehnte zurückliegen musste, konnte ihre Mutter sich keineswegs als finanziell erfolgreiche und angesehene Frau etabliert haben. Es stank, überall lag Asche, dem Mitbewohner hing eine schwarze Kippe aus dem Mund, auf seinem Gesicht mehr Falten als Fleisch.

Zunächst hatte Lále vorgehabt, nur eine Weile in Berlin zu bleiben. Drei Jahre waren daraus geworden. In dieser Zeit war sie nicht noch einmal bei der Berliner Straße ausgestiegen.

Sie hörte von einer jüdischen Grundschule und dachte, Nathan könnte der verlorene Identitätsanteil nähergebracht werden. Als Kind hält man sich an Märchen fest. An Geschichten, die die Moral schulen. Er brauchte ein Grundgerüst, um es später umstoßen zu können. Außerdem hoffte Lále, diese fixe Idee, nach der alles schieflaufen sollte, wenn das Jüdische ins Bild kam, könnte sie vielleicht loswerden.

Sie rief bei der Jüdischen Gemeinde an, wo ihr eine Frau mit starkem russischem Akzent erklärte, dass Lále nur zum Beitritt berechtigt wäre, wenn sie eine Bescheinigung darüber vorlegen könne, dass ihre Mutter «Volljüdin» sei. Lále legte auf. Sie war nicht jüdisch genug, um jüdisch zu sein, und im Zweiten Weltkrieg wäre sie nicht nichtjüdisch genug gewesen, um zu überleben.

Als Nathan zum zweiten Mal aus Cottbus zurückkam, war er wie ausgewechselt. Er hielt sich am Hals seines Vaters fest und schaute Lále nicht einmal an. Als Pit ihn absetzte, begann er zu wimmern und klammerte sich an seinem Hosenbein fest. Lále nahm ihn auf den Arm, woraufhin er noch lauter schrie und sich verkrampfte. Er streckte die Arme von sich und warf sich nach hinten, dass Lále ihn kaum auffangen konnte. Die Anwältin schob Pit aus dem Zimmer. Sobald er weg war, entkrampfte sich Nathans Körper. Er legte den Kopf in Láles Nacken. Was hatte Pit ihm angetan? Was hatten sie ihm angetan? Lále war erschüttert und verstand nichts von dem, was sich soeben abgespielt hatte. Sie wusste nicht, wo sie hätte ansetzen können, um so etwas vorzubeugen. Angst kreiste in ihrem Kopf, dass es mit jedem Mal schlimmer werden würde. Dass sie ihn an Pit endgültig verlieren könnte. Sie streichelte den kleinen, ermatteten Körper und summte tröstende Worte. Er schmiegte sich an sie. Plötzlich presste er sich an Lále, drückte sie und ließ nicht los, klammerte sich fest. Sie spürte praktisch am eigenen Leib, wie er zerrissen wurde. «In zwei Wochen», diese Information war für ihn keine fassbare Einheit.

Er lernte gerade, sich zu trennen.

Zwar war das Weltende schnell wieder vergessen, aber das wiederholte Trennen hinterließ Spuren. So begann er zu vergleichen. Fragte, wann Lále wieder «nach Hause» gehen würde, wann sie alle. Wo er geboren, aufgewachsen sei.

Tamamas Anwesenheit besänftigte Láles Sorgen. Sie kochte, räumte auf, erzählte, bis Lále die Augen zufielen, sie unternahmen lange Spaziergänge, ließen ihre Gesichter von der Sonne bescheinen, den Wind sich in ihre Haare krallen, Nathan blühte auf, holte sich abwechselnd von beiden Liebkosungen.

Im Kinderladen fühlte er sich auch wohl. Er brachte jeden Tag etwas Gebasteltes oder Gemaltes mit, wovon Lále das Schönste aufhängte. Seinen Vater vergaß er wieder. Als der nächste Freitag kam, wollte er nicht gehen. Es folgte die gleiche Prozedur wie zwei Wochen zuvor.

Abends fühlte sich Lále, als ob sie ihn verraten hätte. Angst packte sie, dass sie ihn zur Strafe nie wiedersehen würde. Sie hatte Szenarien im Kopf, in denen Pit mit ihm in fremde Länder flüchtete. Aber wo sollte er hin, in Anbetracht dessen, dass er keinerlei Sprachen sprach und selbst dort, wo er auf die Welt gekommen war, nicht ohne die Eltern auskam. Dass die ganze Familie umsiedeln würde, sei unwahrscheinlich, redete Lále sich gut zu. Wenn sie noch nicht einmal Lále ausgehalten hatten, eine einzige Person, die ein wenig anders als sie selbst war, wie sollten sie zurechtkommen, wo alles und alle um sie herum anders sein würden?

Aber sie witterte, dass es im Kessel blubberte, dass er am Überkochen war. Sie spürte die Bedrohung, die Energie, die zu ihrer Vernichtung angehäuft wurde.

Lále bekam Angst, wenn sie ein dunkelgrünes Auto sah, Pits Farbe, oder ein weißes, die Eltern, oder ein rotes, die Schwester. Wenn jemand im Auto saß, starrte sie durch die Scheibe. Sie hatte Angst, aufgespürt zu werden, sie fürchtete, dass ihr jemand Nathan von der Hand reißen, sie erschießen oder unter ein Auto schleudern würde. Hatten Frauen ähnliche Gesichtszüge oder den gleichen Allerweltsnamen wie die Schwester, glaubte sie beinahe magisch daran, dass sich die Schwester gleich offenbaren und sie vernichten würde. Als sie mit Nathan ins Auto stieg, hatte sie eine Flucht angetreten, die nicht enden wollte. Ständig hatte sie den Drang, weiter zu fliehen, aber sie blieb und schob Schachfiguren auf dem Brett der Rechtsprechung.

Am Sonntag, als Nathan mit einem dunklen, nach unten gerichteten Blick die Wohnung betrat, kamen sie nicht weiter als bis in den Flur. Nathan drehte den Kopf zur Seite und sagte partout kein Wort, obwohl Tamama beschwichtigend auf ihn einredete. Dann plötzlich sagte sie: «Du Undankbarer, du Brut, du Monster, du bist gar nicht unser Blut, du bist von deinem Vater. Deine Hinterlistigkeit ist von ihm, du kannst aufstehen und zu ihm gehen, sofort und allein!»

Sie öffnete die Wohnungstür, und Nathan kauerte sich zusammen, als wäre er eine kleine Spinne.

Halblaut redete Tamama weiter, als ob sie zu Lále spreche, wohl wissend, dass Nathan ihre Worte mitverfolgen konnte, sie sollte Nathan seinem Vater geben. Sollte er sich mit ihm abmühen. Lále würde einiges erspart bleiben. Nathan wäre ein schwieriges Kind, ohne ihn könnte sie leichter einen Mann finden, der diesmal liebenswürdiger und gut betucht sein sollte. Sie wäre noch jung und könnte ohne weiteres eine neue Familie gründen. Lále wusste nicht, ob Tamama das ernst meinte, sie trat zu ihrem Sohn, hockte sich neben ihn auf den Fußboden, schälte die dünnen Arme von seinem von Tränen aufgelösten Gesicht und nahm ihn auf den Schoß.

Diesmal wehrte er sich nicht, und sie sagte leise zur grollenden Tamama «Jetzt reicht's», und Tamama schwieg, als ob sie nie gesprochen hätte.

Als Tamama dann doch irgendwann abreiste, fühlte sich Lále, als hätte man ihr ein Fingerglied abgehackt. Zu dritt waren sie eine Familie, zu zweit waren sie allein. Um sich abzulenken, ließen sie sich durch die Straßen treiben. Schwer war es nicht, sich an jeder Ecke in Gespräche zu verwickeln. In ihrer Verlorenheit rutschten Lále Geständnisse über die Lippen, die die Leute befremdeten. Dabei hatte sie gar nicht vorgehabt, etwas zu sagen. Andere Mütter redeten über Kochrezepte. Lále über Seelenqualen. Wer die Person war, der sich Lále anvertraute, war vollkommen gleich. Sie schämte sich und erzählte dennoch in der Apotheke von Pits Sünden.

Als sie Hennings Tochter auf dem Spielplatz sah, trat sie erfreut an das quietschende Tor. Ihre Gegenwart bedeutete auch Hennings Anwesenheit.

Jetzt hätte sie ihn gern gesprochen, Tamama war gerade abgereist, und bei Henning war sie sich ein paar warmer Worte sicher.

Nach seinem Besuch in ihrer Wohnung war Lále ihm aus dem Weg gegangen, was nicht schwer gewesen war, da sie kaum mehr einen Schritt ohne Tamama gemacht hatte.

Einmal, im Kinderladen, hatte Henning ihr hinter Tamamas Rücken mit einer Geste bedeutet, er wolle mit ihr telefonieren, aber sie zeigte auf die ahnungslose Tamama, zog ein Gesicht, das ausdrücken sollte, dass es unmöglich war, und schickte eine Geste hinterher, die derartige Pläne in die fernere Zukunft verschob. Doch plötzlich hatte sich Tamama umgedreht und ihre Blicke mitbekommen. Daraufhin lächelte sie Henning breit an. Während Lále Nathans Schuh zuband, begann die Großmutter auf sie einzureden. Gleichzeitig erklärte Nathan ihr sein neuestes Bild. Sie sah nur mit Wasserfarben verwischte Striche, aber seine Erzählung verzweigte sich in tausend Richtungen, vollgestopft mit Abenteuern und Zauberfuhrwerken. Tamama redete ebenso laut – da sie ihrer Meinung nach sowieso von niemandem verstanden wurde – über Henning, der neben ihr stand, und wie gut er aussehen würde. Erstaunt betrachtete Lále ihre schmale, halbvertrocknete Großmutter. Sie hatte gar nicht gewusst, dass sie auf stattliche, fleischige Typen stand. Dann verdrehte sie betont angewidert die Augen. Sie wollte nicht verkuppelt werden, vor allem nicht von ihrer eigenen Großmutter. Aber Tamama hörte nicht auf. Und als das internationale Wort «sexy» fiel, floh Lále vor die Tür.

Von nun an blieb Tamama jedes Mal, wenn sie sich im Kinderladen sahen, wie ein verliebter Teenager vor Henning stehen. Er musste glauben, schon halbwegs zur Familie zu gehören, was Lále besonders ärgerte, weil sie eine sanft eingeleitete Entfernung beabsichtigte.

Aber jetzt tat es ihr gut zu wissen, dass Tamama an dieser Person hing.

Nach einem ersten Blick auf die Erwachsenen sah sie ihn jedoch nicht. Dann erblickte sie eine Frau und ahnte eher, als dass sie es wusste, dass dies Hennings Frau sein musste. Das Kind holte sie nie ab, aber Lále hatte sie einmal an seiner Seite gesehen. Sie waren nebeneinander hergelaufen, dass man ihnen keine Ehe ansah. Sie hatten sich nicht berührt, und der gemeinsame Stall war an ihrem Aussehen nicht abzulesen.

Die Frau musste sie auch erkannt haben, sie nickten einander zu. Es hätte seltsam gewirkt, nicht auf sie zuzugehen. Lále sah den nackten Henning mit Schweißkrone vor sich.

Nicht dass sie sonst an ihn dachte. Aber durch die Anwesenheit seiner Frau, durch das Verbot, keimte eine leise Sehnsucht in ihr auf, seine Nähe wieder zu erfahren. Sie gab sich einen Ruck.

Aus unmittelbarer Nähe schaute sie sich die Frau genauer an. Sie versuchte herauszufinden, was ihm an ihr gefiel oder je gefallen haben könnte. Ihr Name war schöner als sie selbst: Emma. Auf Anhieb fühlte Lále sich in einem eventuellen Kampf um Henning als sichere Siegerin. Aber während sie sich unterhielten, musste sie einige Male laut auflachen. Emma hatte einen trockenen Humor. Sie war alles andere als naiv und hatte Wärme und Suggestion. Es fühlte sich gut an, von ihr beachtet zu werden, und innerhalb kürzester Zeit wurde Lále wild darauf. Das auf den ersten Blick unscheinbare Gesicht drückte im Gespräch Ironie und Lebendigkeit aus. Ehrlich, offen erschien sie, und doch verschlossen und distanziert. Láles Ehrgeiz wurde geweckt, sie zum Vertrauen zu verführen. Sie wollte ihr Lachen hören, ihrem wachen Blick begegnen. Als sie den Spielplatz verließen, war Lále aufgepeitscht. Und nicht wegen Henning.

Tamama rief an. Tamama rief nie an. Die Minuten nach Deutschland waren kostbarer als Gold. Eher hielt sie es aus, gar nichts zu wissen, als sich von der ungarischen Telefongesellschaft ausrauben zu lassen. Aber jetzt rief sie doch an, sie redete hastig, ließ Lále kaum zu Wort kommen. Lále hörte «Urban-Krankenhaus» und eine Zahlenreihe. Sie schrieb sie auf, und wie sich herausstellte, war es tatsächlich eine Telefonnummer. Tamama sagte, dass Lále für sie nach Flugtickets schauen sollte, in ihrem Netz, durch das sie mit allen wichtigen Organen der Welt verbunden wäre. Zum Schluss erwähnte sie, dass ihre Tochter, die nebenbei auch Láles Mutter sei, im Sterben liege, und verursachte auf ihrer Seite einen lauten Knall, dem das Besetztzeichen folgte.

Lále legte auf.

Sie rief die Nummer an und erfuhr von einer wildfremden deutschen Stimme, männlich, dass ihre Mutter Schilddrüsenkrebs habe, ihre Zimmernummer im Krankenhaus, die Summe ihrer Mietschulden und dass Lále sie hoffentlich begleichen werde. Lále schrieb mehrere Flugverbindungen auf, ging Nathan holen und überredete ihn zu einem Spaziergang am Kanalufer. Sie hielt ihn mit Schwänen bei Laune, mit einem weißen Hund, der auf der Jagd nach seinem Ball ein paarmal an ihnen vorbeiraste, und schließlich auf einem zum Café umfunktionierten rostigen Schiff mit einer Kugel nach Wachs schmeckendem Eis. Auf der Wiese Fahrräder, Grillständer, auf Decken Sonnenpublikum. Federbälle und Frisbees flogen um ihre Köpfe, im Wasser zogen Schwanenschwärme vorbei, Füße wurden ins Wasser gehalten. Vier, fünf junge Männer, glatzköpfig oder mit Rastas, alles Weiße, saßen etwas entfernt und schlugen afrikanische Trommeln, einem Takt folgend, in einem organischen Miteinander. Dennoch wirkte jeder von ihnen, als wäre er allein auf der Welt.

Endlich standen sie vor dem Krankenhaus, in ihrem Rücken der Kanal.

Lále starrte auf die Fenster, und der Takt in ihrer Brust übertönte die Trommeln. Nathan zog an ihrer Hand und sagte etwas. Wo könnte sie liegen? Hatte sie dieses Urlaubsbild als Aussicht, bemerkte sie überhaupt noch Bruchstücke dieser Schönheit, oder schaute ihr Fenster auf die andere Seite? Nathan ließ Láles Hand los, sie sah ihm kurz nach. Er näherte sich einer Gruppe Jugendlicher, die Karten spielten,

Bier tranken und ab und an umhertollten. Lále betrachtete wieder die Fassade. Sie meinte die Anwesenheit ihrer Mutter zu spüren, sie verfolgte die anrollenden Taxen, das Treiben am Eingang, durch den auch ihre Mutter ins Gebäude gelangt sein musste. Dann fiel ihr ein, dass sie vielleicht betäubt war von Schmerzmitteln, oder war sie schon gar nicht mehr bei sich? Wie würde Nathan reagieren? Konnte sie ihm das zumuten, ihn aus heiterem Himmel mit dem Sterben seiner unbekannten Großmutter konfrontieren? Sie hörte einen Schrei, der sich deutlich vom restlichen Lärm unterschied. Ob dadurch, dass es eindeutig Nathans Stimme war oder einfach wegen der Lautstärke, wusste sie nicht. Sie drehte sich um und sah zwei Männer im Wasser, die den nassen Nathan hochhoben. Lále rannte hinunter und half, ihn an Land zu ziehen. Er war erschrocken und unterkühlt. Damit hatte er beantwortet, ob er seine sterbende Großmutter kennenlernen wollte. Lále bedankte sich hastig bei den Männern, packte ihn, legte ihn über ihre Schulter und eilte zur Bushaltestelle.

Abends rief Tamama wieder an und diskutierte die Flugmöglichkeiten. Sie schimpfte jedes Mal, wenn Lále den Preis für die Tickets nannte, zählte aus dem Stegreif einige der Schicksalsschläge auf, die sie im Laufe ihres Lebens ereilt hatten, bilanzierte, wie viele Vergünstigungen ihr vom Schicksal zum Ausgleich zustünden, und beweinte ihr Geld, das sie törichterweise aus den Händen gelassen hatte, um dem rückgratlosen Pit einen netten Schlitten zu spendieren. Lále sagte kein Wort zu alldem, mit jeder Sekunde wuchs ihr Wunsch aufzulegen. Aber Tamama konnte sich nicht entscheiden, welchen Flug sie nehmen sollte, den am nächsten Morgen oder den für die Hälfte in drei Tagen, aber ob die Tochter dann noch lebte, weil: wenn sowieso nicht, dann könnte sie gleich in Budapest hockenbleiben.

Dann fragte sie, wie es um sie stehe, wie sie aussehe, und Lále antwortete zum mindestens fünften Mal, dass sie es doch nicht geschafft habe, bei ihr vorbeizugehen, obwohl sie schon vor dem Krankenhaus gestanden, schon ihr Fenster gesehen hatte, aber dann hatte Nathan einen Schwan oder Hund entdeckt, wäre ihm oder auch trommelnden Möchtegernafrikanern nachgerannt und im Wasser gelandet. Aber das Ende hörte Tamama nicht ein einziges Mal, weil sie vermutlich unruhig nach der Zeit schaute, mit deren Voranschreiten ihr Geld erneut angezapft wurde, und Láles Rede immer wieder unterbrach. Lále sprach aus, was Tamama gern hören wollte. Sie sollte noch abwarten, morgen würde sie ins Krankenhaus gehen und nach der Mutter sehen, dann könnte man sich erneut wegen der Dringlichkeit ihres Kommens beraten.

Obwohl sie selten träumte, träumte sie in dieser Nacht viel und wirr. Sie und ihre Mutter waren gleichzeitig Kinder. Die Mutter zeigte Lále ihren Penis, aber Lále wusste, dass sie ihr etwas vormachte, und nannte sie spöttisch «Vater», was die Mutter wütend machte, und plötzlich war Lále sterbenskrank, und die Mutter stand neben ihrem Bett und lachte schrill und war plötzlich Láles Schwiegermutter.

Am nächsten Morgen stand sie früh auf, schlurfte zur Kaffeetasse und streute Instantpulver hinein. Mit der Tasse in der Hand stellte sie sich unter die Dusche und beobachtete sich beim Wachwerden. Als sie sich abtrocknete, kam Nathan, pullerte noch fast im Schlaf, kroch hoch auf Láles Schoß und schlief wieder ein. Mit einem Arm zog Lále sich und Nathan an, machte Frühstück. Nathan öffnete die Augen, aß ein paar Cornflakes und ließ sich in den Kinderladen bringen.

Nach ihrer Rückkehr sah Lále die Job-Inserate durch. Sie konnte ihrer Mutter schlecht sagen, dass sie arbeitslos war, und wollte zumindest mit Plänen prahlen, wenn sie sie besuchte. Das Telefon klingelte, und der Mann mit den Mietschulden sagte, dass es der Mutter ganz schlecht gehe und sie vorbeikommen solle und warum sie gestern nicht gekommen sei, was aber eigentlich egal sei, jetzt solle sie kommen.

Sie rief schnell Tamama an, die zu jammern begann, warum sie nicht heute geflogen war und warum Lále ihr zum Bleiben geraten hatte. Dann behauptete sie plötzlich, ganz genau zu wissen, dass Lále das absichtlich getan hatte, um sie, die Mutter, von ihrer Tochter fernzuhalten. Lále solle etwas tun, schrie sie, sie könne doch nicht zulassen, dass ihre Tochter, die nebenbei gesagt Láles Mutter war, «hörst du, du Undankbare, deine Mutter», dass sie stirbt. Wolle sie jetzt Schicksal spielen und allen beweisen, dass sie mit ihrer unverschämten Jugend die Mächtigste hier sei? Und vor allem sei sie, Tamama, jetzt dran mit Sterben, und Lále solle es dem Allmächtigen, oder egal wem, über ihr Netz mitteilen, dass es so nicht läuft! Man schmeißt nicht einfach die Reihenfolge der Natur um! Sie sei schon oft genug dem Tod entkommen, sie habe schon im Krieg sterben sollen, aber wenn man einmal vergessen wurde, scheint man immer vergessen zu werden. Lále legte auf, und es tat ihr leid, Tamama in ihrer Trauer alleinzulassen, aber sie befürchtete, sonst nie loszukommen.

Das Telefon klingelte wieder, der Mann schrie, wo sie bleibe, hätte er nicht richtig verstanden, dass es sich um ihre Mutter handele? Der Mutter würde das Wasser aus dem Mund blubbern, das aus ihrer Lunge immer neu hochbreche. Dass sie sich wehren würde, wenn man ihr die Lunge absaugen wollte, dass sie sehr stark sei, selbst noch im Sterben.

Auf einmal schossen Lále Tränen in die Augen, jahrzehntelang zurückgehaltene Tränen. Sie meinte, alles um sich herum zu fluten, sie hörte, wie die Stimme im Hörer absoff, wie die Muskelkraft aus ihren Gliedern wich, Szenen aus der Kindheit durchströmten ihr Hirn ohne Zusammenhang. Immer hatte sie auf die Mutter gewartet, und immer hatte sie geahnt, dass sie sowieso nicht kommen würde, und jetzt, wo Lále sich auf den Weg zu ihr machen könnte, hatte sie den Eindruck, es gäbe diese Mutter gar nicht. Alle redeten nur über sie, aber der Sinn ihrer Existenz war ihre Abwesenheit. Lále wusste nicht, wie es dazu kam, und wie viel Zeit vergangen war, aber sie lag auf dem Fußboden. Dicke Regentropfen prasselten gegen ihr breites Fenster, das ganze Zimmer entlang regnete es. Das Prasseln klang, als käme es aus ihren Eingeweiden. An der Zimmerdecke über ihr tanzende Flecken.

Sie stand auf, nahm den Regenschirm und suchte nach dem Wohnungsschlüssel. Sie konnte ihn nirgendwo finden. Als sie die Tür öffnete, sah sie ihn von außen im Schloss stecken. Das Telefon klingelte, sie zog die Tür hinter sich zu, aber sie hörte es immer noch klingeln. Sie schloss wieder auf, nahm sich vor, Tamama zu sagen, dass es der Mutter gutgehe, und dem Mann zu erzählen, dass sie in Süddeutschland Opfer von Hochwasser geworden sei. Auf alles gefasst, riss sie den Hörer hoch und meldete sich mit eiserner Stimme. Die Erzieherin von Nathans Kinderladen fragte, ob sie wohl vergessen habe, dass heute früher Schluss sei. Jetzt würde sie nach Feierabend mit Nathan allein dort sitzen. Lále fragte, ob sie vielleicht noch warten könne, bis Nathans Großmutter endgültig gestorben war, das wäre nämlich sehr zuvorkommend von ihr.

Danach ging sie in den Regen hinaus, den Regenschirm hatte sie oben vergessen. Sie lief bis zur Straßenecke Richtung

Krankenhaus, dann drehte sie sich um und lief in die andere Richtung, zum Kinderladen. Das tat sie einige Male, bis sie schließlich vor ihrem Haus stehen blieb.

Sie ging hoch, rief Pit an und sagte heulend, dass er bitte Nathan abholen solle, weil ihre Mutter gerade sterbe, nebenan, gegenwärtig, sehr. Pit sagte, dass er leider eine Verabredung habe. Er war sehr höflich und sagte noch mit warmer Stimme «Tschüs», bevor er auflegte. Daraufhin versuchte sie den Mann zu erreichen, aber er ging nicht ans Telefon, nicht das erste, nicht das zweite, nicht das dritte und auch nicht das vierte Mal. Lále ging wieder hinunter und beschloss, zum Krankenhaus zu laufen. Sie versuchte, sämtliche Bilder aus ihrem Kopf zu verjagen, von Nathan, von Tamama, von der eigenen Kindheit. Sie wollte dem Geschehen unvoreingenommen begegnen. Ihre Tränen wischte der Regen fort, während sie auf den Kanal starrte, den sie entlanglief. Sie erblickte das Krankenhaus, wegen des Regens viel grauer als gestern, der Sturm hatte alles so verdunkelt, dass in jedem Fenster Licht brannte. Ihr Handy surrte tief aus dem Rucksack. Sie suchte mit einer Hand, während sie den Blick nicht von den dunkelgelb erleuchteten Fenstern löste und immer noch auf das Krankenhaus zulief. Der Mann sagte mit viel ruhigerer und tieferer Stimme als zuvor, dass die Mutter gestorben sei und sie nicht mehr zu kommen brauche. Sie sagte, dass sie aber schon hier stehe und ihre Mutter sehen wolle, aber sie war sich nicht sicher, ob ihr Schluchzen nicht all ihre Worte verwischt hatte. Der Mann sagte noch, dass die Mutter schon hinausgebracht worden sei, ihm nur noch übrigbleibe, ihr ein herzliches Beileid auszusprechen, und er werde ihr die Abmahnung über die Mietschulden per Post zukommen lassen.

Lále stand vom Regen völlig durchnässt im Eingang, das

Telefon klebte stumm an ihrem Ohr, sie drehte sich um und lief direkt zu Nathans Kinderladen. Sie merkte kaum, dass sie weinte, so lange weinte sie schon, das Zwerchfell bebte im Takt ihrer Schritte. Sie klingelte, es wurde geöffnet und Nathan, von Kopf bis Fuß in Regensachen gewickelt, herausgeschoben.

Sie liefen durch die Straßen, durch die sie jeden Tag liefen, und Nathan redete über den Regen, der die Toten aus der Erde spülen würde, und über eine Brot-in-den-Mund-Katapultier-Maschine, die er gerade basteln würde. Erst als sie in der Wohnung standen und er das Licht anknipste, merkte er, wie verweint seine Mutter war, und wandte sich ihr erstaunt zu: «Mama, warum weinst du?»

«Meine Mama ist gestorben.»

«Aber du hast gar keine Mama.»

Statt einer Antwort stieß Lále nur einen unartikulierten Schrei aus, worauf sich Nathans Augen angstvoll weiteten. «Mama, nicht weinen», sagte er, aber Lále weinte und weinte.

Sie rief noch einmal bei Pit an und fragte, ob die Verabredung vorbei sei, und er sagte, momentan könne er leider nicht, aber vielleicht zu einem späteren Zeitpunkt. Daraufhin erwiderte Lále schluchzend, dass sie nicht wisse, wie sie sich beruhigen solle, und Nathan schon ganz verängstigt sei. Pit schwieg verständnislos, wie schwer doch einige von Begriff waren, damit legte er auf.

Als Lále auflegte, sah sie, dass auch Nathan weinte. Sie nahm ihn in den Arm und sagte: «Wein doch nicht», aber ihre Stimme brach, und ihrer beider Körper schüttelten sich ineinandergeflochten in einem einsamen Krampf. Irgendwo klingelte das Telefon, und Lále wusste, dass es Tamama war und dass sie das Recht hatte, es zu erfahren.

Am nächsten Morgen stand sie mit verquollenen Augen im Hausflur und hielt einen gelben Briefumschlag in der Hand. Es war ein Ablenkungsgeschenk, die Vorladung zum Cottbusser Familiengericht, wo in wenigen Wochen der Prozess stattfinden würde, der Rechtsgültigkeit in ihr Leben bringen sollte. Ihre sämtlichen Lebensfunktionen schienen vor Angst anzuhalten, wenn sie daran dachte. Das Atmen hatte sie durch bewusste Zwerchfellbewegung ersetzt, und sie zwang sich, nach dem nächsten Briefumschlag zu greifen.

Das Jobcenter kündigte Leistungen für den nächsten Monat an. Auch rückwirkend, was bedeutete, dass sie ein kleines finanzielles Polster haben würde. Außerdem wurde ihrem Antrag auf Möbelgeld stattgegeben. Der Betrag würde zwar auch erst später überwiesen werden, aber sie hatte die Möglichkeit, sich persönlich einen Vorschuss auszahlen zu lassen, um das Nötigste zu beschaffen.

Am nächsten Morgen fuhr sie zum Jobcenter. Die Mutter und ihr Tod erschienen ihr wie ein Albtraum, aber halbwegs ausgestanden.

Tamama hatte auch nicht mehr angerufen. Der Morgenwind kroch unter Láles Kragen und biss in ihre Nase. Es war kurz nach sieben. Die U-Bahnen waren voll. Das Publikum gemischt. Bei der Haltestelle am Jobcenter strömten Massen aus den Türen. Als Lále sich umsah, war die Vielfalt dahin, alle Ernstwirkenden, Gutgekleideten und stoisch Dreinschauenden waren im Fahrzeug geblieben. Die rohe Masse begann ihr einsames Rennen. Alle für sich allein, dumpfe Blicke, geschmacklose Turnschuhe, schlecht gefärbte Haarsträhnen. Auf beiden Straßenseiten Richtung Jobcenter fluteten Menschen, als ob man etwas umsonst verteilen würde – na klar, umsonst überleben.

Zunächst stand sie an, um eine Wartenummer zu erhalten. Danach wartete sie, um an die Reihe zu kommen. Aus jeder Tür traten Sachbearbeiter mit Listen in der Hand und nuschelten Namen, die selbst die Betroffenen nicht verstanden, weil sie falsch ausgesprochen wurden. Oft schlossen sie die Tür hinter sich ab und verschwanden für lange Zeit. Dann kamen sie wieder, sperrten auf, als wäre es Teil einer Zeremonie, die Öffnung der Schatzkammer. Die Herumsitzenden durften sich wie potenzielle Diebe fühlen, die nicht mal vor veralteten Computern und dem übrigen Büromüll haltmachten. Jemanden anzusprechen erschien unangebracht. Wie Prominente von Paparazzi fühlten sich die Sachbearbeiter von den Bettlern belästigt. Einige sprangen dennoch auf und trauten sich an die Beamten heran, deren Kopfhaltung Dünkel und Blicke Frost verkündeten. Sie wurden ignoriert oder mit einem kühlen Halbsatz auf ihre Plätze verwiesen.

Als mehrere Stunden vergangen waren, erhärtete sich in Lále abwechselnd der Verdacht, vergessen worden zu sein, vor der falschen Tür zu sitzen oder den eigenen Namen überhört zu haben. Sie trat bei der nächsten Gelegenheit an einen männlichen Sachbearbeiter heran. «Sie habe ich nicht auf meiner Liste», sagte der und trat ab. Eine weitere halbe Stunde lang geschah nichts. Die Leute saßen schon auf dem Boden an die Wände gelehnt. Lále beschloss, den nächsten Heraustretenden anzusprechen und aufdringlicher zu sein. Plötzlich trat eine Sachberaterin heraus, und noch bevor Lále hätte aufstehen können, erhob sie die Stimme und richtete eine kleine Rede an die Allgemeinheit darüber, dass das Jobcenter einen Computerausfall habe, wodurch sich die Wartezeit erheblich erhöhen würde. Lále, Hardcore-Wartende, nickte apathisch, nachdem sich ihre lang geplante Frage erübrigt hatte, und blätterte die schon eselsohrig gelesene Zeitung erneut durch.

Kaum waren zwei weitere Stunden vergangen, saß sie auf dem Stuhl neben dem Schreibtisch einer Jobcenterbeamtin. Diese erklärte, für den vom Jobcenter schriftlich angebotenen Vorschuss an Möbelgeld nicht zuständig zu sein. Lále sollte an einem anderen Tag wiederkommen. Lále zog in Erwägung, aufzuheulen oder auf die Beamtin loszugehen. Auf ihren aufgelösten Blick hin nahm die nicht zuständige Beamtin den Hörer ab, und, siehe Wunder, es wurde jemand für Lále gefunden. Eine, die sich auskannte und sich zuständig fühlte. Und freundlich war sie auch noch.

Lále war in einem totalitären System aufgewachsen und hatte das Gas der Gaskammern in den Adern, wenn auch nur sehr verdünnt. Dennoch, die klassische Aufstellung eines Kastensystems, eine authentische verachtende Haltung unteren sozialen Schichten gegenüber hatte sie hier inmitten einer seit Jahrzehnten blühenden Demokratie deutlich zu spüren bekommen.

Aber sie hatte es ausgehalten und einen Scheck über neunhundert Euro erhalten. Gleich vom Jobcenter aus ging sie zur Post, holte das Geld ab und steckte es in ihr Portemonnaie zum Restbetrag von Tamamas Geld. Sie umarmte ihren Rucksack, das halbe Vermögen drückte süß gegen ihren Bauch. Sie schaute um sich und war sich bewusst, mehr Geld in der Börse zu haben als die meisten anderen Fußgänger. Zu Hause versteckte sie es unter dem Toastbrot, ging Nathan abholen und beschloss, gleich am nächsten Morgen zu Ikea zu fahren.

Sie wollte vorerst nur die Hälfte ausgeben. Ungefähr siebzig Euro sollte der Transport kosten, so hatte sie knapp vierhundert Euro, um sich einzurichten. Oder sie könnte das Ganze lassen und das Geld auf das Konto fließen lassen, dessen Nummer ihr am gleichen Morgen schriftlich vom Vermieter ihrer Mutter mitgeteilt worden war, mit dem sie vor einigen Tagen ausgiebig telefoniert hatte. Kennengelernt hatten sie sich nicht, aber das Verhalten in Ausnahmesituationen hatten sie voneinander testen dürfen. Er zögerte nicht lange mit seiner Mahnung. Die Summe vom Jobcenter hätte nicht mal die Hälfte ihrer Schulden gedeckt. Sie zerriss den Brief in Stücke. Dann fielen ihr die Beerdigungskosten ein. Besser, sie erkundigte sich gar nicht erst. Sonst kamen sie ihr noch auf die Spur. Sie hatte gehört, dass Sterben teuer war. Von Trauer geschwächt, konnten die Hinterbliebenen sich nicht gegen die dreisten Kosten wehren. Aber sie war nicht geschwächt. Sie konnte sich wehren.

Sie schaute auf den Zettel, auf dem die Maße der Wände standen. Mit dem Zollstock des ägyptischen Nachbarn, mit dem sie sich gut verstand, seit er eingesehen hatte, dass sie als Ehefrau nicht in Frage kam, nahm sie Maß. Es war ein schönes Spiel, sich die ausgesuchten Stücke in ihren Wänden vorzustellen. Im Hinblick auf die Tatsache, dass es der unbekannte Vermieter auf ihr Geld absah, genoss sie die zahllosen Variationen noch mehr, in die sie Maleks Wohnung verwandeln könnte. Das Geld gehörte ihr. Niemandem sonst. Sie rechnete und zeichnete am Grundriss, schrieb Zahlen auf und strich sie durch. Das Bündel aus Scheinen drückte unter ihrer Achsel. Dort war die Damenhandtasche von Esprit eingeklemmt, erstanden für drei Euro bei der Caritas, wo gebrauchte oder fehlerhafte Stücke an Bedürftige verkauft werden.

Im unteren Stockwerk holte sie Küchenutensilien; Töpfe, Teller, Tassen, Messer, Kartoffelschäler – sich streng an die billigeren Stücke haltend –, Kissen, Teppiche, Handtücher, Toilettendeckel, Bilder, Spiegel. In der Möbelhalle holte sie einen zweiten Wagen für die Möbel und schob beide mit ausgestreckten Armen balancierend, darauf bedacht, in dem schmalen Gang nichts mitzureißen. Die Handtasche baumelte zwischen Oberarm und Brust, ihr Puls beschleunigte sich, aus Sorge, sie könnte zu spät kommen. Einiges war bereits ausverkauft. Sie zog an sperrigen Paketen, bis ihr schwarz vor Augen wurde. Der zweite Wagen war bereits halb voll. Lále schwitzte. Seit dreieinhalb Stunden kalkulierte sie und schleppte. Das Seitenteil von Nathans Schrank war so lang und schwer, dass sie es nicht bewegen konnte. Die Tasche schlug ihr gegen die Brust und das Kinn, der Riemen rutschte immer wieder ab. Sie schaute sich nach Hilfe um, aber alle schleppten selbst oder waren zu weit entfernt. Also schob sie den Wagen mit den kleinen Sachen etwas zur Seite, legte die Tasche darauf und versuchte es erneut. Sie stöhnte und spannte die Muskeln an. Schon hing die Schrankwand mit halber Länge über dem Wagen. Sie kroch noch einmal tief ins Regal, um sie richtig anpacken zu können. Der unhandliche Karton glitt auf den Wagen wie geölt. Zufrieden richtete sie sich auf, ein Kämpfer nach der Schlacht, der sich wundert, noch am Leben zu sein, und blickte ins Licht, um den Schwindel zu verjagen. Alles, was auf dem Zettel stand, war auch auf dem Wagen. Sie nahm sich vor, die Liste noch einmal durchzugehen, und merkte, wie müde sie war, als sie auf den Kleinutensilienwagen blickte, der einen halben Arm entfernt stand. Dreieinhalb Stunden. Der Khakistoff der Handtasche lag schlapp, ohne Spannung. Sie trat zum Wagen, die Stofftasche ließ sich ohne Gewicht und Form heben. Sie war leer. Lále riss den Blick hoch, alle Farben nahm sie überdeutlich wahr. Ihre Schläfen leuchteten vor Hitze. Sie ließ alles stehen und lief – ohne Widerstand unter den Füßen – zu einem Mitarbeiter in gelbem Ikeahemd, der über einem Computer brütete. Alles um sie herum war grobkörnig, verzerrt, wie in einem beschlagenen und verzogenen Spiegel. Als sie den Mund öffnete, merkte sie, dass sie kaum artikulieren konnte. «Sperren Sie alle Eingänge ab», flüsterte sie heiser. Der gelbe Mann ignorierte ihre Anweisung und stellte ihr Fragen zu Inhalt und Farbe des Portemonnaies. Lále wusste, spürte, sah vor sich, wie es inzwischen durch die Tür wanderte und geleert wurde. Der gelbe Idiot drückte gemütlich auf den Telefontasten herum. Am liebsten hätte sie ihn durchgeschüttelt, um seine Hirnzellen neu aufzumischen. Kurz darauf klingelte das Telefon, und eine hohe Stimme hallte heraus, dass ihr Portemonnaie gefunden worden war. Auf dem Parkplatz. Ohne Geld. Sie hörte mit halbem Ohr, dass diese Woche schon zwei solcher Diebstähle vorgefallen waren. Lále hätte sich gewünscht, nur hundert Euro im Portemonnaie gehabt zu haben. Nur zweihundert. Nur dreihundert. Ihr Blick suchte nach den abgestellten Wagen, sah sich die mühsam zusammengesuchten Stücke an, und ihr Verstand weigerte sich, sie stehen zu lassen. Sie erhielt vom selben gelben Mann ihr schmal gewordenes Portemonnaie zurück, steckte es, ohne hineinzublicken, in die Tasche, wandte sich in Richtung der breiten Glastür mit blendender Helligkeit dahinter und entfernte sich von den Regalen und dem Mann, der ihrem Rücken eine Verabschiedung nachrief, ohne darauf zu reagieren, ohne dass sie sich auch nur ein Detail seines Gesichts gemerkt hätte.

Im Bus dachte sie an die fassungslose Freude des Diebes und stieg wie paralysiert bei der Polizeiwache aus. Die begrünte Stadtvilla des Polizeiabschnittes machte den Eindruck einer idyllischen Pension. Sie erzählte alles, was ihr einfiel, vom Drang getrieben, dass am Ende vielleicht eine Kleinigkeit von Belang sein könnte, deren Wichtigkeit nicht zu erahnen gewesen war.

Vor einer veralteten Deutschlandkarte strengte sie sich an, Details aus ihrer Erinnerung zu pulen, und wehrte sich gegen das Vorurteil, dass die ab und zu dumpf aufblickenden Polizistenaugen der Inbegriff von Begriffsstutzigkeit und leerem Machtbewusstsein waren. Der Beamte, sprachbehindert von zähflüssigem Dialekt, rekelte sich steif auf seinem Sitz und suchte erfolglos nach Formularen, um die Anzeige schriftlich festhalten zu können. Dann verschwand er und kam lange nicht wieder.

Lále schaute auf die Uhr, bald würde sie Nathan holen müssen. Sie fürchtete sich, mit ihm in der leeren Wohnung zu sein. Ihr graute vor der Spanne bis zum Monatsanfang. Sollte sie den ägyptischen Nachbarn oder Henning anpumpen? Tamamas endlose Fragen und lautstarkes Wehklagen beschloss sie sich zu ersparen. Der Beamte kam wieder und sagte: «Nach Ihnen wird gefahndet.»

Bis jetzt war sie nur beklaut worden. Nun wurde sie verhaftet. Sie steckte in einer aberwitzigen Falle. Plötzlich verstand sie die Blicke, die Sucherei, das Warten und warum niemand mit ihr gesprochen hatte. Sie steckte im Glaskäfig fest. Durch die Scheiben wurde sie von Polizisten gemustert. Der große Fang des Tages. Wieso sollten sie Dieben nachjagen, wenn Kindesentführerinnen freiwillig in den Käfig marschierten? Was sie untereinander beredeten, verstand sie nicht. Sie sah nur, wie sich ihre Münder bewegten und wie der Bildschirm, zu dem sie sich immer wieder bückten, ihre Stirnen und Augenpartien beleuchtete.

Sie sagte, dass die Anzeige schon längst gerichtlich geklärt sei, und gab den Polizisten die Telefonnummer ihrer Anwältin. Ihre Worte erzeugten eine ähnliche Reaktion wie die einer von hohem Fieber geschlagenen Fünfjährigen, die über eine Atomkatastrophe im Kreis ihrer Kuscheltiere delirierte. Sie durfte einmal telefonieren, rief eine Nachbarin an und bat sie, Nathan abzuholen und bei sich zu behalten.

In den nächsten Stunden entwarf sie Strategien, wie sie sich eine Gefängnisstrafe annehmbar gestalten könnte. Sie würde ihre bitteren Erfahrungen aufzeichnen und auf einen Schlag eine berühmte Autorin werden. Sie formulierte Sehnsuchtsbriefe an Nathan, die in erster Instanz von der Gefängnisleitung zensiert und in zweiter von Pit zurückgehalten würden. Sie sah sich als alte Frau und Nathan als Jugendlichen, wie er sie am Tag ihrer Entlassung am Gefängnistor abholte.

Es war dunkel, als sie wieder ins Freie durfte. Sie kam sich alt und vergessen vor. Sie wusste nicht, wen sie mehr verabscheute, die Polizei oder den Dieb. Kopfschüttelnd lief sie an verbrannt riechenden Fleischspießen und tristen Hauseingängen vorbei, sich Nathans schläfrigen Körper vorstellend, die Kühle der halbleeren Wohnung, Maleks Matratze und ganze Stunden, ohne dass sie den Mund aufmachen musste.

Im darauffolgenden Monat wurden die Karten neu gemischt. Sie bekam Geld überwiesen, und die Uhr, die Lebenszeit maß, gab vor, erneut zu ticken. Nathan war bei seinem Vater, und Lále kaufte Wein und Focaccia und stieg die alten Treppen zu Emmas Wohnung hoch. Ihre Tochter schlief nebenan, Henning war verabredet.

Sie saßen auf dem weißen Sofa, im Rücken helle Kissen mit blauem Blumenmuster, auf dem Boden flimmerte ein leise gedrehter Fernseher. Strichmännchen jagten einem kleinen weißen Punkt nach. Emma saß im Schneidersitz, wippte langsam hin und her. Ihr Atem roch nach Rauch. An ihren langen Schenkeln spannte die beige Leinenhose. Sie war mindestens fünfzehn Zentimeter größer als Lále. Lále betrachtete sie, senkte dann den Blick auf den zerkratzten Dielenboden. Die Balkontür stand offen.

Da sie niedrig saßen, sahen sie nur Blumenkästen vor dem milchig blau schimmernden Himmel. Sie hörten Gesprächsfetzen, Autoquietschen und Hundegebell. Es war lau, wurde langsam dunkel. Emma schaltete den Fernseher aus und erzählte von ihrem ersten Freund.

Zwei Kerzen neben den leeren Focaccia-Schachteln brannten fast herunter. Zuerst verschwanden die Flammen, dann erwachte das weiße Feuer neu und schoss hoch, viel höher, als man den kleinen Kerzenstümpfen zugetraut hätte. Sie nippten an Weingläsern.

Emma hatte vergebens an der Tür ihres Freundes geklingelt und dann aufgeschlossen. In der Wohnung blieb es reglos, sie lief herum und fand ihn nirgends. Im Schlafzimmer trat sie zum dritten Mal ans Bett und schlug diesmal die sich leicht wölbende Decke auf. Er lag tatsächlich darunter. Sie schaute in sein schlafendes Gesicht. Auf der Stirn ein schwarzes Loch. Erst verzögert sah sie den bordeauxfarbenen Fleck, auf dem er lag. Sein Hemd, das Laken, das Kissen verschwammen zu einer Farbe. Der Fleck war wie ein Ausschnitt, wo er endete, ging die alte Welt weiter. Das weiße Gesicht harmonisierte mit der unversehrten Welt. Emma setzte sich zu ihm. Fasste die Hand an, die die Pistole umschloss. Solange sie nichts unternahm, blieb er bei ihr.

Jetzt saß Lále neben ihr. Sie blickten auf den Holzboden

und schwiegen. Lále hätte gern gefragt, wollte aber nicht unnötig noch mehr in ihr aufreißen. Sie drückte ihre Hand, die sich rau anfühlte. Emma zog die linke Augenbraue hoch, und sie strich Lále über das Haar, als ob sie ihr zu viel zugemutet hätte. Lále starrte auf das schiefe Lächeln, ob es nur ein qualvoller Reflex war, und berührte die weißen Härchen an Emmas rechtem Mundwinkel. Emmas Augen gingen kaum merklich zu, wie bei einer Blinzelpuppe. Lále zog den Finger vom Mundwinkel zur Nase. Emmas Atem schlug ihr ins Gesicht, worauf sie die Lippen reflexartig auf Emmas legte. Kurz war Emma wie versteinert, dann tauten ihre Lippen aus der Erstarrung auf, Zähne surrten versehentlich aufeinander. Ihr Atem wurde lauter, sie versanken ohne Beginn und Ankommen, ein Kissen landete auf dem Holzboden.

Lále öffnete die Augen. Emmas Nasenflügel waren geweitet, die Augen eng, als ob sie aus einem Schlaf käme, ihr Brustkorb pulsierte. «Geh jetzt», sagte sie auf einmal.

Die Lichter der Nacht waren wie eine Installation – Stationen aus ihrem Leben – Marlis, die Anwältin, Pit, Henning, Nathan, ihre Mutter, Pável, Malek und Emma. Am liebsten hätte sie den Stecker gezogen, um die ganze Installation herunterzufahren, die Ausstellungsräume mit Schwärze zu fluten.

Am nächsten Morgen traf Lále sich mit der Anwältin. Als ob sie sie durch ein umgedrehtes Fernrohr betrachten würde, so winzig war die Erinnerung an sie geschrumpft. Im Licht des Zugfensters auf dem Sitz der Deutschen Bahn sah die Anwältin schmal aus, fast hinfällig. Hinter ihrem Kopf flitzten dünne Baumstämme vorbei. Langsam rückte der eigentliche Inhalt ihres Treffens, die Gerichtsverhandlung, in Láles Bewusstsein. Die Angst schien mit jedem Zentimeter, den sie sich Cottbus näherten, anzuschwellen. Die Baumreihen schienen sich mit der wachsenden Geschwindigkeit zu vermehren. Jetzt aus dem Fenster geworfen werden und wie Christbaumschmuck heftig im Wind flattern, um schließlich an einem der dürren Baumstämme zu zerschellen.

Bei der Verhandlung nahm sie alles nur gedämpft wahr. Bis der eine Satz gegen ihren Hinterkopf traf. Sie sprang auf. Wollte schreien. Die Tischkante bohrte sich schmerzhaft in ihren Oberschenkel. Sie sank auf den Stuhl zurück. Als sie den Kopf wieder hob, sah sie alles ein wenig verzerrt. Pit strich mehrmals über sein Sakko und grinste. Die Tür war mit Intarsien versehen. Rokoko? Oder Barock? Eine viel jüngere Nachahmung vermutlich. Vor der verzierten Tür unterhielt sich die Richterin mit den Anwälten. Sie spulte ihr Diktiergerät vor und zurück. Dann entschwand sie hinter der Intarsientür. Lále wollte ihr nachrufen. Dass sie etwas vergessen hatte. Als ob der Satz noch übermalbar gewesen wäre. Der letzte Satz der Verhandlung.

Pit schaufelte Anwaltsschriften in seine Tasche. Die Ärmel seines Anzuges waren zu kurz. Sein Kinn, schmal und etwas tiefer gerutscht, bewegte sich leicht. Lále versuchte, dort die Worte zu lesen. «Dem Antrag des Antragstellers wird stattgegeben.» Der Antragsteller war Pit. Sie die Gegnerin. Der Einsatz: das Aufenthaltsbestimmungsrecht für Nathan. Lále dachte an die Hochkirchstraße, in die sie Nathan vor einem Dreivierteljahr «entführt» hatte. An das Abenteuerbett, das früher Hennings Tochter gehört hatte, und an Nathans Krakelgemälde an den Wänden. Wenn Nathan malte, streckte er die Zunge heraus. Seine Finger presste er auf den Stift, sodass das Blut aus den Fingerkuppen wich. An seinem Platz war der Campingtisch voller Einkerbungen. Sein ganzer Körper war ein Krampf. Wenn er fertig war, schwitzte er wie nach einem Langlauf. Er malte unförmig. Dennoch, seine Bilder waren besiedelt von außergewöhnlichen Details.

«Ich mag, wie du malst», sagte ihm Lále.

«Meine innere Welt ist noch viel schöner», erwiderte er und ließ den Filzstift über die Tischplatte kullern. Lále verfolgte den gelben Stift, wie er vor dem Rand langsamer wurde, beinahe anhielt, dann ins Nichts verschwand.

Nathan hielt sich am Hals seines Vaters fest. Ihr Verstand ergab sich nur zäh. Antrag, Antragsteller, stattgegeben. Nathan weg. Sie stand auf. Pit flüsterte Nathan etwas ins Ohr.

«Mama, ich fahre zu Papa!», sagte Nathan mit einem fiebrigen Leuchten in den Augen. Er kam aber gerade von Papa. Er streckte den Arm nach ihr aus. Sie trat zu ihnen, er stieg auf ihren Arm um, schlang seine kleinen Spinnenbeine um ihre Hüfte. Während er umstieg, berührten Pits Hände die ihren. Er sah sie beide an. Mutter und Sohn. In seinem Blick fast ein wenig Sanftmut. Lále wischte ihren Handrücken an der Hose ab. Er hatte eine angenehme Haut. Nicht zu kalt, nicht zu feucht, nicht zu trocken.

Nathan redete unablässig. Sie kannte sein Gewicht, wie er sich unruhig wälzte, wo seine spitzen Knochen stachen, seine Stimme, den Geruch seines Atems. Sie hätte sich gewünscht, dass ihr jemand den Jungen fortriss. Pit unterhielt sich mit seinem Anwalt. Ihm würde gar nicht auffallen, wenn Lále wegrennen würde. Aber wohin? Mit Nathan auf dem Arm wäre sie langsamer. Nathan würde nach ihm rufen. Sie würden ihn einholen. «Ab jetzt wohne ich bei Papa», sagte Nathan. «Aber wir sehen uns am Wochenende. Sei nicht traurig, Mama!» Sie sah ihn an: Das fiebrige Leuchten war noch da. Er war schöner denn je. Sie ließ ihn abrupt runter, drehte sich um und ging.

Am Bahnhof holte die Anwältin sie ein. Sie fuhren zurück nach Berlin. «Wie eine unbewohnte Kulisse», hatte die Anwältin gesagt, als sie vor einigen Stunden in Cottbus ausgestiegen waren. Sie bestaunte den bröckelnden Putz im langen Tunnel, der von den Gleisen Richtung Stadt führte. Sie beäugte die brusthohen Halme, die aus dem aufgebrochenen Asphalt ragten, und die endlosen Straßenbahnschienen, die in beide Richtungen ins Nichts führten. Lále blickte die Anwältin nicht an. Sie wusste nicht, was misslungen war. Aber diese Frau hatte ihren Sohn verspielt.

Nicht eine Sekunde hatte sie gedacht, dass eine Berufseinsteigerin zwangsläufig Defizite haben musste. Weinerlich und zutraulich, war sie bereit gewesen, sich jedem, der sie nur freundlich anschaute, zu offenbaren. Sie hatte bestaunt, wie sachlich die Anwältin redete, wie sie in wichtigen Aktenbergen blätterte und unaufschiebbare Telefonate führte. Während sie in den Hörer sprach, hatte Lále auf ihren bordeauxfarbenen Brillenrahmen gestarrt, der bei Worten mit mehreren Konsonanten leicht auf dem Nasenrücken tanzte. Und sie schien Lále verstanden zu haben, indem sie in ihrem Entsetzen sich selbst vergaß und sie geküsst hatte, ihr den Kummer wegzuküssen versucht hatte.

Der Satz, der letzte Satz der Verhandlung, fegte alle Figuren vom Brett. Die Nähe zur Anwältin wurde jetzt ungemütlich. Lále hatte nur einen einzigen Wunsch: ihr ins Gesicht zu schleudern, dass ihr Sohn kein Übungsstück war. Aber dieser Satz machte auch keinen Sinn, wie kein Satz Sinn machte außer diesem einzigen. Hässlichsten. Letzten Satz der Verhandlung.

Das Urteil hatte die Anwältin verblüfft. Nach juristischen Maßstäben, sagte sie, die während der gesamten Verhandlung linkisch wie ein Schulmädchen gewesen war, sei das Urteil unvorstellbar. Aufgrund der Anschuldigung des Vaters, die Mutter wolle das Kind ins Ausland entführen, entledigte das Urteil die Mutter ihrer Rechte. Die Mandantin war zwar ausländischer Herkunft, hielt sich jedoch die ganze Zeit in Berlin auf. Ohne weitere Überprüfung und irgendwelche Beweise zu erbringen, hatte die Richterin den ganz in seiner Hasspredigt aufgehenden Anwalt des Vaters gewähren lassen.

Endlich erreichten sie den Ostbahnhof. Die Anwältin raffte ihre Sachen zusammen und murmelte leise «Tschüs». Lále erwiderte den Gruß, ohne aufzublicken. Erst draußen auf dem Bahnsteig lief die Anwältin in Láles Blickfeld, die auf den Bahnsteig starrte. Dann verschwand sie in der Unterführung.

Lále stieg am Alexanderplatz aus. Sie ließ sich mit der Flut treiben. Sie versuchte ihr Hirn mit Rucksackausschnitten und buntbestrumpften Waden von Intarsien, Diktiergeräten und Pit-Ärmeln reinzuwaschen. Als sie aus der Unterführung emporstieg, schlug ihr Schinken-Käse-Croissant-Duft in die Nase. Es roch verlockend, aber wenn man hineinbiss, schmeckte es scharf und metallisch. Sie gönnte sich diese Enttäuschung. Den Croissantstumpf steckte sie in die Papiertüte zurück und versuchte zu prophezeien, in welcher Form sich der Fettfleck darauf abzeichnen würde. Es gelang ihr erstaunlich gut, nicht zu denken. Nicht an das Schreckliche. Sie nahm den M48er, stieg die schmale Treppe hinauf und setzte sich ganz nach vorne. Als der Bus losfuhr, schaukelte die obere Etage wie ein Karussell. Die Sicht war frei, wie in einem Fahrsimulator. Von oben hatte Lále einen weiten Blick auf die Straßen, Autos und Baumkronen. Ein paar Zweige streiften den Bus, schlugen gegen die Scheibe. Sie zog den Kopf ein. Als der Bus bei Rot anhielt, spähte sie auf die Autoreihe hinunter. Glatte Farbflächen und jeweils ein schmaler Ausschnitt aus dem Innenraum. In jedem Auto sah sie ordentlich angeschnallte geköpfte Körper. Die Gurte verliefen bei allen im gleichen Winkel und schnitten ins Fleisch, die eigentliche Körperform unterbrechend. Láles Blick sprang von einem Auto auf das andere. Sie suchte nach einem Torso ohne Fettschicht. Fand keinen.

Am Kleistpark, bei der zu einer Kneipe umgebauten S-Bahn, stieg sie aus. Nathan hatte immer nach den Rädern gesucht und war nicht sicher gewesen, ob es überhaupt eine S-Bahn war. Eine wirklich richtige.

Ein Kriegsgeschrei setzte sich in Láles Stirn fest. Die Adern schwollen an und heizten ihr unter der Haut ein. Nathan.

An der Brandmauer über der alten S-Bahn hatten monatelang auf riesigen Werbeflächen traumhafte Landschaften aus der Sächsischen Schweiz geprangt, jetzt wollte eine Fluggesellschaft Passagiere für fünfhundert Euro nach Bangkok locken. Sie versuchte, aus den Buchstaben Nathans Namen zusammenzufügen. Die Versuchung war groß, ihre Schritte zu beschleunigen, die Wohnungstür aufzureißen und in Selbstmitleid zu zerrinnen. Aber sie entschied, zur orangen Fassade auf der anderen Straßenseite zu wechseln. Sie mutmaßte, dass der Sauerstoff in der Luft mit jedem Atemzug dünner werden würde.

Die Scheibe des getönten Schaufensters kühlte ihre Stirn. Hinter der grauen Glasfläche schlichen Schatten. Sie gingen in ihren Magen über und zogen fusselige, klebrige Striche, die sie gern ausgespuckt hätte. Ihr Blick wurde vom Preisschild aufgefangen. Sie stieß die Glastür auf. Links ein schwarzes Pult, rechts schwarze Spülbecken. Hinter dem Pult schmale Bänke, mit samtenem Tigermuster bezogen, um einen niedrigen Tisch, auf dem Zeitschriften ausgelegt waren. Es waren zwei Mappen, die Lále durchblätterte. Frauengesichter mit kurzen Haaren, blond, schwarz, asiatisch und europäisch. Jedes zweite gefiel ihr gut, jedes zweite wollte sie sein, als ob sie nicht nur den Haarschnitt, sondern auch eine ethnische Zugehörigkeit aussuchen könnte. An der Wand blinkten rote Zahlen. Das diffizile Flimmern half ihr, sich dorthin zu schleppen. Lále drückte auf den Gummiknopf. Der Kasten spuckte einen dünnen Zettel aus. Sie steckte die Finger ins dunkle Loch und las: 141. Auf dem Display leuchtete die gleiche Zahl auf.

Die Finger der Gehilfin massierten Láles Haaransatz. In ihrer Stirn verteilte sich die Schwere allmählich. Sie schloss die Augen, und obwohl sie die Züge der Gehilfin im Gedächtnis nicht rekonstruieren konnte, überließ sie sich ihren Fingern. Sie zerrieben warmes Shampoowasser auf der Kopfhaut, fest, dennoch sanfte Kreise ziehend, dass die Bilder vom Gericht, die gerade noch Atemstillstand verursacht hatten, als sehr nebensächliche Filmsequenzen mit in das Shampoo schmolzen. Lále bekam einen weißen Handtuchturban und wurde vor einen Spiegel gesetzt. Sie betrachtete ihre bloßgelegte Stirn. Ihre dunklen Hautpartien traten unter den Augen hervor und die sich stetig vertiefende Falte zwischen Nasenflügel und Mundwinkel.

Kaja begann ihre Haare aus dem Tuch zu falten. Sie war klein, hatte ein aufgedunsenes Gesicht und schmale Augen. Ihr Anblick erinnerte Lále so sehr an das Down-Syndrom, dass sie ihr das erste Mal, als Kaja ihre Haare schneiden wollte, am liebsten die Schere entzogen hätte. Außerdem litt die

Friseurin unter starkem Haarausfall. Aber Láles Frisur hatte perfekt gesessen. Beim zweiten, dritten und vierten Mal trat dasselbe Wunder ein. So entwickelte Lále den Aberglauben, dass Kaja die einzige Person war, die ihre Haare zu zähmen wusste, und wollte nie jemand anders an sich heranlassen.

Lále versuchte sich in dem großen Spiegel mit dem Blick anderer zu sehen. Wie die Richterin sie wohl gesehen hatte, Pit, die Anwältin? Kaja berichtete derweil über ihre Schwiegermutter, einen Urlaub, der ins Wasser gefallen war, und das Restaurant, das die Schwiegermutter mit dem Sohn betrieb. Die Haare regneten vom Kopf auf den schwarzen Umhang und weiter auf Kajas aus den Birkenstock-Pantoffeln herausstehende Zehen. Lále lächelte, und die Worte rieselten an ihrem Verstand vorbei. Langsam begann Nathan sich in jede ihrer Hirnzellen einzunisten. Sie versuchte, Blick und Verstand an einem Föhn, einer Tube Wachs oder an den Haarsträhnen auf ihrem Schoß festzunageln. Aber ihr Hals war wie zugekleistert. Sie konnte kaum schlucken.

Der Hörer klemmte zwischen Kinn und Schlüsselbein. Lále hätte gern den Nacken aufgerichtet. Das Telefon fallen gelassen. «Komm erst mal nach Hause», sagte Tamama. Lále starrte auf den Sandmännchenbecher in der Spüle. Am Rand trockneten schwarze Kakaospuren. Die Begeisterung ihres Sohnes für diese kaum bewegliche und einfältig grinsende Puppe hatte sie sich nie erklären können. Die Vorstellung, dass das Sandmännchen Sand in die Kinderaugen streut, fand sie abstrus.

«Hallo?», surrte Tamama an Láles Schlüsselbein. Sie ging in der Wohnung umher und drehte überall die Heizung ab. Sie konnte sich unter ihre Decke verkriechen. Bisher hatte sie die Heizung immer aufgedreht, damit Nathan, der ständig alles auszog, sich nicht den Tod holte. Auch wenn er eisige Hände hatte, behauptete er, nicht zu frieren. Jetzt holte er sich den Tod anderswo. Nathans Decke war noch aufgetürmt vom Freitag, als er halb schlafend auf ihren Arm geglitten war. Auf dem Teppich zwei Holzpiraten. Als Nathan sie fallen ließ, hatte sie zum dritten Mal in seinem Zimmer gestanden und ihn gereizt aufgefordert, seine Schuhe anzuziehen. Die Schranktür stand offen. Sie sah, dass er alles durcheinandergewühlt hatte. Gestern wäre sie noch sauer geworden. Aber jetzt strich sie über die herausgerissenen Langarm-Shirts und ließ alles unverändert.

Ihr Handy klingelte im Mantel. Sie grub in den Taschen: Schlüsselbund, zerknülltes Taschentuch. Es wurde immer lauter. Als sie es fand, drückte sie darauf herum, fast ohne Verstand. Auf dem erlöschenden Display Pits Nummer. Sie löste die Tastensperre und sah, dass er schon mehrmals angerufen hatte. Wollte Nathan vielleicht nach Hause? Wollte er vielleicht sagen, dass er alles bereute und sie es wieder als Familie versuchen sollten? Sie blieb vor dem Mantel stehen, aber es blieb still. Sie lehnte sich an die Eingangstür. Unten zog es durch den Türspalt. Plötzlich klingelte es an der Tür. Werbung, dachte sie. Nathan, dachte sie und riss den Hörer der Gegensprechanlage von der Wand. «Kann ich dich bitte sprechen?» Pits Stimme. Hat ihm das Gericht die Adresse mitgeteilt? Sie drückte auf den Öffner und zog die Tür einen Spaltbreit auf. Er sprang die Treppen hoch, immer eine Stufe überspringend. Er war allein. Sie ließ ihn herein, zog die Tür hinter ihm zu. Sie standen im Dunkeln.

«Ich wollte ein paar Klamotten für Nathan mitnehmen», sagte er. Er machte einen Schritt auf die Küche zu, aber Lále zeigte in die andere Richtung. Er verschwand im Zimmer.

Den Schrank wird er wohl auch alleine finden. Vielleicht will er etwas sagen. Sammelt Mut. Und gewinnt Zeit im Kinderzimmer. Die Tür war offen. Sie hörte, wie er kramte. Sie stand im Dunkeln und wartete. Hörte den Müllsack rascheln, in den er rasch Nathans Sachen schaufelte. Ruckartig stach sie die Gewissheit, dass er nichts sagen würde. Er ist tatsächlich so abgebrüht, praktisch und bequem, dass er an diesem schrecklichen Tag wegen ein paar Sachen vorbeikommt, statt Nathan etwas zu kaufen. Gleich macht er sich davon. Zufrieden mit sich nach dieser sinnvollen Erledigung.

Sie ging in die Küche, zog die Schublade auf und nahm ein dickes halblanges Messer heraus. Sie hatte keinen Plan. Sie konnte keine klare Wut in sich feststellen. Eher ein Bedürfnis.

Sie schlich zum Türspalt, sah das leere Kinderbett, das Nachmittagslicht, das pfirsichfarben durch den Vorhang fiel, hörte, dass er innehielt, bald wäre er fertig, und tatsächlich bewegte sich die Tür. Sie schob die Hand mit dem Messer hinter ihren Rücken. Er stand vor ihr, sie trat zurück, weiter ging es nicht wegen der Wand. Lále roch ihn. Süß und markant. Sie fühlte seinen Hosenstoff an ihrem Oberschenkel.

Es rappelte hinter Láles Rücken, ihr leerer Handteller war feucht von Schweiß. Pit fragte nicht nach, was das war, sondern stellte den Sack ab, und sie begannen an den Kleidern des anderen zu zerren. Sie hängten sich in die Nähte und schoben ihre Finger darunter. Als ob die Stoffe schuld an allem wären, als ob nur sie zwischen ihnen stünden, nicht die Rechtsprechung. Als sie die falschen Häute abgezogen hatten, schmiegten sich zwei wahrhaftige Häute aneinander, die sich kannten. Es war nichts Neues, aber vielleicht das Allerletzte, was mehr erregte als ein Allererstes.

Sie lagen zwischen Müllsack und Messer auf einem verrutschten gestreiften Bambusteppich von Ikea. Sein Fuß, der noch im Strumpf steckte, stieß mit einem Ruck, einem der letzten, die Kinderzimmertür auf. Der Lichtstreifen blendete hell wie Laser, bis sich die pfirsichdämmernde Helle in den Räumen verteilte. Pit stand auf und zog sich die Hose über. Er hinkte auf einem Bein und stieß mit der Schulter an den Türrahmen, zischte auf, nahm die Tüte und sein T-Shirt in die Hand. Seine Silhouette verhallte im Türrahmen, Lále hörte, wie er die Eingangstür zunächst vorsichtig, dann etwas entschlossener zuzog. Sie wartete. Sein Geruch klang nicht ab. Sie langte nach dem Messer, drehte es von sich gestreckt hin und her, dann griff sie vorsichtig nach der Spitze und bog die Klinge rauf und runter. Es war ein Billigmesser aus dem chinesischen Trödelladen. Eines der wenigen Dinge, die sie aus Cottbus mitgenommen hatte. Die Klinge hätte es nie geschafft, Sehnen und Fleisch sauber zu durchtrennen. Sie hätte Pit nur verärgert, ihm Grund gegeben, sie für geistesgestört zu halten und Anzeige zu erstatten. Schade. Was für eine Parabel das für internationale Zusammenarbeit geworden wäre, wenn sie ihn mit einem Cottbusser Chinesenmesser niedergemetzelt hätte. Cottbus, Chinesen – und das alles in Berlin von einer Ungarin. Ihre Lebensgeschichte auf den Punkt gebracht.

Immerhin begehrte er sie noch. Aber tun das Männer nicht immer? Was sie kriegen, nehmen sie, man darf das nicht überbewerten. Wie eine Runde Schwarzfahren. Schwarzfahren war nicht immer ohne Risiko. Wie das Beispiel zeigte. Sie dachte an den ersten Tag, als sie das Haus in Cottbus bezogen hatten. Wie sie auf dem bröckelndem Asphalt den Kinderwagen hin und her geschaukelt hatte. Nathan hatte immer Bauschutt in der Hand oder dem Mund. Er hatte noch blonde Locken – nach dem Abschneiden nie wieder – und war stets von Schweiß und Dreck verklebt. Lále war von einem Zimmer ins andere gelaufen. Alle dunkel und feucht, die Tapete schimmelig, aber sie hatte gesehen, was nicht da war. Sie hatte Zukunft geträumt. Eine andere, schönere. Nicht die, die gekommen war.

Als sie aufwachte, war es vollkommen dunkel. Nur ein dicker roter Kreis blinkte. Der Anrufbeantworter. Tamama machte sich Sorgen. Sie rief zurück. «Ich weiß nicht, ob überhaupt Flüge gehen, Tamama. Gestern sind fast alle wegen des Schneesturms ausgefallen.» Schneesturm im März. Die Welt stand kopf. «Schau mal nach. Fahr zum Flughafen, dann hast du wenigstens was zu tun. Dann fällst du nicht in irgendwelche Depressionen.»

«Ich falle nicht, Tamama, ich bin schon drin. Tief drin.»

Der neue Anwalt war kompetent. Er hatte den Unterlagen empört entnommen, dass die Anwältin auf mehrere Schreiben nicht reagiert und Lále nicht zum Sammeln wichtiger Zeugenaussagen bewogen hatte, die ausschlaggebend hätten sein können. Aber selbst seine Erfahrung und sein Scharfsinn reichten nicht aus, um Wunder zu vollbringen. «Es wird nicht leicht, Frau Lábán, aber wir werden Ihren Mann angreifen.»

«Wie lange dauert denn so etwas?»

«Ich will Ihnen nichts vormachen, Frau Lábán: Das kann Jahre dauern.»

«Bis dahin hat mich mein Sohn vergessen.»

«Ihr Sohn wird Sie nie vergessen. Darauf können Sie Gift nehmen.»

«Aber er wird nicht mehr derselbe sein.»

«Das können Sie nicht ändern, Frau Lábán. Ich werde alles

versuchen. Machen Sie das Beste daraus. Mehr können wir nicht tun.»

Der Müll quoll über. Die Flugbegleiterin stopfte Butterdöschen und Plastikgabeln in einen grauen Plastiksack. Als sie die Hand marmeladenbeschmiert herauszog, blieb ihr Blick in der fünften Reihe hängen. Die Passagierin am Gang schlief. Ihr Kopf rollte unruhig einige Male hin und her, dann gab er wieder Ruhe. Ein paar elektrisierte Haarsträhnen klebten am Sitzbezug. Ihr Haaransatz war fettig, und die Strähnen hatten von Dunkelblond bis Rötlichbraun jeden Farbton. Ihr rechtes Bein, das in einem knallblauen Strumpf und einem ausgetretenen halbhohen Schnürschuh steckte, hatte sie in den Gang ausgestreckt. Die Flugbegleiterin zuckte zusammen, wenn jemand neben dem Bein vorbeilief. Aber niemand stolperte. Den Blick nicht von der Passagierin lösend, empfand sie, was eine Kunsthistorikerin empfinden musste, wenn sie zur Decke der Sixtinischen Kapelle hochsah. Sie mochte Strumpfhosen.

In ihren Wachphasen, damit der Schmerz abebbte, versuchte sie sich an die Augenblicke zu erinnern, in denen sie das Kind zum Teufel gewünscht hatte, die schlaflosen, von Geschrei erfüllten Stunden, die Minuten der Wut, der Ablehnung, der Abhängigkeit. Sie stellte sich vor, dass Mutterinstinkte, genau wie die physischen Spuren des Kinderkriegens oder jede beliebige Narbe, verblassten und irgendwann nicht mehr automatisch Erinnerungen wachriefen. Aber sie ahnte schon, dass sie nicht so billig davonkommen würde.

Sie schlief erneut ein.

In die U-Bahn steigend, war Lále noch verschüchtert gewesen, alles war schneidend, zu lebendig: Lichter, Geräusche, sie fühlte sich beobachtet, ertappt, bedroht. Aber allmählich löste sich die Verkrampfung. Jemand berührte sie versehentlich, ein Hund, zwischen den Beinen seines Herrchens in Sicherheit, fixierte sie, dann stieg eine junge Frau ein, die zwei Albinoratten auf den Schultern hatte, dort musste Lále hinschauen. Im Bus zum Flughafen sah sie Kofferträger und versuchte zu erraten, wo sie hergekommen waren und wo sie hinfliegen wollten. Sie zog ihren kleinen Koffer auf den Schoß, damit die letzte Einsteigende auch noch ins Fahrzeug passte. Diese bedankte sich freundlich bei Lále, und sie tauschten sich über ihre Reiseziele aus. Schon war Lále zurück in der Sozialisation. Sie wurde Teil der Betriebsamkeit, einer Welt, die sie duldete. Diese Erfahrung war fast berauschend.

Auf dem Flughafen herrschte Aufbruchstimmung. Die Anzeigetafeln blinkten. Es war Anfang März, und unerwartet stürmische Schneemassen hatten sich auf Europa gelegt. Die Fassungslosigkeit brachte die Menschen, die erst vor kurzem ihren ersten Grillabend auf dem Balkon verbracht hatten, einander näher. Mit großer Einigkeit schüttelte man den Kopf und hatte Lösungsvorschläge parat, die auf der Hand lagen, aber den Fluggesellschaften aufgrund mangelnder Fähigkeiten nicht einfielen. Im Laufe der Stunden kannte man sich in den Lebensgeschichten der anderen aus, Knie berührten sich, Hände fanden zueinander, neue Geschäftsideen wurden geboren, bis eine Ansage all das mit sofortiger Wirkung auflöste. Die Betroffenen sprangen aus der zwanzigstündigen Erstarrung auf, griffen hektisch nach ihren Rucksäcken und entfernten sich im Laufschritt in Richtung der durchgesagten Schalter.

Es stand zunächst an, die Schneemassen zu lichten, das Glatteis auf den Fahrbahnen zu beseitigen und die heftigen

Windstöße auszuhalten, die die Mitarbeiter und Gepäckstücke verwehten und ein Auftanken der Maschinen beinahe unmöglich machten. War das alles behoben, mussten die Fluggesellschaften nur noch ihre Bereitschaft zum Eigenrisiko abwägen.

Die thailändische Airline schien sich mit Schnee nicht auszukennen. Oder beschäftigte den ehrgeizigsten Piloten mit noch zu wenigen Kilometern in den Knochen. Sie war unter den Ersten, die den Verkehr wieder aufnahmen und «Kurzstrecke» flogen. Reiseziel Budapest. So musste Lále nicht lange warten. Aber nach einer Dreiviertelstunde, an die fünfundzwanzig Mal hatte Lále sich mittlerweile die Werbung mit dem schönen Thai über die bleichende Creme angeschaut, kam die Durchsage, dass als neues Flugziel leider Wien angesteuert werden musste.

Passagiere, die dort nicht hinwollten, verzogen sich nörgelnd in den am Flugzeug wartenden Bus. Lále verspürte keine Sehnsucht nach der Wartehalle. Das Flugzeug startete. Hauptsache weg hier. Sie wäre auch nach Bangkok geflogen. Bloß weg aus Berlin.

Passagiere von drei Flugzeugen drängten sich um das Gepäckband. Berlin, Istanbul und Palma de Mallorca blinkten auf der Anzeigetafel. Lále stand etwas abseits und sah zu, wie die Menge sich auf die Beute warf. Die Kofferbesitzer verringerten sich, die Gepäckstücke verschwanden Stück für Stück, bis nur noch zwei verwaiste Stücke übrig blieben, die im Kreis fuhren und definitiv nicht Lále gehörten. Am Schalter wurde festgestellt, dass ihr Koffer nicht angekommen war. Sie bedankte sich für die Information und ließ sich auf Budapest vertrösten, wo sie benachrichtigt werden sollte, sobald ihr Gepäck eintraf.

Aber nicht mal sie war bis jetzt dort eingetroffen. Sie warf den halbvollen Pappbecher in den Ascheimer: kalter Schwarztee, ungesüßt.

Draußen wurde es langsam dunkel, und der feuchte Schneestaub rieselte ununterbrochen. Lále hatte keine Ahnung, wo sie hinmusste, sie lief in die Richtung, in der die Lichter sich zu vermehren schienen, und hoffte, dort eine Straßenbahnhaltestelle zu finden. Dass sie auf den nächtlichen Straßen eines Landes herumirrte, in das sie nicht gewollt hatte, in einer Stadt, die nicht ihr Ziel oder Ausgangspunkt gewesen war, war ihr gar nicht aufgefallen. Das Wetter, die Lichter, wie die Passanten mit geduckten Köpfen an ihr vorbeieilten, wirkten alltäglich. Es hätte fast Ungarn sein können, aber dafür war die Straßenlandschaft zu harmonisch, dann doch eher Deutschland, aber dafür war es zu altmodisch – und die Gesichter, sie waren irgendwie ungarisch, aber sprachen deutsch. Nicht Deutschland und nicht Ungarn, aber etwas dazwischen. Alles ein wenig anders, aber doch ähnlich und zu verstehen. Fremd und selbstverständlich. Zwischenland. Zwischenlandung im Zwischenland.

Einbruch der Dunkelheit. Die Leute waren noch lebendig und doch etwas verlangsamt und mit verschatteten Gesichtern. Es war Winter, aber er fühlte sich sommerlich an, sie stand da, halb blond und europäisch, aber sie fühlte sich schwarzhaarig, und ihre Augen waren asiatisch gewölbt, sie hielt an und starrte in eine Straßenlaterne, in deren blendender Helligkeit sie ein Baby sah, das tausendfach aus dem Leib seiner Mutter flutschte, es hatte kein Blut auf der Haut, aber wenn man richtig hinsah, konnte man erkennen, dass es innerlich blutete, es war gesund und still, während es verblutete,

Lále lachte und weinte, starb fast vor Trauer und wurde fast verrückt vor Wonne, all das im Stehen, allein, reglos unter einer Straßenlaterne, sie wandte sich um und fand ihre ursprüngliche Richtung nicht mehr, alles Konkrete war ihr entrückt, sie wusste nicht, wo sie herkam und wo sie hinwollte, sie wusste nicht, welche Sprache sie sprach, sie wusste nicht, ob sie ein Kind war oder ein Kind hatte, und wenn ja, ob sie Vater oder Mutter war, sie wusste nicht, ob sie dumm oder clever war, ob sie auch nur einen Funken Anstand besaß oder all das nur erfunden hatte.

Danksagung

Ich bedanke mich für das mehrfache Umkrempeln ihres Lebens, das Opfern ihrer Urlaube bei Márta Erdélyi – auch: Mama. Für das Inkaufnehmen dauerhaften Schlafmangels, ihre unentbehrlichen Hirnzellen bei Silvia Schürmann. Dank an meine drei für unerschütterliche Zuneigung, ihre Zuversicht, ihren Wissensdrang, ihren Fleiß. An Susann Rehlein für Klarsicht, glättende Schliffe und Aufmuntern. Außerdem an Katharina Hacker, Michael Stavarič, Hanne Reinhardt und nicht zuletzt Alexander Simon.

FSC
www.fsc.org
MIX
Papier aus verantwortungsvollen Quellen
FSC® C019821

Das für dieses Buch verwendete FSC®-zertifizierte Papier *Lux Cream* liefert Stora Enso, Finnland.